安徽古籍叢書

黃山書社

文學研究法

〔清〕姚永樸／撰　許振軒／校點

圖書在版編目(CIP)數據

文學研究法/(清)姚永樸撰;許振軒校點. -合肥:黄山書社,2011.8

(安徽古籍叢書第一輯/安徽古籍叢書編審委員會編纂)

ISBN 978-7-5461-1791-1

Ⅰ.①文… Ⅱ.①姚…②許… Ⅲ.①中國文學:古典文學-文學研究 Ⅳ.①I206.2

中國版本圖書館 CIP 數據核字(2011)第 087151 號

文學研究法

(清)姚永樸 撰

許振軒 校點

*

責任編輯 張曦仲

責任校對 張紅一 封面設計 馬 芳

黄山書社出版發行 中國科學技術大學印刷廠印刷

開本 850×1168 1/32 印張 7.375 字數 130 千字

2011 年 8 月第 2 版 2011 年 8 月第 1 次印刷

ISBN 978-7-5461-1791-1

定價 22.00 圓

安徽古籍叢書編印緣起

我國歷史悠久，典籍豐富。我省地處南北之交，學術尤擅其盛。數千年來，哲學、史學、文學、藝術、語言、科技，作者輩出，著述如林，或自名一家，或蔚然成派，多爲中華民族文化之菁華，有裨於社會主義文化之建設。允宜及時整理，以廣流傳。

粤自明清，以至近世，南北郡邑已有《涇川叢書》、《龍眠叢書》、《貴池先哲遺書》、《南陵先哲遺書》諸刻。一九三一年，復有《安徽叢書》之編刊，所收皆皖人著作，分期影印。出至第六期，以抗戰軍興而中止。盛業未竟，論者惜之。

今者，中央倡導整理古籍，我省領導對此尤爲關心。省古籍整理出版規劃委員會幾經商討，決定編纂《安徽古籍叢書》。編纂宗旨是在歷史唯物主義指導下，批判繼承，古爲今用，弘揚民族優秀傳統文化，爲建設中國特色社會主義服務。最其體例，約有數端：

一、所收皆爲歷代皖人著作，時間一般以辛亥革命之前爲限，内容以文、史、哲爲主，分類成輯。尤其注意稿本、稀見本之搜輯與傳布。

二、整理方式包括輯、校、標點和注釋、今譯。校勘，力求採用善本爲底本，校以他書，或加補輯、編次。標點，採用新式標點。注釋，務求精確，但不作煩瑣考證。整理中，盡量吸收國内外研究的新成果。

三、先秦、兩漢著作及語言、文字之類，皆用繁體字，其餘則酌用簡體字。版皆竪排，以期一律。

四、凡熱心於本叢書編印及捐貲助刊者，得於書内題名。

《安徽古籍叢書》編審委員會

目次

卷二

卷三

卷四

出版説明

許振軒

文學研究法，近代姚永樸撰。

姚永樸（一八六一—一九三九），字仲實，晚號蛻私老人。桐城派的最後一位大師。祖父瑩，桐城派名家；父濬昌，同、光詩人。姚氏由於家學淵源，十三歲肄十三經卒業，十六歲補學官弟子，一八九四年，三十三歲，中順天鄉試舉人。姚氏一生不樂仕進。一九〇一年起，先後在廣東、山東、安徽等地任教。一九〇九年進京，先受京師法政專門學堂聘任國文教習，旋受北京大學聘任文科教授。因『文學革命論』起，桐城派受到『謬種』的譏評，姚氏遂於一九二一年離京南歸，先後執教於桐城中學、安徽大學。一九三六年病歸故里。一九三七年日寇全面發動侵華戰爭，一九三八年日軍進逼皖西，姚氏於是與家人由桐城而宿松，再由贛入湘，後來寄居廣西桂林，一九三九年七月十六日病逝，終年七十八歲。

姚氏一生著述甚豐，有尚書誼略、蛻私軒易説、詩説、論語解註合編、大學古本解、十三經舉要、羣經考略、史實舉要、鹽法考略、文學研究法、史學研究法、小學廣、我師録、諸子考略、羣儒考略、惜抱軒詩訓纂、歷代聖哲學粹、舊聞隨筆、蛻私軒集、續集。又任北大教授時受清史館館長趙爾巽聘充清史館纂修，成清史稿四十餘卷。其中以文學研究法影響最著。

姚氏於京師法政專門學堂任教時，編有國文學講義，任北京大學文科教授時，在此基礎上撰成文學研究法，共四卷，除最後之結論篇外，每卷六篇，共二十四篇。關於此書内容及其學術價值，先師孟復先生在書姚仲實先生文學研究法後中指出：文學研究法所平章、考鏡的，『即中國之「篇章語言學」與「文章學」』。今天整理出版，供學界『由語言學之發展，抉「桐城派」之菁英，以先民之積累，合新知之體系……有所吸收，有所揚棄，推陳出新，爲吾國補此缺門，則先生此書爲用大矣』，論述極爲精審。

文學研究法，有京華印書局一九一四年初印本，商務印書館一九二一年再版本，一九二二年、一九二三年重印本。由於此書是傳統的『篇章語言學』、『文章學』的總結性著作，徵引資料既廣且多，從年代講，上起周、秦，下訖晚清，從範圍講，涉及經史子集，旁及書信、日記、隨筆，先師曾爲予言：古人引文多憑記憶，所以如能予以校勘、註釋，當更有利讀者，但這一工作不是個人在短時間内力所能及的，衹能俟諸來哲了。

序*

張　瑋

右文學研究法二十五篇，桐城姚仲實先生撰。先生論文大旨，本之姜塢、惜抱兩先哲。然自周、秦以迄近代，通人之論，莫不考其全而擷其精。故雖謹守家法，而無門户之見存。往歲主講國立法政學校，著有國文學四卷，翔贍而簡易，典顯而精鑿，學者便之。瑋適以是時亦濫竽講序，獲讀其書，亟率諸弟執贄往受學焉。

今年先生復應文科大學之聘，編訂講義，較國文學尤詳。每成一篇，輒爲瑋等誦説。危坐移時，神采奕奕，恒至日昃忘餐。僕御皆環聽户外，若有會心者。不數月全書成，顔曰文學研究法。其發凡起例，仿之文心雕龍。自上古有書契以來，論文要旨，略備於是，後有作者，蔑有尚之矣。今或謂西文藝學可質言之，無取於文，一切品藻義法之談，有相與厭棄而不屑道者，吾不知其於西文果有心得否耶。言之無文，行之不遠。一旦欲發攄其胸中之所得，而或不能達，將必復有取乎此，庶有以知瑋言之非阿好也。

門人固始張瑋謹識。共和三年五月一日。

*按，本文原題『文學研究法總目』，前列『起原第一』至『結論第二十五』二十五篇篇目。今據内容改題爲序；因另有目録，篇名從略。

姚仲實先生文學研究法序

吴孟復

文學研究法四卷，先師桐城姚仲實先生著。姚先生在清末與井研廖平並稱爲『天下兩大經師』。廖君講『公羊學』，以發揮微言大義爲歸；先生則兼綜漢、宋，實事求是，以訓詁通大義，重在歸納。此書即以漢、宋諸師所以治經者治文學，故錢子泉師（基博）稱其『搜録古今作者論文之言，採摭極博』；又以古文家之真知灼見，考其源流，明其條貫，故錢師又稱其『有剖析，有綜合，洞明得失，極有經緯』。

吾國古代文家之論文，大抵皆言一己之心得，以諭其同時之人，而非有意於原始要終，平章考鏡，以著爲專門之書也。其足爲『文章學』之專著者，惟有文心雕龍與此書耳。文心雕龍成於齊、梁，論不及唐、宋以下。此書既收劉書之精義，又廣以後來一千餘年諸家之論述，『於古今流變，洞中奥會』，從而成爲吾國最佳之『文章學』專書。故錢師列舉明、清以來提要鉤玄之著作，可爲『國學入門』之書者十三種，於集部首舉此書。

蓋自乾、嘉以降，學趨專門（王國維語），即原先統一之經學，至是分散爲語言、文學、校讎、目録、史學、地學、天文、曆算諸學科；降至清末，所分愈細，所詣愈精。姚先生家傳詩文，學兼漢、宋，又身值西方科學輸入之際，師友中，復多兼通中西之人，以其家學、師傳與心得，取精用宏，成茲鉅著，因使文章之學，成爲專門，此固時代趨勢、學術發展之所必然；然苟非先生之博雅宏通，深造自得，亦未必能臻於此也。自成書後，至今將近百年。此百年間，爲『文論選』、爲『文學批評史』、爲『古代文學理論』之書甚衆，博雅者固亦有之；然本末『閱歷』，而『但襲其語以爲談助』者，亦復不少，此豈足以爲真知哉？先生有言：『真悟必出於真知，真知必出於真學。』（參見此書結論）此書所言，皆真學、真知、真悟所在，故尤足瀹發神思。以此，成書八九十年，而至今尚未見有能代替之者。吾輩讀之親切，猶日月之『光景常新』，非偶然也。

或曰『桐城派』講古文，姚先生又『桐城派』大師，遂疑此書或未免『宗派』之見，此點，先生於宗派一章中辨之詳矣。先生既斥『宗派』之説乃『出於鄉里好名者之私，而播於流俗之口』；其著是書，更總詩文、兼駢散，何曾稍涉門户之見哉？方『五四』時，先生亦主講於北大，蔡鶴卿復林琴南書中所言『二姚』，即先生兄弟也。

夫所謂桐城之古文義法，果何物耶？世之論者，不究其本然，而率其胸臆，意以爲封建名教，於是據此而批判之，豈知其本不如是也。先生曰：『所謂義者，有歸宿之謂；所謂法者，有起有結，有呼有應，有提有掇，有過脈，有頓挫，有鈎勒之謂。』（此書卷二）爲文而可以無『歸宿』乎？可以無首無尾，有呼不應，無提無頓，脈絡不清者乎？今日域外有『篇章語言學』一科，『義法』云者，豈非即篇章語言之法則乎？劉融齋（熙載）所謂『抛針擲綫』、『註坡驀澗』者，即篇章語言之變而可法者也，亦即所謂『無一定之法，而有一定之妙』者也。先生是書於此特致詳焉，此漢語語用之通例，非一家一派之私言也。此其所以爲『文章學』之專書，亦我國『篇章語言學』之先導也。蓋總結二千年學者文人論文之精義，而冥合於新興之語言科學，此其所以『光景常新』，歷久不磨也。

世之研究吾國古代散文與文章寫作者，其由此進而益讀前人之書，深造自得，合以科學，著爲中國之『文章學』、『篇章語言學』，是固先生之所望也。若資爲談助，則荀卿所謂『口耳之學』耳，是豈先生著書教人之旨哉！

文學研究法卷一

起原

昔尚書帝典云：『詩言志，歌永言，聲依永，律和聲。』詩關雎序云：『詩者，志之所之也。在心爲志，發言爲詩。情動於中，而形於言；言之不足，故嗟嘆之；嗟嘆之不足，故永歌之；永歌之不足，不知手之舞之、足之蹈之也。情發於聲，聲成文謂之音。治世之音安以樂，其政和；亂世之音怨以怒，其政乖；亡國之音哀以思，其民困。故正得失、動天地、感鬼神，莫近於詩。』朱子（熹）詩集傳序云：『人生而靜，天之性也；感於物而動，性之欲也。夫既有欲矣，則不能無思；既有思矣，則不能無言；既有言矣，則言之所不能盡而發於咨嗟詠嘆之餘者，必有自然之音響節奏，而不能已焉，此詩之所以作也。』然則文字之原，其基於言語乎！言語其發於聲音乎！聲音其根於知覺乎！大凡盈天地間者，皆物也。物之號有萬，其由氣而凝爲質者爲礦物，有生意者爲植物，有知覺者爲動物。動物之中，惟人也得五行之秀氣而最靈。故鳥獸雖有知覺，而狹而不廣，偏而不全；人則既廣且全，廣故大，全故周。自墮地以來，即呱呱而泣，蓋已有所欲矣；繼而解笑，又繼而解言；至能言而思無不達、求無不遂矣。故不惟一己之欲可以表示；且人與人之欲，亦可以相爲感通。然而能宣之於覿面者，究不能推之於萬里，是行於近而隔於遠也；能著之於一旦者，究不能求之於百年，是通於暫而滯於久也。使終古如斯，將思之達者仍有所不達，求之遂者仍有所不遂。有聰明睿智者出焉，於是作書契以易結繩之治，百官以理，萬民以察。蓋至是而人類之作用乃益宏，文字之功效，乃不可勝數矣，昔揚子雲（雄）法言問神篇云：『言，心聲也；書，心畫也。』徐偉長（幹）中論貴驗篇引子思云：『事，自名也；聲，自呼也。』孔沖遠（穎達）尚書序疏云：『言者，意之聲；書者，言之記。』韓退之（愈）送孟東野（郊）序云：『人聲之精者爲言。文辭之於言，又其精也。』程子（頤）語録云：『凡物之名字，自與音義氣理相通。夫未名時，本亦無名，祇是蒼蒼然也，何以便有此名？蓋出自然之理，聲音發於其氣，遂有此名此字。』然則天地之元音發於人聲，人聲之形象寄於點畫，點畫之聯屬而字成，字之聯屬而句成，句之聯屬而篇成。文學起原，其在斯乎！其在斯乎！

粤稽『庖犧氏之王天下也，仰觀象於天，俯觀法於地，觀鳥獸之文與地之宜，近取諸身，遠取諸物，於是始作八卦』（易繫辭下），又『因而重之』（繫辭傳），爲六十四卦。蓋天地萬物之情狀，已隱然括於其中矣。及黃帝時，史臣倉頡見鳥獸蹄迒之跡，知分理之可相別異，乃造書契。其初但依類象形，故謂之文；其後形聲相益，而謂之字；著於竹帛，則謂之書。周禮地官保氏教國子有六書，所謂指事、象形、形聲、會意、轉註、假借是也。許叔重（慎）說文解字序云：『指事者，視而可識，察而見意，二二是也（二二即上下）。』『象形者，畫成其物，隨體詰詘，日月是也。』『形聲者，以事爲名，取譬相成，江河是也。』『會意者，比類合誼，以見指撝，武信是也。』『轉註者，建類一首，同意相受，考老是也。』『假借者，本無其字，依聲託事，令長是也。』漢書藝文志又云：『六書謂象形、象事、象意、象聲、轉註、假借，造字之本也。』大抵文字之義，總歸六書，故同爲造字之本，然序不可紊。其最先者爲指事、象形；有指事、象形而後有形聲、會意；有四者爲體，而後有轉註、假借爲用。故漢志於四者皆曰『象』，而二者綴於後，與許君小異而大同。但世運變遷，而文字隨之。據說文解字序云：周宣王太史籀著大篆十五篇，已與古文或異。七國時以天下分裂，字尤異形。秦始皇時李斯乃奏同之，罷其不與秦文合者。斯作倉頡篇，中車府令趙高作爰歷篇，太史令胡毋敬作博學篇，皆取大篆，或頗省改，所謂小篆者也。時大發吏卒興戍役，官獄職務繁，初有隸書，以趨約易，古文由此絕。自爾秦書有八體：曰大篆，曰小篆，曰刻符，曰蟲書，曰摹印，曰署書，曰殳書，曰隸書。漢興有草書。孝平皇帝時，徵沛人爰禮等百餘人，令説文字未央廷中，黄門侍郎揚雄採以作訓纂篇。及新莽居攝，復改定古文，時凡六體，所謂古文、奇字、篆書、左書、繆篆、鳥蟲者也。隋書經籍志亦云：『自倉頡訖於漢初，書經五變：一曰古文，倉頡所作；二曰大篆，史籀所作；三曰小篆，李斯所作；四曰隸書，程邈所作；五曰草書，漢初作。』秦廢古文用八體；漢用六體，並稿書、楷書、懸針、垂露、飛白等二十餘種之勢，因事生變也。然自晉以後，楷書獨盛行，其後遂爲世所循用。此字數逐代增加——古少而今多——與其體變易——古繁而今簡——之大略也。自古書契，多編以竹簡；其用縑帛者謂之紙。縑貴而簡重，並不便於人。東漢元興（和帝年號）中宦者蔡倫乃造意用樹膚、麻頭及敝布、魚網以爲紙。和帝善其能，自是莫不從用焉，謂之『蔡侯紙』（後漢書宦者列傳）。及唐末益州有墨版；蜀相毋裔請用以刻九經，宋景德（真宗年號）中又及於諸史（詳見焦竑筆乘）。由是印刷之業興而版本出。明中業復有活字版。此文籍流布、其術古拙而今巧之大略也。

若是，則今日宜文學發達，遠邁古初矣。而考其實乃有大謬不然者，何也？間嘗推尋其故，然後知今之字數孳乳而寖多，其體又視古日歧，迨至楷書通行，而去之也益遠。凡古之渾渾灝灝噩噩之文，在當日不難家喻户曉者，今則雖老師宿儒，欲求其融洽貫通，非竭畢生之力，不能得其涯涘。故古者以同而易，今以歧而難。此其一也。今之繕寫印刷，視古爲便。凡古人之著於竹帛者，類皆衆所宗仰之書；匪是，則殺青無日。職是之故，雖漢之賈（誼）、晁（錯）、董（仲舒）、劉（向），其所纂述多者百餘篇，少乃五六十篇，或十數篇，或數篇；今則村塾學究，坊市賈客，亦皆著書鏤板，自命通才，雖撏撦餖飣，率爾成章，然以當於庸俗之心，遂致不脛而走，汗牛充棟，涉覽殊艱。故古者以少而專，今以多而紛。又其一也。然則如之何而可？曰：欲由今溯古，以通其訓詁，必自識字始。夫古者大篆且羣以爲異於古文，今雖小篆尚覺近古，故説文一書，自當與爾雅同資研究，庶幾可知古人造字根原，若者爲本義，若者爲引申義，若者爲假借義，而經典之奇字奥句，可以漸通矣。試觀古今文家，如李斯有倉頡七章，司馬長卿（相如）有凡將篇，揚子雲有訓纂篇八十九章，班孟堅（固）復續十三章，而段氏玉裁説文註引其中所載孔子以下數十家之説，皆深於文事者。唐韓退之尤兢兢於此，故其言曰：『凡爲文辭，宜略識字。』（蝌斗書後記）又曰：『文從字順各識職。』（樊紹述墓志銘）近世湘鄉曾文正公（國藩）論文，亦以『訓詁精確』爲貴（日記）。可見欲文章之工，未有可不用力於小學者。曩時巴縣潘季約（清蔭）爲永楳述南皮張文襄公（之洞）督學四川日，每諄諄以此訓後進，以爲小學乃經史詞章之本。及任滿旋京，成都門人武抑齋孝廉（謙）問：『治説文如何致力？』公告以入門之法曰：『試取許君五百四十字部首，記其形體，審其音讀，究其訓解，殫數十日之力，往復熟習，必期一睹其字，即能讀爲何音，辨爲何義，並閉卷而能默寫其字體，一一無訛，再與言第二事。』其論至爲切實，可備學者之取資。若夫欲從數百千萬卷中，撮其英華，去其糠秕，非知所抉擇不可；欲知所抉擇，非有真識不可；欲有真識，非有師承不可。蓋有師承而後有家法，有家法而後不致如遊騎之無歸。昔吾家惜抱先生（鼐）嘗謂己才弱，而上劉海峯先生（大櫆）書，則言『所賴者，在於聞見親切，師法差真』，意正如此。夫古今集部，浩如煙海，究之足以名世者，每朝不過數人。六經、周秦諸子、楚辭、文選姑勿論；近世古文選本，莫善於姚氏古文辭類纂、曾氏經史百家雜鈔。二書自六朝以前人外，其以爲圭臬者，惟唐荆川（順之）、茅鹿門（坤）所定『唐宋八大家』。姚氏益以元次山（結）、李習之（翺）、張横渠（載）、晁無咎（補之）、歸震川（有光）、方望溪（苞）、劉海峯數人；曾氏益以元次山、陸敬輿（贄）、李習之、范希文（仲淹）、司馬君實（光）、周（敦頤）程（灝、頤）張（載）朱四子、范茂名（濬）、馬貴與（端臨）、歸震川、姚惜抱十餘人。駢體文選本莫善於李申耆（兆洛）駢體文鈔。其所録者，自秦以迄於隋而已。古今體詩選本，莫善於王阮亭（士禎）古詩選、唐人萬首絶句選、姚氏五七言今體詩鈔、曾氏十八家詩鈔。王、姚所列入者較多。曾氏所謂『十八家』，曰曹子建（植），曰阮嗣宗（籍），曰陶淵明（潛），曰謝康樂（靈運），曰鮑明遠（照），曰謝玄暉（朓），曰王右丞（維，官終尚書右丞），曰孟襄陽（浩然，襄陽人），曰李太白

（白），曰杜工部（甫，晚依嚴武於蜀，表爲工部員外郎），曰韓昌黎（愈，南陽人，先儒謂在修武，然文集每自稱昌黎，蓋祖居之地），曰白香山（居易，居東都履道里，構石樓香山，自稱香山居士），曰黄山谷（庭堅，嘗遊皖潛山山谷寺石牛洞，樂其林泉之勝，因自號山谷道人），曰陸放翁（游，爲參議官於蜀，以與蜀帥范成大文字交，不拘禮法，人譏其疏放，因自號放翁），曰元遺山（好問）。蓋鑒别皆極精審。吾人從事兹學，自當先取派正而詞雅者師之，餘則歸諸涉獵之中。又其次者，雖不觀可也。果如是，必不致損日力而墮入歧途矣。

或曰：文章特一藝耳，沾沾自喜何爲？曰：否，不然。凡以文學爲一藝者，不過本孔子『文，莫吾猶人也；躬行君子，則吾未之有得』（論語述而）與『行有餘力，則以學文』（學而）諸語耳。然孔子之意，蓋以行爲文之本，非謂有行即可無文也。使其如此，何以『四教』以文爲首（述而），而畏於匡，且曰『文王既没，文不在兹乎』（子罕）？昔李習之寄從弟正辭書云：『汝勿信人號文章爲一藝。夫所謂一藝者，乃時世所好之文，或有盛名於近代者是也。其能到古人者，則仁義之辭也，惡得以一藝名之哉？』斯言可謂諦當。然則，北齊顔黄門（之推）謂『自古文人多陷輕薄』（顔氏家訓文章）、宋陳忠肅公（瓘）謂『一爲文人便無足觀』者，皆所謂時世所好之文耳；夫豈可漫無區别，而舉古人所藉以繼往聖、開來學者，一概輕視之耶？或又曰：當今時事孔亟，所應討論者至多，奚暇及此？

曰：否，不然。子獨不聞『國與天地必有與立』之説乎？夫國之所藉以立，豈有過於文學者？匪惟吾國，凡在五大洲諸國，誰弗然？蓋文字之於國，上可以溯諸古昔而知建立所由來，中可以合大羣而激發其愛國之念，下可以貽萬世而宣其德化政治於無窮。關係之重如此，是以英吉利人因其國語言文字之力，能及全球，時以自詡；吾國人反舉國文蔑視之，殊不可解。夫武衛者，保國之形式也；文教者，保國之精神也。故不知方者不可與言有勇。且語言發於天籟，文字根於語言，則亦天籟也。既爲中國人，舉凡各種科學，非得有中國文字闡明之，烏能遍行於二十二行省？是故欲教育普及，必以文學爲先；欲教育之有精神，尤必以文學爲要。此理之必不可易者也。如曰『精深高古之文，勢不能盡人皆知之、皆爲之』，此則別有辨法，蓋分爲普通學、專門學是也。何謂普通學？但求其明白曉暢，足以作書疏應社會之用可矣。何謂專門學？則韓退之答李翊書所謂『將蘄至於古之立言者』是也。大抵中小學校與夫習他種專科，能有普通文學，已爲至善。若以中國文學爲專科，豈可自畫？昔王介甫（安石）答孫長倩書云：『古之道廢踣久矣。大賢間起廢踣之中，率常位卑澤狹，萬不救一二，天下日更薄惡，宦學者不謀道、主利禄而已。嘗記一人焉，甚貴且有名，自言少時迷，喜學古文；後乃大悟，棄不學，治今時文章。夫古文何傷？直與世少合耳，尚不肯學，而謂學者迷；若行古之道於今世，則往往困矣，其又肯行耶？』惜抱先生復魯絜非書亦謂古今才士，苟有爲古文者，必傑士。今當斯文絶續之交，諸君負笈而來，有志兹學，是不以爲迷也，使猶不以傑士相期，則吾豈敢！

根本

左傳云：『言以足志，文以足言。不言，誰知其志？言之無文，行而不遠。』（襄公二十五年）此孔子尚文之説也。然論語又云：『質勝文則野，文勝質則史。文質彬彬，然後君子。』（雍也）夫質者，文之本也。禮記云：『無本不立，無文不行。』（禮器）是文與本固相須爲用也。而本尤爲要。故孟子云：『源泉混混，不舍晝夜，盈科而後進，放乎四海。有本者如是。』（離婁）嗚呼！是豈獨爲立身行己言之哉！苟欲文之工，亦非此不辦耳。此韓退之所以云：『本深者末茂。』（答尉遲生書）又云：『根之茂者其實遂，膏之沃者其光曄。仁義之人，其言藹如也。』（答李翊書）昔荀子（況）云：『君子之學也，入乎耳，著乎心，布乎四體，形乎動静。端而言（端讀爲喘），蝡而動，一可以爲法則。小人之學也，入乎耳，出乎口，口耳之間，則四寸耳，曷足以美七尺之軀哉！古人之學者爲己，今之學者爲人。君子之學也，以美其身；小人之學也，以爲禽犢。』（勸學）揚子雲法言云：『古者之學，耕且養，三年通一；今之學也，非獨爲之華藻，又從而繡其鞶帨。』（寡見）王仲任（充）

論衡云：『有根株於下，有榮葉於上；有實核於內，有皮殼於外。文墨辭說，士之榮葉皮殼也。實誠在胸臆，文墨著竹帛，外內表裏，自相副稱。意奮而筆縱，故文見而實露。』（超奇）徐偉長（幹）中論云：『聖人因智以造藝，因藝以立事。藝者，德之枝葉；德者，人之根幹也。二者不偏行，不獨立。木無枝葉，則不能豐其根幹，謂之瘣；人無藝，則不能成其德，故謂之野。若欲爲君子，必兼之乎。』（藝紀）顏氏（之推）家訓云：『夫學者，猶種樹也，春翫其華，秋登其實。講論文章，春華也；修身利行，秋實也。』（勉學）凡此諸說，皆發明孔子文質相須之旨者也。要之此意，易賁卦已詳言之。案賁之『九三』曰：『賁如濡如，永貞吉。』夫『賁者，飾也』（序卦傳）。曰『濡如』，則飾之甚也。然而曰『永貞吉』，則懼其滅質也。故『上九』又曰：『白賁無咎。』白者，無色之謂（雜卦傳）。所以勉其敦本務實也。苟敦本務實，而文乃不爲空言矣。古今鴻篇鉅制，永垂不朽，端在乎此。夫豈有徒騁其詞藻，而可以立誠居業者乎？

是故爲文章者，苟欲根本盛大，枝葉扶疏，首在於明道。夫明道之旨，見於中庸，孔子所云『道之不明，我知之矣』是也。其後董子（仲舒）亦有『明道不計功』之語。（漢書董仲舒傳）蓋自成周大司徒『以鄉三物教萬民，而賓興之』，一曰六德，二曰六行，三曰六藝。而鄉大夫、州長、黨正以下，書而考之者，皆不外於德、行、道、藝四者（並周禮地官）。德者，有諸身之謂；行者，著於事之謂；道爲之本，而藝其末也。孔子講授，一遵成周之舊，故曰：『志於道，據於德，依於仁，游於藝。』（述而）降及周末，此風已微，然諸子中最醇者孟氏，次則荀卿，韓退之送孟東野序所謂『以道鳴』者也。他若楊朱、墨翟、管夷吾、晏嬰、老聃、莊周、申不害、韓非、慎到、田駢、鄒衍、尸佼、孫武、蘇秦、張儀之屬，退之謂爲『以其術鳴』，是誠精確。然就其術之長者，要未嘗不包於道之中，猶不致華而不實也。兩漢以後，醇儒雖少，然亦各有所明，至魏、晉乃彌衰矣。是以退之云：就其善鳴者，『其聲輕以浮，其節數以急，其詞淫以哀，其志弛以肆，其爲言也亂雜而無章。』隋初遂有以華艷之詞入章奏者，文帝以付有司治罪。而治書侍御史李諤上書曰：魏之三祖（魏武帝爲太祖，文帝爲高祖，明帝爲烈祖）崇尚文詞，遂成風俗。『江左齊、梁，其弊彌甚』，競一韻之奇，爭一字之巧。『連篇累牘，不出月露之形；積案盈箱，唯是風雲之狀。』世俗以此相高，朝廷據兹擢士。指儒素爲古拙，用詞賦爲君子。故文筆日繁，其政日亂。良由棄大聖之軌模，構無用以爲用也。』

王仲淹（通）告門人亦云：『學者博誦云乎哉，必也貫乎道；文者苟作云乎哉，必也濟乎義。』（中說天地）蓋皆灼見當時之弊。幸韓昌黎出，乃作原道、原性等篇，而八代之衰以起。其答李翊書云：『能如是，誰不樂告生以其道？道德之歸也有日矣，況其外之文乎？』答尉遲生書云：『愈所能言者，皆古之道。』答李秀才書云：『愈之所志於古者，不唯其辭之好，好其道焉爾。讀吾子之辭，而其得所用心，將復有深於是者，與吾子樂之，況其外之文乎？』題歐陽生哀辭後云：『愈之爲古文，豈獨取其句讀不類於今者耶？思古人而不得見，學古道則欲兼通其辭。通其辭者，本志乎古之道也。古之道不苟毁譽於人。』由是其門人李南紀（漢）作昌黎集序，遂有『文者貫道之器』之說。此外如柳子厚（宗元）答韋中立論師道書云：『文者以明道，是固不苟爲炳炳烺烺、務采色、夸聲音而以爲能也。』報崔黯秀才書云：『聖人之言，期以明道；學者務求諸道而遺其辭；辭之傳於世者，必由於書。道假辭而明，辭假書而傳。』報袁君陳秀才避師名書云：『秀才志於道。道苟成則勃然爾，久則蔚然爾。』宋柳仲涂（開）應責云：『天生德於人，聖賢異代而同出，豈以汲汲於富貴，私豐於己之身也？將以區區於仁義，公行於古之道也？己身之不足，道之足，何患乎不足？道之不足，身之足，則孰與足？』穆伯長（修）答喬適書云：『夫學乎古者所以爲道，學乎今者所以爲名。道者，仁義之謂也；名者，爵禄之謂也。然則，行道者有以兼乎名；守名者無以兼乎道。有其道而無其名，則窮不失爲君子；有其名而無其道，則達不失爲小人。與其爲名達之小人，孰若爲道窮之君子！矧窮達又各係其時遇，豈古之道有負於人耶？』歐陽永叔（修）答吴充秀才書云：『聖人之文雖不可及，然大抵道勝者，文不難而自至也。』又蘇子瞻祭歐陽公夫人文述公語云：『我所爲文，必與道俱；見利而遷，則非我徒。』曾子固（鞏）贈黎安二生序云：『有以合乎世，必違乎古；有以同乎俗，必離乎道。』又答李治書云：『夫道之大歸非他，惟欲其得諸心，充諸身，擴而被之國家天下而已，非汲汲乎辭也。』司馬君實迂書云：『君子有文以明道，小人有文以發身。』周子通書云：『文所以載道也。輪轅飾而人弗庸，徒飾也；況虛車乎？文辭，藝也；道德，實也。篤其實而藝者書之，美則愛，愛則傳焉。賢者得以學而至之，是爲教。然不賢者雖父兄臨之，師保勉之，不學也；强之，不從也。不知務道德而第以文辭爲能者，藝焉而已。』是皆以道爲文之本之説也。

其次在於經世。自易屯卦言『君子以經綸』，莊子齊物論因有『春秋經世先王之志』之語。然『詩以道志，書以道事，禮以道行，樂以道和，易以道陰陽，春秋以道名分』（莊子天下）。六經大義，何一不以經世爲歸？即其後九流十家，蜂出並作，各引一端，馳説於世，而據莊子天下篇，論六藝云：『其數散於天下而設於中國者，百家之學時或稱而道之。』則亦聖人之道之支與流裔。是以漢書藝文志謂儒家出於司徒之官，道家出於史官，名家出於禮官，陰陽家出於羲和之官，法家出於理官，墨家出於清廟之守，縱横家出於行人之官，雜家出於議官，農家出於農稷之官，小説家出於稗官，而總論之曰：『使其人遭明王聖主，得所折中，皆股肱之材已。』然則，學雖有純有駁，要之大旨皆主於經世可知。兩漢人才，無如賈、晁、董、劉、諸葛，其奏議固在於指陳時政，即相如之詞賦，太史公以爲『雖多虛辭濫說，然其要歸引之節儉，此與詩之風諫何異？』（史記司馬相如傳）則子虛、上林，實與諫獵書相表裏，即封禪文亦然。先姜塢府君（諱范）所以謂『設意措辭，皆翔躡虛無，非誕妄貢諛者比也』，又何得謂無裨於世？唐、宋之間，陸宣公固當首屈一指；他若韓退之、歐陽永叔、曾子固、蘇子瞻、王介甫之文，李太白、杜子美（甫）、白樂天（居易）、黃山谷、陸務觀（游）之詩，亦無一不以國利民福爲兢兢。延及近代，如歸、方、姚、曾輩，非有數篇關係天下萬世文字，何以稱作者？昔論衡自紀篇云：『爲世用者，百篇何害？不爲用者，一章無補。』王介甫上人書云：『所謂文者，務爲有補於世而已矣；所謂辭者，猶器之有刻鏤繪畫也。誠使巧且華，不必適用；誠使適用，亦不必巧且華。要之，以適用爲本，以刻鏤繪畫爲之容而已。』又上邵學士書云：『某嘗患近世之文，辭弗顧於理，理弗顧於事；以襞積故實爲有學，以雕繪語句爲精新。譬之擷奇花之英，積而翫之，雖光華馨采，鮮縟可愛；求其根柢濟用，則蔑如也。』程子答朱長文書云：『聖賢之言，不得已也。蓋有是言則是理明，無是言則天下之理有缺焉。如彼耒耜陶冶之器，一不製，則生人之道有不足矣。聖賢之言，雖欲已，得乎？然其包涵盡天下之理，亦甚約也。後之人平生所爲，動多於聖人，然有之無所補，無之無所缺，乃無用之贅言也。不止贅而已，既不得其要，則離真失正，反害於道必矣。』昆山顧亭林（炎武）日知録云：『文之不可絶於天地間者，曰明道也，紀政事也，察民隱也，樂道人善也。若此者，有益於天下，有益於將來，多一篇多一篇之益矣。若夫怪力亂神之事，無稽之言，剿襲之説，諛佞之文，若此者，有損於己，無益於人，多一篇多一篇之損矣。』又云：『張子有言：「民吾同胞。」今日之民，吾與達而在上位者之所共也。救民以事，此達而在上者之責也；救民以言，此窮而在下者之責也。』又與友人書云：『昔人謂「載之空言，不如見之行事」。夫春秋之作，言焉而已，而謂之行事者；天下後世用以治人之書，將欲謂之空言而不可也。愚有見於此，故凡文之不關於六經之旨、當世之務者，一切不爲。』如以上數條所言，庶幾得文章之要領也歟！

要而言之，吾輩苟從事茲學，必先涵養胸趣。蓋胸趣果異乎流俗，然後其心静；心静則識明而氣自生，然後可以商量修、齊、治、平之學，以見諸文字，措諸事業。否則，雖告以文章爲『經國之大業，不朽之盛事』，彼烏從而知之？即知之，烏能允蹈之？然欲涵養純粹，非用力於退之答李翊書『無望其速成，無誘於勢利』二語不可。考黄山谷答秦少章書云：『二十年來，學士大夫有功於翰墨者爲不少，卓爾名家者則未多。蓋深思其故，病在欲速成耳。夫四時之運天德也，不能即冬而爲春，斷可識矣。』竊謂此可作『無望其速成』

句註脚。蘇東坡與李方叔書云：『私意冀足下積學不倦，落其葉而成其實。深願足下爲禮義君子，不願足下豐於才而廉於德也。若進退之際，不甚静慎，則於定命不能有毫髮之益，而於名節有丘山之損矣。』此可作『無誘於勢利』句註脚。若夫惜抱先生答魯賓之書云：『易曰：「吉人之辭寡。」夫内充而後發者，其言理得而情當；理得而情當，千萬言不可厭，猶之其寡矣。氣充而静者，其聲閎而不蕩；志章以檢者，其色耀而不浮。邃以通者，義理也；雜以辨者，典章名物。凡天地間之所有也，閎閎乎聚之於錙銖，夷懌以善虚，志若嬰兒之柔，若鷄伏卵，其專以一，内候其節而時發焉。夫天地之間莫非文也。故文之至者通乎造化之自然，然而驟以幾乎合之則愈離。今足下爲學，在於涵養而已。聲華榮利之事，曾不得以奸乎其中，而寛以期乎歲月之久，其必有以異乎今而達乎古也。』此則更融會韓、柳之旨而總論之，開示後人，尤爲周密。又歙縣吴殿麟(定)與友人論文書云：『爲文章者，若不於六經諸史根本是求，而惟末之務，乃欲無一言一字見疵於人，自古及今，蓋未之見也。』嘉興錢衎石(儀吉)與弟警石(泰吉)書云：『凡爲文章者必先有「知言」、「養氣」工夫。若制行動輒乖謬，而談理欲其切實，出言不免雜亂，而操筆欲其簡浄，豈不大難！』曾文正公日記云：『杜詩、韓文所以能百世不朽者，彼自有「知言」、「養氣」工夫。惟其知言，故常有一二見道語，談及時事，亦甚識當世要務；惟其養氣，故無纖薄之響。』

語皆親切有味，匯録於此，以爲好學深思者之一助焉。

範　圍

文學之範圍，有廣義焉，有狹義焉。自義之廣者言之，如論語言：『夫子之文章，可得而聞也。』（公冶）又曰：『焕乎其有文章。』（泰伯）先儒謂凡言語、威儀、事業之著於外者皆是，蓋所包括者衆矣。即專以文字之成爲書者而論，如漢書藝文志之『七略』：曰輯略，曰六藝，曰諸子，曰詩賦，曰兵書，曰術數，曰方伎，何一不在文學之中？但古人文教盛行，雖野人女子，猶且詞條豐蔚，映照古今；而况居士大夫之列！是以七者之文，莫不炳然可觀，垂聲千載，雖尤著者莫如詩賦，然未嘗獨擅其名。他如太史公書第附見『六藝略·春秋』中；賈、董諸篇，第附見『諸子略·儒家』中；晁錯則附見『法家』中。及西漢之末，迄於東京，乃有專集，然猶出後人追録。觀漢武帝命所忠求司馬長卿遺書，魏文帝亦詔天下上孔北海（融）文章，而與吴質書太息徐、陳、應、劉之逝，復言撰其遺文，都爲一集；陳承祚（壽）當晉世又奏上諸葛忠武侯集：此其尤彰明較著者也。其自制名者，始於張融玉海集。其區分部帙，則江淹有『前集』，有『後集』；梁武帝有『詩賦集』，有『文集』，有『别集』；梁元帝有『集』，有『小集』；謝朓有『集』，有『逸集』；與王筠之一官一集；沈約之『正集』百卷，文別選『集略』三十卷。此等體例，大抵始於齊、梁，蓋集之盛自此始。至總集莫古於楚辭，蓋劉子政（向）嘗裒集屈、宋以降諸篇，至己所作九嘆而止；王叔師（逸）爲章句，更以己之九思益之。及梁昭明太子（蕭統）之文選出而漸盛。隋、唐之際，其流益繁。是以開元總所藏之書，分爲經、史、子、集四類，而集部遂專爲歷代文章之總匯。然而珠礫同傳，妍媸各別，欲工茲事，非正其涂轍，何由有登堂嚌胾之時！然則於猥濫之中，而擇義精詞卓者，以爲後人程式，其義之由廣而狹，寧非勢使之然歟！

今綜羣書論之，文學家之別出於諸家者有四焉：

一異於性理家。何以言之？性理家所講求者，徵之在性命身心，顯之在倫常日用，其學以德行爲主，而不甚措意於詞章。考其最善者，莫如周子通書、張子正蒙，曾文正公答劉孟容書嘗以爲『醇厚正大，邈焉寡儔』。西銘篇，惜抱先生古文辭類纂序目亦謂『豈獨其意之美耶？其文固未易幾也』。他若程子四箴、朱子六先生畫像贊，曾氏皆録於經史百家雜鈔中。而朱子語類論文之語，先姜塢府君援鶉堂筆記且嘆其深得古人秘鑰。無如宗旨與文學家異，而流風漸被，其文既域於語録之中而不能振，詩亦但以擊壤集爲宗。夫邵子（雍）之詩，非無佳者也，然而無意爲詩，即偶與風雅之旨合，不過出於性靈，故妙者極妙，而俗者極俗。奉爲圭臬，流弊實多，而況語録之俚乎！故楊用修（慎）云：『文，道也；

詩，言也。語録出而文與道判矣，詩話出而詩與言離矣。』惜抱先生復曹雲路書云：『言之無文，行而不遠。出詞氣不能鄙遠，曾子戒之；况於説聖經以教學者、遺後世，而雜以鄙言乎？當唐之世，僧徒不通於文，乃書其師語，以俚俗謂之「語録」。宋世儒者弟子，蓋過而效之。然以弟子記先師，懼失其真，猶有取爾也。明世自著書者，乃亦效其辭，此何取哉？』又同治中劉孟容（蓉）爲文喜談性道，曾氏遺之書云：『欲發明義理，則當法經説理窟，及語録、札記；欲學爲文，則當掃去一副舊習，赤地新立，將前此所業，蕩然若喪其所有，乃始别有一番文境。未宜兩下兼顧。』其致吴南屏書且云：『僕嘗謂古文之道，無施不可，但不宜説理耳。夫孔子高（穿）理勝於辭，公孫龍辭勝於理。而平原君（趙公子勝）以爲辭勝於理，終必受絀。蘇子美（舜欽）亦謂「李文公不逮韓，而理過於柳」。黄山谷與王觀復書云：「好作奇語，自是文章病。」但當以理爲主。理得而辭順，自然出類拔萃。使果如焉有文章必不可談理者？』曾氏此論，得無慮陳義之入於腐、措辭之流於俗耶？即東坡赤壁賦與平生書札、詩退之原道、永叔本論、子固學記，固彬彬然足繼六經諸子；歌，亦時時有見道語。蓋由胸襟高曠，而文章又足以潤色之，故信手拈來，皆有仙氣，其境遂爲所獨有。吾但見推陳出新耳，何嘗墮入理障也？

二異於考據家。大抵考據家宗旨，主於訓詁名物。其派有二：在經學者爲註疏家，如輔嗣（王弼）註易，毛公（大毛公、小毛公）傳詩，子國（孔安國）解書，康成（鄭玄）説禮，詞皆簡約。然觀漢書藝文志云：『後世經傳既已乖離，博學者又不思「多聞缺疑」之義，而務碎義逃難，便辭巧説，破壞形體，説五字之文，至於二三萬言（註引桓譚新論云：『秦近君能説堯典，「篇目」兩字至十餘萬言，但説「曰若稽古」三萬言』），後進彌以馳逐。』徐偉長中論亦云：『鄙儒博學，務於物名，長於器械，考於訓詁，摘其章句，而不能統其大義之所極，以獲先王之心。此無異乎女史誦詩、内豎傳命也。』（治學）漢、魏儒者，解經繁碎，即此可知。至於疏家，尤爲冗蔓，且入主出奴，不如是則以爲落葉不歸根、狐死不正丘首，亦一病矣。在史學者爲典制家，如杜君卿（佑）通典，馬貴與（端臨）文獻通考，各門總序，元元本本，殫見洽聞，誠不可謂非經世之作；然綜其大體，多採掇羣書，加以論斷，與文學家實分道揚鑣。而況鄭漁仲（樵）通志之近於叢雜乎！而況唐會要、五代會要之紛紛乎！昔福州梁茝林（章鉅）退庵隨筆云：『余嘗考古官制，檢搜羣書，不過兩月之久，偶作一詩，覺神思滯塞，亦欲與故紙堆中求之，方悟著作與考訂兩家鴻溝界限，非親歷不知。』又云：『著作始於三代，考據起於漢、唐註疏，考其先後，知所優劣矣。著作如水，自爲江海；考據如火，必附柴薪。作者之謂聖，詞章是也；述者之謂明，考據是也。』吾邑吳摯甫先生（汝綸）與永樸書云：『説道説經，不易成佳文。道貴正而文者必以奇勝，經則經疏之流暢，訓詁之繁瑣，皆與文體有妨。』兩家並深有所見。但文學家讀書議禮，亦未嘗不用考據，是以惜抱先生與新城陳碩士（用光）書云：『以考證累其文，則是弊耳；以助文之境，正有佳處，夫何病哉！』又碩士太乙舟集述先生之言云：『史記周本紀贊所謂「周公葬我畢——畢在鎬東南杜中」。此太史公之考證也，何其高古，豈似後人之刺刺不休乎？』

三異於政治家。夫政治家宗旨，主於事功。惟唐、虞、三代之典、謨、誥、誓、命，春秋、戰國士大夫之詞令，最爲古雅；秦、漢以迄魏、晉，猶有遺意；南北朝乃傷綺靡，然不可謂言之無文也；唐、宋之際，粲然可觀者，已可屈指而數；南宋陳同甫（亮）、葉水心（適）兩家，則條達有餘，簡練不足。自是而後，名臣之奏議，循吏之公牘，遂與文學家判若兩途。所以然者，固由後世入官之人，不必皆精文事；亦以聆其言者，程度至爲不齊，非明白淺顯，難以共喻。是以明天啓中禮科給事中王志道請：凡奏疏中艱深要渺之句，隱語猜謎之習，悉行禁止。且引先正韓文之論曰：『諫草毋太文；文，上弗省也。毋太多；多，上弗竟也。』（熹宗實録）而近世蕭山汪龍莊（輝祖）學治臆説云：『申上之文，必須措詞委曲，敘事顯明，上官閲之，自然依允。』又云：『告示諭紳士者少，諭百姓者多。百姓類不省文義，必意簡詞明，方可入目。或用四言五六言韻語，繕寫既便，觀覽亦易，庶幾令行禁止。』然則其意固在適用也。但文學家未嘗無此等文字，而一出名手，於軒豁呈露之中，自有雅人深致。觀惜抱先生與陳碩士書云：『西漢人文傳者，大抵官文書耳，而何其雄駿高古之甚！昌黎官中文字，止用當時文體，而即得漢人雄古之意。歐、曾、荆公官文字，雄古者鮮矣，然詞雅而氣暢，語簡而事盡，固不失爲文家好處矣。熙甫於此體，乃時有傷雅不能簡當之病。』古今文家官文字，此條可括其略。惟蘇東坡於此種尤雅暢，不獨奏疏而已也。

四異於小説家。據漢書藝文志，小説家蓋擯於九流之外，以爲『街談巷語，道聽途説者之所造』。然就其善者言之：或述見聞，智者得之，可以集思廣益；或談禍福，愚者得之，可以振聵發聾。故子夏雖曰『小道』，『致遠恐泥』，而未嘗不以爲『必有可觀』（論語子張）。然及其蔽也，情鍾兒女，入於邪淫；事託鬼狐，鄰於誕妄。又其甚者，以恩怨愛憎之故，而以忠爲姦，以佞爲聖，諛之則頌功德，詆之則發陰私，傷風敗俗，爲害甚大。且其辭縱新穎可喜，而終不免纖佻。是以曾文正公宗仰昌黎，而獨於試大理評事王君墓志銘評之云：『此等已失古意。能者遊戲，無所不可；末流效之，乃墮惡趣。』案此文末幅，敘王君取他人告身以誑侯處士而得妻。其事本無關勸懲，幸昌黎文氣高古，猶足自立；使後人爲之，與小説家紀述，何以異哉！吾弟叔節（永概）亦評藍田縣丞廳壁題名記云：

『此文用意詭譎，下字生創，造句矜峭。有韓公雄古之筆運之，故無匠氣，無俗韻；不然，未有不落小說家派者也。其後孫可之輩爲之，便覺不大方矣。』夫史記蕭相國世家載高祖繇咸陽，『吏皆送奉錢三，何獨以五』。及後益封二千户，復云：『以帝嘗繇咸陽時，何送我獨贏奉錢二也。』外戚世家載管夫人、趙子兒笑薄姬及竇廣國上書自陳小時常與姊采桑墮等事。漢書東方朔傳載朔恐侏儒射覆、拔劍割肉等事。朱買臣傳載買臣妻求去，及拜會稽太守，衣故衣、懷印綬步歸郡邸等事。班、馬爲史家宗祖，亦何嘗不敘瑣事以助文瀾？而與小說家不同者，則以其意存言外，非第盡於言中也。蓋蕭相國世家所以著其爲高帝故人，而猶岌岌不免，此帝之所以爲雄猜也；外戚世家則著漢家妃后所出皆微，大抵由於色升愛選，不可與周之任姒比；東方傳著賢者之不得志，有邶風簡兮篇之意；買臣傳又著世態之炎涼。筆雖靈妙，而義歸正大，故不嫌於纖巧。後來歸太僕用以敘家庭間事，亦得斯秘。此其異同之際，差之毫釐，謬以千里，欲精文事，烏得不明辨之？

吾嘗論古今著作，不外經、史、子、集四類。約而言之，其體裁惟子與史二者而已。蓋諸子中，管、晏、老、墨、列、莊、揚、韓非、吕覽、淮南，皆說理者也；屈、宋則述情者也；左、國、馬、班以下諸史，則敘事者也。經於理、情、事三者，無不備焉，蓋子、史之源也。如子之說理者本於易，述情者本於詩；史之敘事者，本於尚書、春秋、三禮。此其大凡也。

集於理、情、事三者，亦無不備焉，則子、史之委也。自鄙夫小生，以膚辭淺説，附諸大雅之林，於是四部之書，惟此一類爲雜。苟欲翦刈巵言，别裁僞體，使不明其範圍所在，何由振雅而袪邪哉？大抵集中，如論辨、序跋、詔令、奏議、書説、贈序、箴銘，皆毗於説理者；詞賦、詩歌、哀祭，則毗於述情者；傳狀、碑志、典志、敘記、雜記、贊頌，皆毗於敘事者。必也質而不俚，詳而不蕪，深而不晦，瑣而不褻，庶幾盡子、史之長，而爲六經羽翼。驟觀之，其義若狹；實按之，乃所以爲廣耳。

綱領

文學之綱領，以義法爲首。此二字出於史記十二諸侯年表序，所謂『孔子明王道，干七十餘君，莫能用，故西觀周室，論史記舊聞，興於魯，而次春秋，上記隱，下至哀公之獲麟，約其文辭，治其煩重，以制義法，王道備，人事浹』是也。夫『王道備、人事浹』，有義以主之也；若『約其文辭、治其煩重』，則有法以裁之也。故孔子曰：『其義則丘竊取之矣。』（孟子離婁）而范武子（寧）論春秋云：『一字之褒，榮於華衮之贈；片言之貶，辱過市朝之撻。』（穀梁傳序）韓退之亦云：『春秋嚴謹。』（進學解）夫褒貶嚴謹，非所謂法歟？孔子世家所以云『筆則筆，削則削』，而游夏『不能贊一辭』也。其後方望溪用力於春秋者深，故獨喻此旨。其論文遂揭此二字以示人。且評司馬氏此篇云：『春秋之制義法，自太史公發之，而後之深於文者亦具焉。必義以爲經，而法緯之，然後爲成體之文。』其論精且切矣。吾友行唐尚節之（秉和）古文講授談云：『近世古文，自方望溪始講義法，而此二字出於太史公十二諸侯年表序。此篇説春秋，實即説史記也。春秋之刺、譏、褒、諱、挹、損，不可以書見，故制義法，約其文辭，治其繁重，口授其傳指於七十子之徒。而史記之忌諱尤甚。忌諱甚而又不能不有所刺譏，刺譏不可以書見也，故義愈微而詞常隱。自後人不明此旨，而淮陰、淮南諸人遂真同叛逆矣。他若語褒而意譏、責備而心痛其人者，更微妙而難識。太史公蓋預傷之，故説春秋以寓史記義法也。』觀此又可見古人文章，其爲義有隱顯之不同；而其法亦極變化難測，特終歸於有條不紊耳。要之，此意諸經已言之，如易家人卦大象曰『言有物』，艮六五又曰『言有序』。『物』即義也，『序』即法也。書畢命曰：『辭尚體要。』『要』即義也，『體』即法也。詩正月篇曰：『有倫有脊。』『脊』即義也，『倫』即法也。禮記表記曰：『情欲信，辭欲巧。』『信』即義也，『巧』即法也。左氏襄二十五年傳曰：『言以足志，文以足言。』『志』即義也，『文』即法也。夫『離婁之明，公輸子之巧，不以規矩，不能成方圓；師曠之聰，不以六律，不能正五音』。使爲文而不講義法，則雖千言立就，而散漫無紀，曷足貴哉！

顧世之爲文章者，固不能必其義之精當，然而未敢倡言排之；獨於所謂法者，或逞其才氣，或詡爲性靈，輒思叛而去之以爲快。就其中持之有故、言之成理者，莫如寧都魏氏（禧），其答計甫草書云：『今之文士，奉古人之法度，猶賢有司奉朝廷律令，循循縮縮，守之而不敢違。今夫石所以量物，衡所以稱物；天下有日蝕星變，山崩水涌，衡之所不能稱，石之所不能量者矣。是故春生、夏長、秋殺、冬藏者，天地之法度也；哀、樂、喜、怒中其節，聖人之法度也。然且春夏之間，草木有忽枯槁，秋冬有忽萌芽。子之武城，聞絃歌之聲，笑曰：「割鷄焉用牛刀！」遇舊館人之喪而出涕。是有過乎喜與哀者矣。蓋天地之生殺，聖人之哀樂，當其元氣所鼓動，性情所發，亦間有其不能自主之時；然世不以病天地、聖人，而益以見其大。文章亦然。古人法度，猶工師規矩不可叛也；而興會所至，感慨、悲憤、愉樂之激發，得意疾書，浩然自快其志，此一時也，雖勸以爵禄不肯移，懼以斧鉞不肯止，又安有左氏、司馬遷、班固、韓、柳、歐陽、蘇在其意中哉！至傳志之文，則非法度必不工，此猶兵家之律，御衆分數之法，不可分寸恣意而出之；生動變化，則存乎其人之神明，蓋亦法中之肆焉者出也。』此論不可謂無見，然所謂得意疾書者，正神來氣來之候，此種酣嬉淋灕境況，古人恒有之，雖未嘗兢兢然求合於法，而卒未有與法背馳者。且彼謂傳志之非有法不能工，固矣；曾亦思議論之文，亦非有命意，有布局，不可以成篇。況後生入門，多不能爲傳志，所能爲者論說而已。若遽導之以自快其意，豈必喻立論之精微，勢將簡者失之晦，而不能條暢以伸所見；繁者失之冗，而不能的當以明所宗。其爲弊有不可勝言者。

夫文之有法，猶室之有户也。誰能出不由户，而文顧可無法哉？昔者揚子雲有言：『女惡丹青之亂窈窕也，書惡淫辭之淈法度也。』（法言吾子）韓退之作柳子厚墓志銘云：『衡湘以南爲進士者，皆以子厚爲師，其經承子厚口講指畫爲文辭者，皆有法度可觀。』唐書文藝傳云：『韓愈、柳宗元、李翱、皇甫湜等，法度森嚴。』宋史歐陽修傳云：『修之爲文，豐約中度。』唐荆川董中峯侍郎文集序云：『漢以前之文未嘗無法，而未嘗有法，法寓於無法之中，故其爲法也，密而不可窺。唐與近代之文，不能無法，而能毫釐不失乎法，以有法爲法，故其爲法也，嚴而不可犯。密則疑於無所謂法，嚴則疑於有法而可窺。然而文之必有法，出乎自然而不可易者，則不異也。且夫不能有法，而何以議於無法？有人焉，見夫漢以前之文，疑於無法，而以爲果無法也，於是率然而出之，決裂以爲體，餖飣以爲詞，盡去自古以來開闔、首尾、經緯、錯綜之法，而别爲一種臃腫、佶澀、浮蕩之文，以爲秦與漢之文如是，然乎否耶？』長洲汪堯峯（琬）答陳靄公書云：『大家之有法，猶弈師之有譜，曲工之有節，匠氏之有繩度，不可不講求而自得者也。後之作者，唯其知字而不知句，知句而不知篇，於是有開而無闔，有呼而無應，有前後而無操縱頓挫，不散則亂，譬如驅烏合之市人，而思制勝於天下，其不立敗者幾希。古人之於文也，揚之欲其高，斂之欲其深，推而遠之欲其雄且駿。其高也如垂天之雲，其深也如行地之泉，其雄且駿也，如波濤之洶涌，如萬騎千乘之奔馳；而及其變化離合，一歸於自然也，又如神龍之蜿蜒而不露其首尾，蓋凡開闔、呼應、操縱、頓挫之法，無不備焉。則今之所傳唐、宋諸大家，舉如此也。前明二百七十餘年，其文嘗屢變矣，而中間最卓卓知名者，亦無不學於古人而得之。』惜抱先生與張阮林書云：『文章之事，能運其法者才也，而極其才者法也。古人文有一定之法，有無定之法。有定者，所以爲嚴整也；無定者，所以爲縱横變化也。二者相濟而不相妨。故善用法者，非以窘吾才，乃所以達吾才也。夫思之深、功之至者，必其能見古人縱横變化所以爲嚴整之理。思深功至而見之矣，而操筆而使吾手與吾所見之相副，尚非一日事也。』凡此諸說，皆發明法不可廢之理。大抵古人之文，愈奇變不可測，愈有法以經緯其間。試觀莊子內七篇，其詞至俶詭，太史公所謂『洸洋自恣以適己』者也（老莊申韓列傳）。而黃山谷乃稱其『法度甚嚴』，意正如此。

雖然，不善用法，或反爲所拘。拘則迫，迫則葸，葸則氣餒，氣餒則筆呆蹇而不活，其病亦鉅。是以歸震川評史記云：『他人文字亦好，但如一個人面目具完，祇無生氣。』劉海峯論文偶記云：『古人文章可告人者惟法耳。然不得其神，徒守其法，則死法而已。』惜抱先生答翁學士書云：『鼐聞今天下之善射者，其法曰「平肩臂，正脰，腰以上直，腰以下反句磬折，支左詘右。其釋矢也，身如槁木。苟非是不可以射。」師弟子相授受，皆若此而已。及至索倫蒙古人之射，傾首，欹肩，僂背，發則口目皆動，見者莫不笑之。然而索倫蒙古之射，遠貫深而命中，世之射者常不逮也。然則，射非有定法亦明矣。夫道有是非，而技有美惡。詩文皆技也。技之精者必近道。故詩文美者，命意必善。文字者，猶人之言語也。有氣以充之，則觀其文也，雖百世而後，如立其人而與言於此；無氣則積字焉而已。意與氣相御而爲辭，然後有聲音、節奏、高下、抗墜之度，反復、進退之態，采色之華。故聲色之美，因乎意與氣而時變者也，是安得有定法哉！』凡此諸說，則又所以防不善用法而以窘其才者之弊，正可與魏說參觀。昔太史公言：『非好學深思，心知其意，固難爲淺見寡聞道也。』（史記五帝本紀贊）苟心知其意，則魏說未始不足取。非然者即導以方氏之說，而彼亦汲汲焉以法度爲急，終不過形存而君形者亡，與木偶無異。是故善學者聞古人之說，必相悅以解；若不善學，雖師友窮日夜之力，旁徵曲喻，而祇如扶醉人，持左則傾右，持右則傾左，如此而欲相與賞奇析疑，其可得乎？

且夫義法雖文學家所最重，而實不足以盡文章之妙。是以惜抱先生與陳碩士書云：

『得書謂震川論文深處，望溪尚未見，此論甚是。望溪所得，在國朝諸賢爲最深，較之古人則淺。其閱太史公書，似精神不能包括其大處、遠處、疏澹處及華麗非常處。止以義法論文，則得其一端而已。』而作古文辭類纂序，遂云：『凡文之體十三，而所以爲文者八，曰神、理、氣、味、格、律、聲、色。神、理、氣、味者，文之精也；格、律、聲、色者，文之粗也。然苟舍其粗，則精者亦胡以寓焉？學者之於古人，必始而遇其粗，中而遇其精，終則御其精者而遺其粗者。』又與陳碩士書云：『夫文章之事，所以爲美之道非一端，命意、立格、行氣、遣辭，理充於中，聲振於外，數者一有不足，則文病矣。作者每意專於所求，而遺於所忽，故雖有志於學，而卒無以大過乎凡衆。故必用功勤而用心精密，兼收古人之具美，融合於胸中，無所凝滯，則下筆時自無得此遺彼之病也。』方植之（東樹）昭昧詹言云：『詩文以氣脈爲上。氣所以行也，脈綰章法而隱焉者也。章法形骸也，脈所以細束形骸者也。章法在外可見，脈不可見。氣脈之精妙是爲神至矣。』曾文正公答許仙屏書云：『來示詢及古文之法，僕本無所解，近更荒淺，不復措意。古文者，韓退之氏厭棄魏、晉、六朝駢驪之文，而反之於六經兩漢，從而名焉者也。名號雖殊，而其積字而爲句，積句而爲段，而爲篇，則天下之凡名爲文者一也。國藩以爲欲著字之古，宜研究爾雅、說文小學訓詁之書，故嘗好觀近人王氏、段氏之說；欲造句之古，宜仿效漢書、文選，而後可砭俗而裁僞；欲分段之古，宜熟讀班、馬、韓、歐之作，審其行氣之短長、自然之節奏；欲謀篇之古，則羣經諸子以至近世名家，莫不各有匠心，以成章法，如人之有股體，室之有結構，衣之有要領。大抵以力去陳言、戛戛獨造爲始事，以聲調鏗鏘、包蘊不盡爲終事。僕學無師承，冥行臆斷，所辛苦而僅得之者，如是而已。』武昌張廉卿（裕釗）答吳摯甫書云：『古之論文者，曰：文以意爲主，而辭欲能副其意，氣欲能舉其辭，譬之車然，意爲之御，辭爲之載，而氣則所以行也。欲學古人之文，其始在因聲以求氣，得其氣，則意與辭往往因之而並顯，而法不外是矣。是故契其一而其餘可以緒引也。蓋曰意、曰辭、曰氣、曰法之數者，非判然自爲一事；常乘乎其機，而緄同以凝於一，惟其妙之一出於自然而已。自然者，無意於是，而莫不備至，動皆中乎其節，而莫或知其然，日星之布列，山川之流峙，是也。寧惟日星山川？凡天地之間之物之生而成文者，皆未嘗有見其營度而位置之者也，而莫不蔚然以炳，而秩然以從。夫文之至者，亦若是焉而已。觀者因其既成而求之，而後有某者某者之可言耳。夫作者之亡也久矣，而吾欲求至乎其域，則務通乎其微。以其無意爲之，而莫不至也，故必諷誦之深且久，使吾必與古人訢合於無間，然後能深契自然之妙，而究極其能事。若夫專以沈思力索爲事者，固時亦可以得意；然與夫心凝形釋、冥合於言議之表者，則或有間矣。』故姚氏暨諸家『因聲求氣』之說，爲不可易也。學者合觀之，庶幾於文學綱領，十得八九矣。

門類

欲學文章，必先辨門類。門者，其綱也；類者，其目也。總集古以文選爲美備。故王厚齋（應麟）困學紀聞云：『李善精於文選，爲註解因以講授，謂之「文選學」』。少陵有詩：「續兒學文選。」又訓其子云：「熟精文選理。」蓋「選學」自成家。』陸放翁老學庵筆記亦云：『宋初此書盛行，士爲之語曰：「文選爛，秀才半。」』然其中録文既繁，分類復瑣。』蘇子瞻題之云：『恨其編次無法，去取失當。』亦不可謂盡誣。蓋文有名異而實同者，此種祇當括而歸之一類中，如騷、七、難、對、問、設論、辭之類，皆辭賦也；表、上書、彈事，皆奏議也；箋、啓、奏記、書，皆書牘也；詔、册、令、教、檄、移，皆詔令也；序及諸史論贊，皆序跋也；頌、贊、符命，同出褒揚；誄、哀、祭、弔，並歸傷悼。此等昭明皆一一分之，徒亂學者之耳目。自是以後，或有以時代分者，或有以家數分者，或有以作用分者，或有以文法分者，衆説紛紜，莫衷一是。自惜抱先生古文辭類纂出，辨別體裁，視前人乃更精審。其分類凡十有三：曰論辨，曰序跋，曰奏議，曰書説，曰贈序，曰詔令，曰傳狀，曰碑志，曰雜記，曰箴銘，曰贊頌，曰詞賦，曰哀祭。舉凡名異實同與名同實異者，罔不考而論之。分合出入之際，獨釐然當於人心。乾隆、嘉慶以來，號稱善本，良有以也。上元梅伯言（曾亮）約之，有古文辭略之選，而增詩歌類。曾文正公又選經史百家雜鈔，其門有三，著述門凡三類：曰著述，曰詞賦，曰序跋；告語門凡四類：曰詔令，曰奏議，曰書牘，曰哀祭；記載門凡四類：曰傳志，曰敍記，曰典志，曰雜記。其異於姚氏三端：如分類外更揭出三門，此所以示學者最爲明白；至於雜記類外更益以典志、敍記兩類，此則姚氏非不知之，第以其例既不選經史，則其他著作能合於此兩類者寥寥，故括之於雜記類，而不別出兩類之目耳；若夫並贈序於序跋，附箴、銘、贊、頌於詞賦，此則姚氏之意，特以贈序與序跋，箴、銘、贊、頌與詞賦，其用本不同而然，但文正或並或附，亦猶姚氏之以對策合於奏議，檄、移之合於詔令，夫亦何爲不可！惟梅氏以詩歌入古文辭中，意在得文學之大全，然止録古體而無今體，與其合之而不備，誠不若別選之爲愈矣。今就姚氏所分十三類，詳論於後。

論辨類者，劉彥和（勰）文心雕龍論說篇云：『聖哲彝訓曰經，述經敍理曰論。論者，倫也。倫理無爽，則聖意不墜。昔仲尼微言，門人追記，故仰其經目，稱爲論語。蓋羣論立名，始於兹矣。』又云：『論也者，彌綸羣言，而研精一理者也。是以莊周齊物，以論爲名；不韋春秋，六論昭列。』姚氏亦云：『蓋原於古之諸子，各以所學著書詔後世。孔、孟之道與文至矣。自老、莊以降，道有是非，文有工拙。』綜兹兩説，可以知所由來。其曰辨者，字本作辯，説文：『辨，治也，从言在辡之間。』故他傳註或曰『明也』，或曰『分也』，或曰『别也』。曾氏云：『諸子曰篇、曰訓、曰覽，古文家曰論、曰辨、曰議、曰説、曰解、曰原，皆是。』惟伯夷頌姚氏亦入此類，蓋以其名異實同，且未用韻，與諸家之頌不同也。

序跋類者，經典釋文云：『序，次也。又與敘通。敘，亦次也。蓋次作者之指而道之也。』姚氏云：『昔前聖作易，孔子爲作繫辭、説卦、文言、序卦、雜卦之傳，以推論本原，廣大其義。詩書皆有序，而儀禮篇後有記，皆儒者所爲。其餘諸子，或自序其意，或弟子作之，莊子天下篇、荀子末篇是也。據此則古人之序，多綴於末。詩書序舊别爲一卷，附本書以行；其冠之每篇首，特後所移耳。太史公自序、漢書敘傳亦綴於末，惟諸表序冠於首。班氏作兩都賦，前爲之序，左太沖三都賦因之，而鄭氏詩譜亦以序居前，此其濫觴歟！至乞人作序，起於太沖爲賦成，自以名不甚著，求序於皇甫謐，由是後人文集莫不皆然；甚有兩序或三四序者，顧亭林日知録深譏其非體。自有前序，乃謂綴末者爲後序，亦謂之跋尾，或謂之書後。跋，説文：『䟦，跋也，从足，犮聲。』爾雅釋言：『躐也。』漢書註：『蹶也。』蓋本从足取義，引申之，處後皆曰跋。此類之原，曾氏廣以禮記之冠義、昏義，而謂『後世曰序、曰跋、曰引、曰題、曰讀、曰傳、曰註、曰箋、曰疏、曰説、曰解，皆是』。

奏議類者，其異名尤多。姚氏云：『唐、虞、三代聖賢陳説其君之辭，尚書具之矣。周衰，列國臣子爲國謀者，誼忠而辭美，皆本謨誥之遺。漢以來有表、奏、疏、議、上書、封事之異名，其實一類，惟對策體少別。』曾氏亦云：『凡後世曰書、曰疏、曰議、曰奏、曰表、曰劄子、曰封事、曰彈章、曰箋、曰對策，皆是。』而文心雕龍言之尤詳。章表篇云：七國言事，『皆稱上書。秦初定制，改書曰奏。漢定四品：一曰章，二曰奏，三曰表，四曰議；章以謝恩，奏以按劾，表以陳請，議以執異。章者，明也。表者，標也。』奏啓篇云：『奏者，進也。言敷於下，情進於上也。自漢以來，奏事者或稱上疏。』『啓者，開也。孝景諱啓，故兩漢無稱。至魏國箋記，始云「啓聞」，奏事之末，或云「謹啓」。自晉盛啓，用兼表奏，陳政言事，既奏之異條；讓爵謝恩，亦表之別幹。自漢置八儀，密奏陰陽，皁囊封板，故曰封事。晁錯受書，還上便宜』，『多附封事，慎機密也。』議對篇云：『議之言宜，審事宜也。昔管仲稱軒轅有明臺之議，其來遠矣。』漢立駁議。『駁者，雜也。雜議不純，故云駁也。』『又對策者，應詔而陳政也；射策者，探事而獻説也。言中理準，譬射侯中的。二名雖殊，即議之別體也。』案唐以後有狀，宋以後有劄子，近世有題本，有奏本，有附片。其名之異，亦以義各有主焉耳。

書説類者，姚氏云：『昔周公之告召公，有君奭之篇。春秋之世，列國士大夫或面相告語，或爲書相遺，其義一也。」曾氏謂『凡後世曰書、曰啓、曰移、曰牘、曰簡、曰刀筆、曰帖，皆是』。文心雕龍書記篇云：『書者，舒也。舒布其言，陳之簡牘。戰國以前，君臣同書。』『秦、漢始有表奏，王公國內，亦稱奏書。迄至後漢稍有名品：公府奏記，而郡將奏箋。記之言志，進己志也；箋者，表也，表識其情也。』曾氏名此類曰書牘，而姚氏則曰：『書，說也。』蓋因其中多載戰國游士說異國之君之辭而然。至說之爲言，文心雕龍論說篇云：『說者，悦也。兑爲口舌，故言資悦懌；過悦心僞，故舜驚讒說。』得其旨矣。

贈序類者，姚氏云：『老子曰：「君子贈人以言。」顔淵、子路之相違，則以言相贈處；梁王觴諸侯於範臺，魯君擇言而進，所以致忠愛、陳忠告之誼也。唐初贈人始以序名，作者亦衆。至於昌黎乃得古人之意，其文冠絶前後作者。蘇明允之考名序，故蘇氏諱序，或曰引，或曰說。』而遷安鄭東甫（杲）語永樸云：『詩崧高「吉甫作頌，其詩孔碩。其風肆好，以贈申伯。」即贈序之權輿。』富陽夏伯定（震武）亦云：『燕燕序「莊姜送歸妾」，謂陽「我送舅氏」，皆有贈序之義。』據此可知其來遠矣。至歐陽鄭荀改名序，明允仲兄文甫字說、名二子說，歸震川張雄字說、二子字說，此則因儀禮士冠禮有字辭，且既冠而字之，以見於鄉大夫、鄉先生，又各有訓戒，觀國語晉語載欒武子、范文子、韓獻子之告趙文子即其證，亦不可謂無本。惟明時壽序盛行，其弊或入於諂諛，有道君子多耻爲之。方望溪及曾氏咸有斯論，而兩家集中終不能免。然則，擇人而作，且所稱無溢於實，庶乎可也。

詔令類者，姚氏云：『原於尚書之誓誥。而檄、令皆諭下之辭，亦當附入。』曾氏謂『凡後世曰誥、曰詔、曰諭、曰令、曰教、曰敕、曰璽書、曰檄、曰策命，皆是』。而文心雕龍言之尤詳。詔策篇云：『昔軒轅、唐、虞，同稱曰命。其在三代，事兼誥、誓，誓以訓戒，誥以敷政，命喻自天，故授官錫胤。降及七國，並稱曰令。令者，使也。秦併天下，改命曰制。』漢初『命有四品：一曰策書，二曰制書，三曰詔書，四曰戒敕。敕戒州部，詔誥百官，制施赦命，策封王侯。策者，簡也；制者，裁也；詔者，告也；敕者，正也。』又云：『戒者，慎也。君父至尊，在三罔極。漢高祖之敕太子，東方朔之戒子，亦顧命之作也。教者，效也，言出而民效也。故王侯稱教。』檄移篇云：檄之稱自七國始。『檄者，皦也。皦然明白也。或稱露布，播諸視聽也。』『移者，易也。移風易俗，命往而民隨者也。』蓋劉氏判詔、策、檄、移爲二，而以教、戒附於詔策；姚氏則合檄、令於詔中；至曾氏悉貫爲一條，尤完密矣。

傳狀類者，劉子元（知幾）史通六家篇云：『傳者，傳也，所以傳示來世。』補註篇云：『傳者，轉也，轉授於無窮。』此傳之意也。文心雕龍書記篇云：『狀者，貌也。體貌本原，取其事實。』此狀之義也。曾氏云：『經則堯典、舜典，史則本紀、世家、列傳，皆紀載之公者也。後世記人之私者，曰家傳，曰行狀，曰事略，曰年譜，皆是。』但彼合傳、志爲一，故更數及墓表、墓志銘、神道碑。姚氏分而出之，引劉海峯之言曰：『古之爲達官、名人傳者，史官職之；文士作傳，凡爲圬者、種樹之流而已。其人既稍顯，即不當爲之傳；爲之行狀，上史氏而已。』案日知録云：『列傳始於太史公，蓋史體也。不當作史之職，無爲人立傳者。梁任昉文章緣起言傳始於東方朔作非有先生傳，是以寓言而謂之傳。韓文公集傳三篇，柳子厚集傳六篇，皆微者與遊戲之作，比於稗官；若段太尉則曰逸事狀，而不曰傳。』方望溪答喬介夫書亦云：『家傳非古也，必阨窮隱約，國史所不列，文章之士，乃私録而傳之。獨宋范文正公、范蜀公(鎮)有家傳，而爲之者，張唐英、司馬温公耳。此兩人故非文家，於文律或未審；若八家則無爲達官私立傳者。』此兩説實海峯所本。至傳末評語，其名諸家不同。據史通論贊篇云：『左傳發論，假君子以稱之，二傳云公羊子、穀梁子，史記云太史公，班固曰贊，荀悦曰論，東觀曰序，謝承曰詮，陳壽曰評，王隱曰議，何法盛曰述，揚雄曰譔，劉昺曰奏，袁宏、裴子野自顯姓名，皇甫謐、葛洪列其所號，而史官通稱史臣。其名萬殊，其歸一揆，必取道於時者，則總歸論贊焉。』此雖論史，其可以資文家之取裁乎！

碑志類者，文心雕龍誄碑篇云：『碑者，埤也。上古帝皇紀號封禪，樹石埤嶽，故曰碑也。又宗廟有碑，樹之兩楹，事止麗牲，未勒勳績。而庸器漸缺，故後代用碑，以石代金，同乎不朽。自廟徂墳，猶封墓也。』姚氏云：『其體本於詩，歌頌功德，其用施於金石。周之時有石鼓刻文；秦刻石於巡狩所經過；漢人作碑文，又加以序。序之體蓋秦刻瑯琊具之矣。茅順甫（坤字）譏韓文公碑序異史遷，此非知言。金石之文，自與史家異體，如文公作文，豈必以效司馬氏爲工耶？志者，識也，或立石墓上，或埋之壙中，古人皆曰志。爲之銘者，所以識之之辭也。然恐人觀之不詳，故又爲序。世或以石立墓上曰碑、曰表，埋乃曰志，及分志、銘二之，獨呼前序曰志者，皆失其義，蓋自歐陽公不能辨矣。』又與陳碩士書云：『墓表自與神道碑同類，與埋銘異類。神道碑有銘，似墓表用銘亦可通，然非體之正也。吾謂文章體制，當準理決之；不得以前賢有此，便執爲是，如贈序中用「不具某頓首」，與書同，此顏魯公（真卿）送蔡明遠序體也，直當斷以爲不是耳，安可法之耶？』又評韓公殿中少監馬君墓志銘云：『古者書旌柩前，即謂之銘，故不必有韻之文始可稱銘。』

案：禮記檀弓云：『銘，明旌也。以死者爲不可別已，故以其旗識之，愛之斯録之矣，敬之斯盡道焉耳。』祭統云：『夫鼎有銘。銘者，自名也。自名以稱揚其先祖之美，而明著之後世者也。』又云：『銘者，論撰其先祖之有德善，功烈勳勞慶賞聲名列於天下，而酌之祭器，自成其名焉，以祀其先祖者也。』左氏襄二十九年傳云：『夫銘，天子令德，諸侯言時計功，大夫稱伐。』據此則銘之義至廣，凡樹之山嶽，勒之宗廟，無論爲金爲石，有韻無韻，皆可稱之，不獨揭之墓道與埋諸幽室也。姚說固非無稽。余姚黄太沖（宗羲）金石要例云：『墓志而無銘者，蓋敘事即銘也。所謂志銘者，道一篇而言之，非以敘事屬志，韻語屬銘。猶作賦者末有「重曰」、「亂曰」，總之是賦，不可謂重是重、亂是亂也。』又云：『柳州葬令曰：「凡五品以上爲碑，龜趺螭首；降五品爲碣，方趺圓首。」此碑、碣之分。凡言碑者，即神道碑也。後世則碣亦謂之碑矣。』又云：『今制：三品以上神道碑，四品以下墓表。銘藏於幽室，碑、表施於墓上。雖名不同，其實一也。故墓表之書子姓與有銘，不可謂非。』先姜塢府君援鶉堂筆記云：『志止是立石爲辭以志之，銘即志耳。故或稱志銘，或稱銘志。劉顯卒，友人劉之遴啓皇太子爲之銘志，今梁書載其詞。觀前人石刻，有「有序」二字，以目其散文，文選謝朓和伏武昌詩，善註引徐晃伏曼容墓志序云云是也。若後無韻語，則即散文亦可謂之志，唐、宋諸公集皆有之。歐公論尹師魯墓志銘云：「志言云云，銘言云云，是以志銘分爲二，以序獨爲志，蓋是誤也。」』兩家之論，皆惜翁所本。

雜記類者，姚氏云：『亦碑文之屬。碑主於稱頌功德，記則所紀大小事殊，取義各異，故有作記序與銘詩全用碑文體者，又有爲紀事而不以刻石者。』曾氏云：『如禮記投壺、深衣、内則、少儀，周禮之考工記皆是。』後世修造宫室有記，遊覽山水有記，以及記器物、記瑣事皆是。

箴銘類者，姚氏云：『三代以來有其體矣。聖賢所以自戒警之義，其辭尤質而意尤深。』案：箴如軒轅輿、幾之箴（皇王大紀），辛甲之『命百官官箴王闕』（左氏襄四年傳）。銘如湯之盤銘（禮記大學），武王户、席諸銘（大戴禮武王踐阼），皆其原也。

頌贊類者，姚氏云：『亦詩頌之流，而不必施之金石者也。』文心雕龍頌贊篇云：『頌者，容也，所以美盛德而述形容也。』『贊者，明也，助也。昔虞舜之祀，樂正重贊（尚書六傳），蓋唱發之辭。及益贊於禹（書大禹謨）、伊陟贊於巫咸（史記封禪書），并颺言以明事，嗟嘆以助辭也。』

詞賦類者，漢書藝文志云：『傳曰：「不歌而誦謂之賦。登高能賦，可以爲大夫。」言感物造端，材智深美，可與圖事，故可以爲列大夫也。古者諸侯卿大夫交接鄰國，以微言相感，當揖讓之時，必稱詩以諭其志，蓋以别賢不肖而觀盛衰焉。故孔子曰「不學詩，無以言」也。春秋之後，周道寖壞，聘問歌詠，不行於列國，學詩之士，逸在布衣，而賢人失志之賦作矣。』兩都賦序云：『賦者，古詩之流也。』文心雕龍詮賦篇云：『詩有六義，其二曰賦，賦者，鋪也。鋪采摛文，體物寫志也。』『賦與詩體雖異，『總其歸塗，實相枝幹。賦也者，受命於詩人，拓宇於楚辭也。』姚氏云：『賦者，風雅之變體也，楚人最工爲之，蓋非獨屈子而已。余嘗謂漁父及楚人以弋説襄王、宋玉對王問遺行，皆設辭無事實，皆詞賦類耳。太史公、劉子政不辨，而以事載之，蓋非是。詞賦固當有韻，然古人亦有無韻者，以義在託諷，亦謂之賦耳。』綜諸説觀之，然則賦之發源在於詩，無可疑者。至其異名，曾氏云：『後世曰賦、曰辭、曰騷、曰七、曰設論、曰符命、曰歌，皆是。』蓋得其實。

哀祭類者，姚氏云：『詩有頌，風有黄鳥、二子乘舟，皆其原也。』曾氏更廣以書之武成、金縢祝辭，左傳荀偃、趙簡子祝辭，而謂『後世曰祭文、曰弔文、曰哀辭、曰誄、曰告祭、曰祝文、曰願文、曰招魂，皆是。』文心雕龍誄碑篇云：周時『大夫之材，臨喪能誄。誄者，累也，累其德行，旌之不朽也。』哀弔篇云：『哀者，依也。悲實依心』，『以辭遣哀，蓋不淚之悼。』『弔者，至也。君子命終定謚，事極理哀。故賓之慰主，以至到爲言也。』觀其所論，可知三者當歸一類。劉氏以誄合碑，又別出哀弔，豈非矛盾耶？

若夫典志之名，爾雅釋詁、書傳並云：『典，常也。』儀禮士昏禮註：『典，常也，法也。』説文：『典，五帝之書也。从册在丌上，尊閣之也。』莊都説：『典，大册也。』志與識通，記也。詩歌之名，詩譜序孔疏云：『詩有三訓：承也，志也，持也，作者承君政之善惡，述己志而作詩，所以持人之行，使不失墜也。』禮記樂記：『歌，詠其聲也。』詩傳：『典合樂曰歌。』合而觀之，亦可以知兩類發生之所由。

至記敘類，其義易明，兹不贅釋。

功效

昔陸士衡（機）文賦云：『伊兹文之爲用，固衆理之所因。恢萬里而無閡，通億載而爲津。俯貽則於來葉，仰觀象乎古人。濟文武於將墜，宣風聲於不泯。涂無遠而不彌，理無微而弗綸。配霑潤於雲雨，象變化乎鬼神。被金石而德廣，流管絃而日新。』此總論其功效也。使爲文而無功效可言，雖雕琢其辭，與禮記曲禮所謂『鸚鵡能言，不離飛鳥；猩猩能言，不離禽獸』者何以異？與歐陽子送徐無黨南歸序所謂『草木榮華之飄風，禽獸好音之過耳』者又何以異？兹更即其彰明較著者分而論之，蓋大端有六：

一曰論學。學也者，本己之所得，以救之世所失者也。韓退之進學解云：『觝排異端，攘斥佛老。補苴罅漏，張皇幽渺。尋墜緒之茫茫，獨旁搜而遠紹。障百川而東之，回狂瀾於既倒。』張子語録云：『爲天地立心，爲生民立命，爲往聖繼絶學，爲萬世開太平。』意正指此。但文章不工，雖有此志此學，何由宣其所見，以覺當世而詔來兹？故程子讀張子西銘，以爲『無子厚筆力發不出』。黄東發（震）日鈔云：『朱子爲文，其天才卓絶，學力宏肆，落筆成章，殆於天造。其剖析性理之精微，則日精月明；其窮詰邪説之隱遁，則神搜霆擊；其感慨忠義，發明離騷，則苦雨淒風之變態；其泛應人事，遊戲翰墨，則行雲流水之自然。』太倉陸桴亭（世儀）思辨録云：『古文須少年時及早爲之。王陽明（守仁）未遇湛甘泉（若水）講道時，先與同輩學作詩文。故講道之後，其往來論學書及奏疏，皆明白透快，吐言成章，動合古文體格，雖識見之高，學力之到，然其得力，未始不在平日一番簡練揣摩也。』據此可見文章發揮道妙，其功效之見於論學者，固當首及之矣。

二曰匡時。古人以禹貢行河；以洪範察變；以春秋斷獄，或以之出使；以甫刑校律令條法；以三百五篇當諫書；以周官致太平；以禮爲服制，以興教化。聖賢經典，無不與政治有關。是以爲文章者，必有陳古風今之思，本其心之沈鬱，而達以筆之委婉，乃可以動人，可以救世。顧亭林日知録云：『舜曰：「詩言志。」此詩之本也。王制：「命太師陳詩以觀民風。」此詩之用也。荀子論小雅曰：「疾今之政以思往者，其言有文焉，其聲有哀焉。」此詩之情也。故詩者，王者之跡也。』唐白居易與元微之書曰：『年齒漸長，閱事漸多，每與人言，多詢時務；每讀書史，多求理道。始知文章合爲時而著，詩歌合爲事而作。』又自敘其詩關於美刺者謂之諷諭詩，自比於梁鴻五噫之作。而謂好其詩者鄧魴、唐衢俱死，吾與足下又困躓。『豈六義、四始之風，天將破壞不可支持耶？抑又不知天意不欲使下人病苦聞於上耶？』嗟乎，可謂知立言之旨者矣。案杜工部集中，如北征、自京赴奉先詠懷、『三吏』、『三别』、前後出塞、兵車行、悲陳陶、悲青坂、哀江頭、哀王孫諸篇，其閔時憤俗之懷，沈鬱悲壯，往往足以繼變風變雅，故當時號爲『詩史』，蘇東坡亦評其詩云：『古今詩人衆矣，而杜子美爲首。豈非以其流落飢寒，終身不用，而一飯未嘗忘君也歟？』然則，因所遭之時，或頌其美，或刺其失；當王澤寖衰，猶思匡而正之，追而復之，近救一時，遠垂萬世，斯又文章之功效也。

三曰紀事。夫立乎千百世之後，而追溯千百世以前，其爲時也遠矣。乃舉凡賢君相之豐功駿業，名儒之至德要道，莫不可以窮源竟委，歷歷言之，非有高文爲之敍述，何以臻此？昔韓退之答崔立之（斯立）書，自言『將耕於寬閑之野，釣於寂寞之濱，求國家之遺事，考賢人哲士之所終始，作唐之一經，垂之於無窮，誅姦諛於既死，發潛德之幽光。』雖答劉秀才論史書有『僕雖呆，亦粗知自愛，實不敢率爾爲之』之語，而柳子厚遺之書云：『若退之如此，則唐之史述，卒無可託。明天子、賢宰相得史才如此，而又不果，甚可痛哉！』此可見其文不高，不能爲史；即爲之，亦必不能令人傳習而膾炙之也。是以退之進撰平淮西碑文表，歷陳二典、禹貢、盤庚、五誥、元鳥、長髮、清廟、臣工、大小二雅，以爲『皆由辭事相稱，善並美具，乃號以爲經，從始至今，莫敢指斥；向使撰次不得其人，文字曖昧，雖有美實，其誰觀之？』李習之答皇甫湜書云：『僕以爲西漢十二帝，高祖起布衣，定天下，豁達大度，東漢所不及；其餘惟文、宣二帝爲優。自惠、景以下，亦不皆明於東漢明、章二帝；而前漢事跡灼然傳在人口者，以司馬遷、班固敘述高簡之功，故學者悦而習焉，其讀之詳也。足下讀范曄漢書、陳壽三國志、王隱晉書生熟，何如左丘明、司馬遷、班固之温習哉？故温習者事跡彰，而罕讀者事跡晦。讀之疏數，在詞之高下，理必然也。』歐陽永叔跋唐田布碑云：『今有道史、漢時事，其人偉然甚著，而市兒俚嫗，猶能道之；自魏、晉以下，不爲無人，而其顯赫不及於前者，無左丘明、司馬遷之筆以起其文也。』曾子固寄歐陽舍人書，又謂『非畜道德而能文章者，不可以作銘』，且申之云：『人之行，有情善而跡非，有意姦而外淑，有善惡相懸而不可以實指，有實大於名，有名侈於實，猶之用人，非畜道德者惡能辨之不惑、議之不徇？不惑不徇，則公且是矣。而其辭之不工，則世猶不傳，於是又在其文章兼勝焉。故曰「非畜道德而能文章者，無以爲也」，豈非然哉！』虞道園（集）跋張方先生傳後云（案：方字未詳）：『史臣書事，惟戰功、文學、治術則易書，隱君子之爲德則難言也。太史公書伯夷傳，載許由之冢；東漢書黄叔度傳，其文雖不及於司馬氏，而能使後世擬叔度爲顔子，而人信而不疑，亦文章之難事乎！』嗚呼！歐陽公有言：盛衰生死之際不足道，『惟爲善者能有後，而託於文字者可以無窮』（河南府司録張君墓表）。然則，使古今事業磊磊軒天地者不致沈没，斯又文章之功效也。

四曰達情。昔人云：未免有情，誰能遣此？情之在人，正所以靈於萬物者也。詩七月毛傳云：『春女悲，秋士悲，感其物化也。』文心雕龍物色篇云：『春秋代序，陰陽慘舒，物色之動，心亦摇焉。蓋陽氣萌而元駒步，陰律凝而丹鳥羞。（元駒、丹鳥，並見夏小正。元駒，蟻也；丹鳥，螢也。）微蟲猶或入感，四時之動物深矣。若夫珪璋挺其惠心，英華秀其清氣，物色相召，人誰獲安！是以獻歲發春，悦豫之情暢；滔滔孟夏，鬱陶之心凝；天高氣清，陰沈之志遠；霰雪無垠，矜肅之慮深。歲有其物，物有其容；情以物遷，辭以情發。一葉且或迎意，蟲聲有足引心，況清風與明月同夜，白日與春林共朝哉！』鍾仲偉（嶸）詩品云：『春風春鳥，秋月秋蟬，夏雲暑雨，冬月祁寒，斯四候之感諸詩者也。嘉會寄詩以親，離羣託詩以怨。至於楚臣去境，漢妾辭宫。或骨横朔野，魂逐飛蓬；或負戈外戍，殺氣雄邊。塞客衣單，孀閨淚盡。或士有解佩出朝，一去忘返；女有揚娥入寵，再盼傾城。凡斯種種，感蕩心靈，非陳詩何以展其義，非長歌何以騁其情？故曰：詩，「可以羣，可以怨」。』由此觀之，古人性情，未有不見於文字者，故文賦云：『思涉樂其必笑，方言哀而已嘆。』退之送孟東野序云：『其歌也有思，其哭也有懷。』然此猶言情之在一己者耳。若夫由己及人，而使彼此之間，洞然無閡，如漢文帝之與南越王趙佗書、光武之與竇融書，皆以一紙定邊陲，力量視十萬勁兵，有過之無不及。唐德宗興元大赦詔，感人之捷亦然。而歷代詞令施於鄰國者，可類推矣。然則情之所及，無論近遠，放之皆準，感而遂通，斯又文章之功效也。

五曰觀人。禮記樂記云：『寬而靜、柔而正者，宜歌頌；廣大而靜、疏達而信者，宜歌大雅；恭儉而好禮者，宜歌小雅；正直而靜、廉而謙者，宜歌風；肆直而慈愛者，宜歌商；温良而能斷者，宜歌齊。』魏文帝典論云：『夫人善於自見；而文非一體，鮮能備善。』惜抱先生與陳碩士書云：『作詩者，苟天才與其體性不近，不必强之。大抵其才馳騁而炫耀者，宜七言；深婉而澹遠者，宜五言。雖不可盡以此論拘，而大概似之矣。』據此，則人之性情、才氣、志操、學業，固各有所宜。惟然，故觀其文可以知其人也。昔孔子言：『始吾於人也，聽其言而信其行；今吾於人也，聽其言而觀其行。』(公冶長)又曰：『論篤是與，君子者乎？色莊者乎？』(先進)又曰：『不以言舉人。』(衛靈)此特就苟以欺人於一時者言之耳。若其平生所著，則心術隱微，必有流露於字裏行間而不能掩者。試觀子厚謂『慷慨自爲正直，行行焉如退之』(與韓愈論史書)，故退之之文，莫不奇崛；而如祭鄭夫人文、祭十二郎文、韓滂墓志銘、女挐壙銘，乃至性纏綿，讀之令人涕下，故李習之又謂其『孝友慈祥』(外姑韋夫人墓志)。蘇子由(轍)謂歐陽公『議論宏辨，容貌秀偉』(上樞密韓太尉書)，故永叔之文，莫不深婉；而如與范司諫(仲淹)、高司諫(若訥)兩書，乃凛然有不可犯之色，故王介甫又謂其『果敢之氣，剛正之節，至晚而不衰』（祭歐陽文忠公文）。虞道園跋歐曾二公帖云：『歐陽公著書，所以資僚友之考訂者，謙至而周悉；曾公家書，所以告語其嫂者，忠愛而敦篤。所謂盛代之德人、文學之師表也。學者因翰墨而想象其詞氣，因詞氣而涵泳其德業，所得不既多乎？』此正見文章可以得人之真相與其全量也。不然，何以書言『敷奏以言』（堯典）？禮言『或以言揚』（文王世子）哉！是以日知録云：『末世人情彌巧，文而不慚，固有朝賦採薇之篇，而夕有捧檄之喜者，苟以其言取之，則車載魯連、斗量王蠋矣。曰：是不然，世有知言者出焉，則其人之真僞，即以其言辨之，而卒莫能逃。黍離之大夫，始而「摇摇」，中而「如噎」，既而「如醉」，無可奈何而付之蒼天者，真也。汨羅之宗臣，言之重，詞之復，心煩意亂，而其詞不能以次者，真也。栗里之徵士，澹然若忘於世，而感憤之懷，有時不能自止，而微見其情者，真也。其汲汲然自表暴而爲言者，僞也。』方望溪與劉言潔書云：『道之不聞，而其言傳，自古及今，未有一得者也。身則無是，而强爲聞道之言，則其出也，不能如其心，而其傳也，人能知其僞。』夫人藏其心，不可測度也；然而觀其所言，即可以知其所藴，斯又文章之功效也。

六曰博物。夫博物之書，莫如爾雅。今觀所述，不外詩、書、禮、樂四端，蓋皆宇宙之大文也。自兹而降，莫如屈、宋、揚、馬之詞賦。是以文心雕龍物色篇云：『詩人感物，聯類不窮；流連萬象之際，沈吟視聽之區。寫氣圖貌，既隨物以宛轉；屬采附聲，亦與心而徘徊。故「灼灼」狀桃花之鮮，「依依」盡楊柳之貌，「杲杲」爲日出之容，「瀌瀌」擬雨雪之狀，「喈喈」逐黄鳥之聲，「喓喓」學草蟲之韻。「皎日」「嘒星」，一言窮理；「參差」「沃若」，兩字窮形。並以少總多，情貌無遺矣。雖復思經千載，將何易奪？及離騷代興，觸類而長，物貌難盡，故重沓舒狀，於是「嵯峨」之類聚，「葳蕤」之羣積矣。及長卿之徒，詭勢瑰聲，模山範水，字必魚貫，所謂詩人麗則而約言，辭人麗淫而繁句也。』又云：『山林皋壤，實文思之奥府。屈平所以能洞鑒風騷之情者，抑亦江山之助乎！』及韓退之出，乃更以詩賦所長，入於散體文中，是以上兵部李侍郎書云：『凡自唐、虞以來，編簡所存，大之爲河海，高之爲山嶽，明之爲日月，幽之爲鬼神，纖之爲珠璣華實，變之爲雷霆風雨，奇辭奥旨，靡不通曉。』至送高閑上人序云：『往時張旭善草書，不治他伎，喜怒、窘窮、憂悲、愉快、怨恨、思慕、酣醉、無聊、不平，有動於心，必於草書焉發之；觀於物，見山水、崖谷、鳥獸、蟲魚、草木之花實、日月、列星、風雨、水火、雷霆、霹靂、歌舞、戰鬥，天地事物之變，可喜可愕，一寓於書。』此雖論草書，而行文之妙，亦猶是矣。柳子厚愚溪詩序云：『余雖不合於俗，亦頗以文墨自慰。漱滌萬物，牢籠百態，而無所避之。』歐陽公六一詩話載梅聖俞論詩云：『必狀難寫之景，如在目前；含不盡之意，見於言外。』因引嚴維詩『柳塘春意漫，花塢夕陽遲』，以爲『天容時態，融和駘蕩，豈不如在目前乎？又若温庭筠「鷄聲茅店月，人跡板橋霜」，賈島「怪禽啼曠野，落日恐行人」，則道路辛苦，羈愁旅思，豈不見於言外乎？』蘇子瞻評詩人寫物云：『「桑之未落，其葉沃若」，他木殆不可以當此。林逋梅花詩云：「疏影横斜水清淺，暗香浮動月黄昏。」決非桃李詩。皮日休白蓮花詩云：「無情有恨何人見，月曉風清欲墮時。」決非紅蓮詩。此乃寫物之工。若石曼卿（延年）紅梅詩云：「認桃無緑葉，辨杏有青枝。」至陋語，蓋村學中體也。』又書參寥（僧道潛）論杜詩云：『老杜詩「楚江巫峽半雲雨，清簟疏簾看弈棋」，此句可畫。但恐畫不就爾。』葉少藴（夢得）石林詩話云：『老杜「細雨魚兒出，微風燕子斜」，此十字殆無一字虚設。細雨著水面爲漚，魚常上浮而淰；若大雨則伏而不出。燕體輕弱，風猛則不能勝；惟微風乃受以爲勢。至「穿花蛺蝶深深見，點水蜻蜓款款飛」，「深深」字若無「穿」字，「款款」字若無「點」字，皆無以見。』其精微如此。自文學家有此境，於是賦物之工，誠如文賦所謂『籠天地於形内，挫萬物於筆端』者，斯又文章之功效也。

以上所陳六者，皆彰明較著之大端。自今以往，世局日新，人事日多，而所以助文章而生其波瀾意態者日廣，則其功效必日著，是在有志兹學者擴而充之、神而明之耳。

文學研究法卷二

運會

文心雕龍時序篇云：『昔在陶唐，德盛化鈞，野老吐「何力」之談，郊童含「不識」之歌。有虞繼作，政阜民暇，「薰風」詩於元后，「爛雲」歌於列臣。盡其美者何？乃心樂而聲泰也。至大禹敷土，「九序」詠功；成湯聖敬，「猗歟」作頌。逮姬文之德盛，周南勤而不怨；太王之化淳，豳風樂而不淫。幽、厲昏而板蕩怒，平王微而黍離哀。故知歌謠文理，與世推移，風動於上，而波震於下者也。春秋以後，角戰英雄，六經泥蟠，百家飇駭。方是時也，韓、魏力政，燕、趙任權；五蠹六虱，嚴於秦令；唯齊、楚兩國，頗有文學，齊開莊衢之地，楚廣蘭臺之宮，孟軻賓館，荀卿宰邑；故稷下扇其清風，蘭陵鬱其茂俗，鄒子（衍）以談天飛譽，騶奭以雕龍馳響，屈平聯藻於日月，宋玉交彩於風雲。觀其艶説，則籠罩雅、頌，故知煒燁之奇意，出乎縱横之詭俗也。爰至有漢，運接燔書，高祖尚武，戲儒簡學。雖禮律草創，詩、書未遑；然大風、鴻鵠之歌，亦天縱之英作也。施及孝惠，迄於文、景，經術頗興，而辭人勿用，賈誼抑而鄒、枚沈（鄒陽、枚乘），亦可知已。逮孝武崇儒，潤色鴻業，禮樂争輝，辭藻競騖：柏梁展朝宴之詩，金隄製恤民之詠，徵枚乘以蒲輪，申主父（偃）以鼎食，擢公孫（宏）之對策，嘆倪寬之擬奏，買臣負薪而衣錦，相如滌器而被綉；於是史遷、壽王（吾邱氏）之徒，嚴（安）、終（軍）、枚皋（乘子）之屬，應對固無方，篇章亦不匱，遺風餘采，莫與比盛。越昭及宣，實繼武績，馳騁石渠，暇豫文會，集雕篆之逸材，發綺縠之高喻，於是王褒之倫，底禄待詔。自元暨成，降意圖籍，美玉屑之談，清金馬之路，子雲銳思於千首，子政讎校於六藝，亦已美矣。爰自漢室，迄至成、哀，雖世漸百齡，辭人九變，而大抵所歸，祖述楚辭，靈均（離騷：『名余曰正則兮，字余曰靈均。』）餘影，於是乎在。自哀、平陵替，光武中興，深懷圖讖，頗略文華。然杜篤獻誄以免刑，班彪參奏以補令，雖非旁求，亦不遐棄。及明、章疊耀，崇愛儒術，肄禮璧堂，講文虎觀。孟堅珥筆於國史，賈逵給札於瑞頌，東平（憲王蒼）擅其懿文，沛王（獻王輔）振其通論，帝則藩儀，輝光相照矣。自和、安已下，迄至順、桓，則有班（固）、傅（毅）、三崔（駰、瑗、實），王（延壽）、馬（融）、張（衡）、蔡（邕），磊落鴻儒，才不時乏，而文章之選，存而不論。然中興之後，羣才稍改前轍，華實所附，斟酌經緯，蓋歷政講聚，故漸靡儒風者也。降及靈帝，時好辭制，造羲皇之書，開鴻都之賦；而樂松之徒，招集淺陋，故楊賜號爲驩兜，蔡邕比之俳優，其餘風遺文，蓋蔑如也。自獻帝播遷，文學蓬轉，建安之末，區宇方輯。魏武以相王之尊，雅愛詩章；文帝以副君之重，妙善辭賦；陳思以公子之豪，下筆琳琅。並體貌英逸，故俊士雲蒸。仲宣（王粲字）委質於漢南，孔璋（陳琳字）歸命於河北，偉長從宦於青土，公幹（劉楨字）徇質於海隅，德璉（應瑒字）綜其斐然之思，元瑜（阮瑀字）展其翩翩之樂，文蔚（路粹字）、休伯（繁欽字）之儔，于叔（邯鄲淳字）、德祖（楊修字）之侶，傲雅觴豆之前，雍容衽席之上，灑筆以成酣歌，和墨以資談笑。觀其時文，雅好慷慨，良由世積亂離，風衰俗怨，並志深而筆長，故梗概而多氣也。至明帝纂戎，製詩度曲，徵篇章之士，置崇文之觀，何（晏）、劉（劭）羣才，迭相照耀。少主相仍，唯高貴（高貴鄉公髦）英雅，顧盼含章，動言成論。於時正始（魏主芳年號）餘風，篇體輕澹，而嵇（康）、阮（籍）、應（璩）、繆（襲），並馳文路矣。逮晉宣始基，景、文克構，並跡沈儒雅，而務深方術。至武帝維新，承平受命，而膠序篇章，弗簡皇慮。降及懷、愍，綴旒而已。然晉雖不文，人才實盛，茂先（張華字）搖筆而散珠，太沖（左思字）動墨而橫錦，岳（潘氏）、湛（夏侯氏）曜聯璧之華，機、雲（並陸氏）標二俊之采，應（貞）、傅（咸）、三張（載、協、亢）之徒，孫（綽）、摯（虞）、成公（綏）之屬，並結藻清英，流韻綺靡。前史以爲運涉季世，人未盡才，誠哉斯談，可爲嘆息。元皇中興，披文建學，劉（隗）、刁（協）禮吏而寵榮，景純（郭璞字）文敏而優擢。逮明帝秉哲，雅好文會，升儲御極，孳孳講藝，練情於詰策，振采於辭賦；庾（亮）以筆才逾親，温（嶠）以文思益厚，揄揚風流，亦彼時之漢武也。及成、康促齡，穆、哀短祚，簡文勃興，淵乎清峻，微言精理，函滿玄席，澹思濃采，時灑文囿。至孝武不嗣，安、恭已矣；其文史則有袁（宏）、殷（文仲）之曹，孫（盛）、干（寶）之輩，雖才或淺深，珪璋足用。自中朝貴玄，江左稱盛，因談餘氣，流成文體。是以世極迍邅，而辭意夷泰，詩必柱下（法輪經：老子在周武王時爲柱下史）之旨歸，賦乃漆園（史記莊子傳：『周嘗爲蒙漆園吏。』）之義疏。故知文變染乎世情，廢興繫乎時序，原始以要終，雖百世可知也。自宋武愛文，文帝彬雅，秉文之德；孝武多才，英采雲構。自明帝以下，文理替矣。爾其縉紳之林，霞蔚而飆起；王（僧達）、袁（淑）聯宗以龍章，顏（延之）、謝（靈運）重叶以鳳采；何（遜）、范（雲）、張（邵）、沈（約）之徒，亦不可勝數也。』案所論於晉、宋以前文學興廢，已得其概；惟末於齊語焉不詳，豈有所諱而然歟！兹故弗録，而撮鈔諸史續之。

蓋文苑傳起於後漢書而無序。三國志無文苑傳。晉書文苑、南史文學兩傳序亦略。據北史文苑傳序云：『永明（南齊武帝年號）、天監（梁武帝年號）之際，太和（魏孝文帝年號）、天保（北齊文宣帝年號）之間，洛陽江左，文雅尤盛。江左宮商發越，貴於清綺；河朔詞義貞剛，重乎氣質。氣質則理勝其詞，清綺則文過其意。理深者便於時用，文華者宜於歌詠。此南北詞人得失之大較也。梁自大同（武帝年號）之後，雅道淪缺，漸乖典則，爭馳新巧，簡文、湘東啓其淫放，徐陵、庾信分路揚鑣，其意淺而繁，其文匿而彩，詞尚輕險，情多哀思，格以延陵之聽，蓋亦亡國之音也。隋文初統萬幾，每念斲雕爲樸，發號施令，咸去浮華。然時俗詞藻，猶多淫麗，故憲臺執法，屢飛霜簡。煬帝初習藝文，有非輕側；暨乎即位，一變其體。與越公書、建東都詔、冬至受朝詩及擬飲馬長城窟，並存雅體，歸於典則，雖意在驕淫，而詞無浮蕩，故當時綴文之士，遂得依而取正焉，所謂能言者未必能行，蓋亦君子不以人廢言也。』唐書文藝傳序云：『唐有天下三百年，文章無慮三變：高祖、太祖，大難初夷，沿江左餘風，絺章繪句，揣合低昂，故王（勃）、楊（炯）爲之伯。玄宗好經術，羣臣稍厭雕瑑，索理致，崇雅黜浮，氣益雄渾，則燕（張説）、許（蘇頲）擅其宗。是時唐興已百年，諸儒爭自名家，大曆（代宗年號）、貞元（德宗年號）間，美才輩出，擩嚌道真，涵泳聖涯，於是韓愈倡之，柳宗元、李翺、皇甫湜等和之，排逐百家，法度森嚴，抵轢晉、魏，上軋漢、周，唐之文章，完然爲一王法，此其極也。若侍從酬奉，則李嶠、宋之問、沈佺期、王維；制册則常衮、楊炎、陸贄、權德輿、王仲舒、李德裕；言詩則杜甫、李白、元稹、白居易、劉禹錫；譎怪則李賀、杜牧、李商隱，皆卓然以所長爲一世冠，其可尚矣。』五代史無文苑傳。宋史文苑傳序云：『藝祖革命，首用文吏，而奪武臣之權，宋之尚文，端本乎此。太宗、真宗在藩邸，已有好學之名；及其即位，彌文日增，自時厥後，子孫相承，上之爲人君者，無不典學；下之爲人臣者，自宰相以至令録，無不擢科，海内文士，彬彬輩出焉。國初楊億、劉筠，猶襲唐人聲律之體；柳開、穆修，志欲變古而力弗逮；廬陵歐陽修出，以古文倡，臨川王安石、眉山蘇軾、南豐曾鞏起而和之，宋文日趨於古矣。南渡文氣不及東都，豈不足以觀世變歟！』遼史文學傳序云：『遼起松漠，太祖以兵經略方内，禮文之事，固所未遑。及太宗入汴，取晉圖書禮器而北，然後制度漸以修舉。至景、聖（景宗賢，聖宗隆緒）間，則科目聿興，士有由下僚擢陞侍從，駸駸崇儒之美；但其風氣剛勁，三面鄰敵，歲時以蒐獮爲務，而典章文物，視古猶闕。』金史文藝傳序云：『金初未有文字。世祖以來漸立條教。太祖既興，得遼舊人用之，使介往復，其言已文。太宗繼統，乃行選舉之法；及伐宋取汴經籍圖書，宋士多歸之。熙宗款謁先聖，北面如弟子禮。世宗、章宗之世，儒風丕變，庠序日盛，士由科第位至宰輔者接踵。當時儒者雖無專門名家之學，然而朝廷典策，鄰國書命，粲然可觀。金用武得國，無以異於遼；而一代制作，能自樹立唐、宋之間，非遼世所及。』元史無文苑傳，特附於儒學傳中。大抵自南宋而文學已衰，其時，文惟朱子及呂成公（祖謙），詩則陳簡齋（與義）、曾茶山（幾）、陸放翁、楊誠齋（萬里）爲之最。其後，金則元遺山，元則劉静修（因）、虞文靖（集）、揭文安（傒斯）、楊仲宏（載）、范德機（梈）、吴立夫

（萊）、黄文獻（搢）、柳道傳（貫），皆有名於時，而開明初風氣。故明史文苑傳序云：『明初文學之士，承元季虞、柳、黄、吴之後，師友講貫，學有本原，宋濂、王禕、方孝孺以文雄，高（啓）、楊（維楨）、張（以寧）、徐（一夔）、劉基、袁凱以詩著。其他勝代遺逸，風流標映，不可指數，蓋蔚然稱盛。永、宣（永樂，太宗年號；宣德，宣宗年號）以還，作者遞興，皆沖融演迤，不事鈎棘，而氣體漸弱。弘、正（弘治，孝宗年號；正德，武宗年號）之間，李東陽出入宋、元，溯流唐代，擅聲館閣；而李夢陽、何景明倡言復古，文自西京、詩自中唐而下，一切吐棄，操觚談藝之士，翕然宗之，明之詩文，於斯一變。迨嘉靖（世宗年號）時，王慎中、唐順之輩，文宗歐、曾，詩仿初唐；李攀龍、王世貞輩，文主秦、漢，詩規盛唐。王、李之持論，大率與夢陽、景明相倡和也。歸有光頗後出，以司馬、歐陽自命，力排李、何、王、李；而徐渭、湯顯祖、袁宏道、鍾惺之屬，亦各争鳴一時，於是宗李、何、王、李者稍衰。至啓、禎（天啓，熹宗年號；崇禎，懷宗年號）時，錢謙益、艾南英準北宋之矩矱，張溥、陳子龍擷東漢之芳華，又一變矣。』此皆前史所載之可考而知者。至於清室二百七十餘年之間，人才亦不少。古文則有侯方域、魏禧、汪琬、姜宸英、方苞、劉大櫆、姚鼐、管同、梅曾亮、惲敬、張惠言、曾國藩、張裕釗、吴汝綸；駢文則有胡天游、邵齊燾、孔廣森、洪亮吉；詩則有龔鼎孳、吴偉業、王士禎、施閏章、宋琬、朱彝尊、趙執信、查慎行，而大櫆及鼐之詩亦最勝，其末造有莫友芝、鄭珍。此其大略也。

今綜而觀之，雖歷代英才，應運而出，然元、明、清文學遜於宋，宋遜於唐，唐遜於周、秦、兩漢，豈不能不爲時代所限歟！昔朱子讀唐志，謂『自孟子没，天下之士，不求知道養德，以充其内，而文章遂無實。東京以後，訖於隋、唐，愈下愈衰。韓愈氏出，始追六藝而作原道諸篇。然讀其書，出於諂諛戲豫放浪者自不少。若夫所原之道，則徒能言其大體，而未見有探討服行之效。故其論古人，直以屈原、孟軻、馬遷、相如、揚雄爲一等，而不及董、賈；其論當世之弊，但以「詞不己出」，遂有神徂聖伏之嘆。則師生傳受，未免裂道與文以爲兩物。自是以來，又數百年，而後有歐陽子，其病亦同。』唐荆川與茅鹿門書亦謂『作文必洗滌心源，然後有真精神。即以詩論：陶彭澤未嘗較聲律、雕句文，但信手寫出，便是宇宙間第一等好詩，何則？其本色高也。自有詩以來，其較聲律、雕句文，用心最苦而立説最嚴者，無如沈約，苦卻一生精力，使人讀其詩，祇見其捆縛齷齪滿卷累牘，竟不曾道出一兩句好話，何則？其本色卑也。本色卑，文不能工也，而況非其本色者哉！』兩家所論，實洞於古今文章陞降之由，非率爾操觚者所能窺見。

雖然，荆川謂休文不及淵明是矣；而朱子之譏韓、歐，則未免已甚。何以言之？昌黎遊戲之文本不多，其有之，亦别寓深意，固與道術無妨。蘇子瞻答楊康功詩云：『退之仙人也，遊戲於斯文。』可謂深知文章之趣。至干乞乃少年事，觀上賈滑州書云：『愈年二十有三。』上崔虞部書云：『愈今二十有六矣。』上宰相書云：『今有人生二十有八年矣。』即其明證。其後德成行尊，則不屑爲之。故答李習之書云：『僕在京城八九年，無所取資，日求於人，以度時月。當時行之不覺也，今而思之，如痛定之人，思當痛之時，不知何能自處也。今年已加長矣，復驅之使就其故地，是亦難矣。』若夫答崔立之書以孟子與諸家並言，特即文章一端論之耳。其於道術，原道固云：『軻之死，不得其傳焉。』讀荀子又云：『孟氏醇乎醇者也。荀與揚，大醇而小疵。』未嘗以爲一等。董、賈雖集中未言及，而李南紀作昌黎集序云：『秦、漢以前其氣渾然。迨乎司馬遷、相如、董生、揚雄、劉向之徒，尤所謂傑然者也。』柳子厚與楊京兆憑書又有『明如賈誼』之語，是師友講論之際，必及二子可知。況『辭必己出』本禮記曲禮『毋勦説，毋雷同』而來，尤足爲文家針砭，而何譏焉？是以程子嘗推韓公爲豪傑之士。黄東發日鈔云：『臨川王氏爲詩譏昌黎曰：「紛紛易盡百年身，舉世無人識道真。力去陳言誇未俗，可憐無補費精神。」夫世更八代，異端肆行，昌黎始出而正之，以六經之文爲諸儒倡，論者謂功不在孟子下，今譏其「無補」，不足服昌黎也。且王氏亦不過費精神以從事文墨，正欲學昌黎而未至者，奈何身自爲之，而反以譏人耶！晦庵先生校昌黎文，乃取此詩附於後，殊所未曉。』曾文正公答劉孟容書：

『朱子譏韓、歐裂道與文爲二物，而歐公送徐無黨序，亦以修之於身、施之於事、見之於言分爲三等，其意深慕立德之徒，而以功與言爲不足貴。朱子豈忘此説，奚病之若是哉？』

案蘇子由歐陽公神道碑云：『自魏、晉以來，歷南北，文弊極矣，雖唐貞觀、開元之盛，卒不能振。惟韓退之一變復古，闕其頹波，東注之海，遂復西漢之舊。其後五代相承，天下不知所以爲文，及公之文出，乃復無愧於古。嗚呼！千數百年，文章廢而復興，惟得二人焉，夫豈偶然哉？』方望溪贈方文輈序云：『文章之傳，代降而卑，以爲古必不可復者，惑也。百物伎巧，至後世而益精，竭心焉以求其善耳。然則道德文術之所以衰者，其故可知矣。周時人無不達於文、見於傳者，隸卒厮輿，亦能雍容辭令。蘇秦既遂，代、厲始脱市籍，馳説諸侯，而文辭之雄，後世之宿學不能逮也。蓋三代盛時，無人而不知學，雖農工商賈，其少也固嘗與於塾師里門之教矣。至秀民之能爲士者，則聚之庠序學校，授以詩、書六藝，使究切於三才萬物之理，而漸摩於師友者，常數十年，故深者能自得其性命，而飈流餘焰之發於文辭者亦充實光輝，而非後世所能及也。漢之文，終武帝之世而衰，雖有能者，氣象苶然，蓋周人遺學老師宿儒之所傳，至是而掃地盡矣。自是以降，古文之學，每數百年而一興，唐、宋所傳諸家是也。漢之東，宋之南，其學者專爲訓詁，故義理明而文章則不能兼勝焉。而其尤衰則在有明之世。蓋唐、宋之學者，雖逐於詩賦論策之末，然所取尚博，故一旦去爲古文，而力猶可藉也； 明之世一於五經、四子之書，其號則正矣，而人占一經，自少而壯，英華果鋭之氣，皆蔽於時文，而後用其餘以涉於古，則其不能自樹立也宜矣。由是觀之，文章之盛衰，一視乎上之所以教，下之所以學，各有由然，而非以時代爲陞降也。夫自周之衰以至唐，學蕪而道塞，近千歲矣。及昌黎韓子出，遂以掩跡秦、漢，而繼武於周人，其務學屬文之方，具於其書者，可按驗也。然則今之人苟能學韓子之學，安在不能爲韓子之文哉？』竊謂兩家所論較爲持平。

派別

唐、虞、三代，人居一官，世修其業，譬如宮商之相應，水火之相資，初無彼此怨怒不相通曉之事。道術之裂，其在東周以後乎？ 然其時雖諸子各自標異，而文章猶未嘗以流派名也。文學之裂，其在東漢以後乎？ 魏文帝典論云：『文人相輕，自古已然。傅毅之於班固，伯仲之間耳； 而固小之，與弟超書曰：「武仲以能屬文爲蘭臺令史，下筆不能自休。」』蓋門户之争，由此起矣。自後駢儷之文日盛。及唐韓昌黎出，乃復於古，而古文辭之名立。又唐多詩人，能文者較少，於是詩與文爲二派。文之中，古文與駢文復爲二派。考當時諸派中鉅子，猶未有判若鴻溝之意，故洪景盧（邁）容齋隨筆云：『王勃等四子之文，皆精切有本原，其用駢儷作記、序、碑碣，蓋一時體格如此，而後來頗議之。杜詩云：「王楊盧駱當時體，輕薄爲文哂未休。爾曹身與名俱滅，不廢江河萬古流。」正謂此耳。「身名俱滅」以責輕薄子；「江河萬古」指四子也。』韓公滕王閣記云：『江南多遊觀之美，而滕王閣獨爲第一，及得三王所爲序、賦、記等，壯其文詞。』又云：『中丞命爲記，竊喜載名其上，詞列三王之次，有榮耀焉。』（三王者，勃作序，緒作賦，仲舒前爲從事，作記，今爲中丞。）則韓之所以推勃者，亦爲不淺矣。今案白樂天詩與退之有難易之不同，而作老戒詩云：『我有白頭戒，聞於韓侍郎。』李義山於文第長於駢體，而稱韓公平淮西碑，乃以二典與清廟、生民詩爲比。古人不以己之所能，愧人之不能，以己之不能，忌人之能，其宅心寬厚，爲何如哉！派之別由末流而生，實根於黨同伐異之見。夫人之精力有限，勢不能兼衆美。故杜子美之文掩於詩，曾子固之詩掩於文。昔宋邵博聞見後録云：『李習之與韓退之、孟東野善。習之於文，退之所敬也；退之與東野唱酬傾一時，習之獨無詩，退之不議也。尹師魯（洙）與歐陽永叔、梅聖俞善。師魯於文，永叔所敬也；永叔與聖俞唱酬傾一時，師魯獨無詩，永叔不議也。』葉少藴石林詩話云：『李翺、皇甫湜，皆退之高弟，而不傳其詩。不應散亡無存者，計或非所長故不作耳。以非所長而不作，賢於世之不能而强爲之者也。』顧亭林日知録云：『古人之會君臣朋友，不必人人作詩。人各有能有不能，不作詩何害？』惜抱先生與先大父石甫府君（諱瑩）書云：『大抵古文深入難於詩，故古今作者少於詩人。然亦有能文不能詩者，此亦自由天分耳。』諸家所言，蓋有見於此。然不兼爲之可也；或主之，或奴之，則不可也。

吾嘗論有韻之文與無韻之文之發生，必有韻之文居乎先。觀堯之戒、舜之歌可見。若典、謨不盡用韻，乃出夏之史臣，蓋在其後。日知録云：『古人之文，化工也，自然而合於音，則雖無韻之文，而往往有韻。苟不其然，則雖有韻之文，而時亦不用韻，終不以韻害意也。三百篇之詩，有韻之文也，乃一章之中，有二三句不用韻者，如「瞻彼洛矣，維水泱泱」之類是矣；一篇之中有全章不用韻者，如思齊之四章、五章，召旻之四章是矣；又有全篇無韻者，周頌清廟、維天之命、昊天有成命、時邁、武諸篇是矣。説者以爲當有餘聲。然以餘聲相協，而不入正文，此則所謂「不以韻而害意」者也。孔子贊易十篇，其彖象傳、雜卦五篇用韻，然其中無韻者，亦十之一；文言、繫辭、説卦、序卦五篇不用韻，然亦間有一二，如「鼓之以雷霆，潤之以風雨；日月運行，一寒一暑；乾道成男，坤道成女。」「君子知微知彰，知柔知剛，萬夫之望。」此所謂「化工之文，自然而合」者，固未嘗有心於用韻也。尚書之體本不用韻，而大禹謨「帝德廣運，乃聖乃神，乃武乃文」以下，伊訓「聖謨洋洋，嘉言孔彰」以下，太誓「我武惟揚，侵於之疆」之下，洪範「無偏無陂，遵王之義」以下，諸語皆用韻。又如曲禮「行前朱鳥而後玄武，左青龍而右白虎」，以下禮運「元酒在室，醴醆在戶，粢醍在堂，澄酒在下」，以下樂記「夫古者天地順而四時當，民有德而五穀昌」，以下中庸「故君子不可以不修身，思修身不可以不事親」，以下孟子「師行而糧食，飢者弗食，勞者弗息」，以下諸語亦然。此類秦、漢諸子書並有之。太史公作贊亦時一用韻，而漢人樂府詩反有不用韻者。』據此，則文之有韻無韻，皆順乎自然，詩固有韻，而文亦未必不用韻。東漢以降，乃以無韻屬之文，有韻屬之詩，判而二之，文章日衰，未始不因乎此。而況詩之造句隸事，雖與文異，然如李、杜之五七言古詩，與杜公之五言長律，其中章法筆法，何嘗不與文相通？至韓、歐、蘇、王諸家本長於古文，其詩即以古文法爲之經緯。必謂詩與文兩道，何啻癡人說夢哉！

若夫偏於用奇之文與偏於用偶之文之發生，則用奇者必居乎先。觀伏羲畫卦，先乾後坤可見。但有奇即當有偶，此亦順乎自然而不可以已者。昔李申耆（兆洛）駢體文鈔序論云：『天地之道，陰陽而已，奇偶也，方圓也，皆是也。陰陽相並俱生，故奇與偶不能相離，方圓必相爲用，道奇而物偶，氣奇而形偶，神奇而識偶。孔子曰：「道有變動，故曰爻，爻有等故曰物，物相雜故曰文。」又曰：「分陰分陽，迭用柔剛。」故易六位而成章，相雜而迭用。文章之用，其盡於此乎！六經之文，班班具在。自秦迄隋，其體遞變，而文無異名。

自唐以來，始有古文之目，而目六朝之文爲駢儷，而爲其學者，亦自以爲與古文殊路。既歧奇與偶爲二，而於偶之中，又歧六朝與唐與宋爲三。夫苟第較其字句、獵其影響而已，則豈徒二焉三焉而已，以爲萬有不同可也。夫氣有厚薄，天爲之也；學有純駁，人爲之也；體格有遷變，人與天參焉者也；義理無殊途，天與人合焉者也。得其厚薄純雜之故，則於其體格之變，可以知世焉，於其義理之無殊，可以知文焉。文之體至六代而其變盡矣，沿其流極，而溯之以至乎其源，則其所出者一也。吾甚惜夫歧奇與偶而二之者之毗於陰陽也。毗陽則躁剽，毗陰則沈膇，理所必至也，於相雜迭用之旨，均無當也。』曾滌生周荇農序云：『天地之數，以奇而生，以偶而成。一則生兩，兩則還歸於一，一奇一偶，互爲其用，是以無息焉。物無獨必有對。太極生兩儀，倍之爲四象，重之爲八卦，此一生兩之説也。兩之所該，分而爲三，殺而爲萬，萬則幾於息矣，物不可以終息，故還歸於一。天地絪緼，萬物化醇，男女構精，萬物化生，此兩而致於一之説也。一者陽之變，兩者陰之化，故曰一奇一偶者，天地之用也。文字之道何獨不然？六籍尚已。自漢以來，爲文者莫善於司馬遷。遷之文其積句也奇，而義必相傅，氣不孤伸，彼有偶焉者存焉。其他善者，班固則毗於用偶，韓愈則毗於用奇。蔡邕、范蔚宗以下，如潘、陸、沈、任等比者，皆師班氏者也；茅坤所稱八家，皆師韓氏者也。轉相祖述，源遠而流益分，判然若黑白之不類，於是刺議互興，尊丹者非素。而六朝、隋、唐以來，駢偶之文，亦已久王而將厭，宋代諸子乃承其敝，而倡爲韓氏之文，而蘇軾遂稱曰「文起八代之衰」。非直其才之足以相勝，物窮則變，理固然也。豪傑之士，所見類不甚遠。韓氏有言：「孔子必用墨子，墨子必用孔子，不相用不足爲孔、墨。」由是言之，彼其於班氏相師而不相非，明矣。耳食者不察，遂附此而抹摋一切。又其言多根六經，頗爲知道者所取，故古文獨尊，而駢偶之文乃屏而不得於其列。夫適王都者，或道晉，或道齊，要於達而已。司馬遷文家之王都也。爲駢偶之文者，進而不已，則且達於班氏而不爲韓氏所非，則王都矣。』據此，則用奇與用偶，其流異，其源同，彼此呰警，亦屬寡味。

至於近世張文襄公書目答問，於古文中又析之曰『「桐城派」古文家』、『「陽湖派」古文家』、『「不立宗派古文家」』，尤不足據。韓退之答劉正夫書云：『文無難易，惟其是爾。』惜抱先生古文辭類纂序云：『夫文無所謂古今也，惟其當而已。』苟知其是與當，尚何派別之可言？考『桐城派』之名所由生，曾文正歐陽生文集序嘗言之云：『乾隆之末，桐城姚姬傳先生鼐，善爲古文辭，慕效其鄉先輩方望溪侍郎之所爲，而受法於劉君大櫆及其世父編修君范。三子既通儒碩望，姚先生治其術益精，歷城周永年書昌爲之語曰：「天下之文章，其在桐城乎？」由是學者多歸向「桐城」，號「桐城派」，猶前世所稱「江西詩派」者也。』夫『江西詩派』，由唐末温飛卿（庭筠）、李義山，以縟麗之體，爲後進倡。迨宋楊大年（億）、劉子儀（筠）輩沿其餘波，作西昆酬唱集，詩家遂有『西昆體』，致伶官有『撏撦』之譏。元祐諸人矯之，蓋起於歐陽公，而盛於黄山谷。山谷弟子最著者爲陳後山（師道）。及吕居仁（本中）作江西詩派圖列後山以下二十五人，以己殿於末（二十五人，據王厚齋小學紺珠所定，乃陳師道、饒節、汪革、江經本、潘大觀、潘大臨、祖可、李錞、楊符、王直方、謝逸、徐俯、韓駒、謝邁、善權、洪朋、林敏修、李彭、夏倪、高荷、洪芻、洪炎、晁沖之、林敏功、吕本中），名由是起。雖末流學之者或至生硬，然山谷要不得不謂之大家，且其傳頗久，南宋陳簡齋、曾吉甫、楊誠齋皆其後勁，而茶山授陸劍南，遂爲南渡後大宗。桐城之文，末流亦失之單弱；然自方氏以來，氣體清潔，與龐雜者自不同，故四庫全書總目於望溪集稱之云：『源流極正。』大抵方、姚諸家論文諸語，無非本之前賢，固未嘗標幟以自異也，與居仁之作圖殊不類。當是時，陽湖亦多爲古文者。據陸祁孫（繼輅）七家文鈔序云：『我朝自望溪方氏，别裁諸僞體，一傳爲劉海峯，再傳爲姚惜抱。桐城一大縣耳，而有三君子接踵輝映其間，可謂盛矣。吾常謂自荆川没，此道中絶。乾隆間錢伯坰魯斯親受業於海峯之門，時時誦其師説於其友惲子居（敬）、張皋文（惠言），二子者始盡棄其考據駢儷之學，專志以治古文。』而皋文送魯斯序亦云：『余學爲古辭賦，乾隆戊申示魯斯，魯斯大喜，顧而謂余：「吾嘗受古文法於桐城劉海峯先生，顧未暇以爲，子倘爲之乎？」余愧謝未能。已而余遊京師，思魯斯言，乃盡屏置曩時所習詩賦不爲，而爲古文，三年乃稍稍得之。』又文稿自序云：『余友王悔生（灼）見余黄山賦而善之，勸余爲古文，語余以所受於其師劉海峯者，爲之一二年，稍稍得規矩。』然則『陽湖』之古文，其源實出『桐城』，諸先輩亦未嘗有角立門户之見也。故惜抱先生與陳碩士書亦稱子居爲作手。兩派合而不分，即此可見。善乎長沙王益吾（先謙）續古文辭類纂序云：『立言之道，義各有當而已。愚柔者仰企而不及，賢智者則務爲浩侈，不肯自抑其才。姚氏見之真，守之嚴，其撰述有以入乎人人之心，如規矩準繩不可踰越，乃古今天下之公言，非姚氏私言也。』宗派之説，起於鄉曲競名者之私，播於流俗之口，而淺學者據以自便，有所作弗協於軌，乃謂吾文派别焉耳。近人論文，或以『桐城』、『陽湖』離爲二派，疑誤後來，吾爲此懼。更有所謂『不立宗派之古文家』，殆不然歟！

著　述

著述門之文，就姚、曾二家所定合觀之，有四類：其無韻者曰論辯；而有韻者曰詞賦，曰箴銘；至自述著作之意，或述他人所作者，曰序跋。大抵論辨、箴銘，毗於説理與事者爲多；詞賦則毗於述情者爲多；序跋兼而有之。試評於後。

論辨類莫古於論語、孟子。程子語録云：『孔子之言如玉然，自是温潤含蓄氣象；孟子如冰與水精，有許多光耀。』此論誠然。但論語中長篇，如論正名，論兵食民信，論伐顓臾，詞氣剛勁，已開孟子先聲。且孟子光明俊偉中，自有簡嚴易直者存，韓退之進學解稱其『吐辭爲經』，柳子厚報袁君陳秀才避師名書，亦與論語並云『皆經言』，正以此。先姜塢府君援鶉堂筆記云：『莊周之文，如飛天仙人，絶世聰明語，不容第二人道得。列子較之便平。』又云：『列子周穆王篇前路絶世之文，列之逸，於此篇可見。』又云：『揚子須得其章法簡古、句字生新處；荀子當得其一段洋洋灑灑、暢所欲言之致。』吴摯甫先生嘗據史記韓非列傳之録説難一篇，謂『韓公子文當以此篇爲第一』。愚觀此傳又載秦王見孤憤、五蠹之書，曰：『嗟乎，寡人得見此人與之遊，死不恨矣。』太史公自序亦云：『韓非囚秦，説難、孤憤。』然則此數篇皆司馬氏所心折可知。唐、宋八家惟退之約六經之旨以爲文，而神似孟子，然方望溪評原毀云：『管、荀、韓非之文，排比而益古，惟退之可與抗行。自宋以後，有對語則酷似時文，以所師法者自漢、唐而止也。』惜抱先生評争臣論云：『其風格出於左、國，是諸子之長，實兼而有之。子厚廉悍似韓非，歐、曾曉暢似荀子，三蘇得力戰國策爲多。』惜翁古文辭類纂序目謂『子瞻間亦取之莊子』。又評諸策云：『筆勢多學莊子外篇。』而曾文公日記則謂『蘇公雖學莊子，實則恢詭處不逮遠甚』。援鶉堂筆記亦云：『凡文字輕利快便，多不入古，才說仙才，便有此病。李太白詩，蘇東坡文，皆有此患。莊周亦間有之。』方植之昭昧詹言云：『宋人流易，不及漢、唐人厚重；東坡尤甚，如所云「筆所未到氣已吞」，「高屋建瓴」，「懸河泄海」，皆其所擅場；但嫌太盡，一往無餘，故當濟以頓挫之法。頓挫之説，如所云「有往必收，無垂不縮」，「將軍欲以巧勝人，盤馬彎弓惜不發」，此惟杜詩、韓文最絶，太史公書亦如此，六經、周、秦諸子亦如此。』蓋文章欲求深入，最忌剽滑。雖以退之之深古，而諱辨一篇，稍近馳騁，曾文正已謂其太快利，非韓公上乘文字，而況三蘇之文，明爽俊快。老泉尤踔厲風發，其筆力堅勁，雖能傾倒一時，然專以此種爲法，去古人渾穆高古之境，豈不遼絶哉！是以東坡晚年亦知之，與張嘉父書云：『凡人爲文，至老多有所悔，僕嘗悔其少作矣。』又與王庠書云：『僕少時好議論古人，既老涉世更變，往往悔其言之過。』而作子由新修汝州龍興寺吴畫壁詩亦云：『始知真放本精微，不比狂花生容慧。』然則在南海所爲志林十三首，雖筆勢卓犖，而意之謹慎，詞之嚴重，與平生不同，宜矣。茅鹿門云：『公於時經歷世途已久，故上下古今處，所見尤別。』方望溪評魯隱公篇云：『事核而理當，直達所見，不用反覆以爲波瀾，於子瞻諸論中，更覺嶢然而出其類。』又評始皇扶蘇篇云：『鉤深索隱，實人情物理之自然，是以可貴。』惜翁亦評魯隱公篇云：『此與論周東遷，皆雜引古事，錯綜成篇。而此篇尤爲奇肆飄忽，其神氣蓋近孟子。是不可以貌論也。』讀蘇氏論者，宜分別觀之。雖然，曾氏經史百家雜鈔於蘇論抉擇頗慎，而策則未録；惜翁録之乃極多者，蓋爲初學計耳。昔東坡與姪帖云：『凡文字，少小時須令氣象峥嶸，采色絢爛；漸老漸熟，乃造平澹。其實不是平澹，乃絢爛之極也。汝祇見我而今平澹，何不取舊日應舉時文字看，高下抑揚，如龍蛇捉不住，且當學此。』據此則初入門者，於此等文固不得不加一番揣摩也。

詞賦類以屈原爲鼻祖。蓋周衰詩熄，屈氏因崛起於楚。自淮南子稱之云：『國風好色而不淫，小雅怨誹而不亂，若離騷者可謂兼之。』太史公取此語入屈氏傳，由是藻麗之士咸師之，厥制益繁。近世張皋文七十家賦鈔序云：『譎而不觚，盡而不觳，肆而不衍，比物而不丑，其志潔，其物芳，其道杳冥而有常，此屈平之爲也。與風、雅爲節，涣乎若翔鳳之運輕棍，灑乎若元泉之出乎蓬萊而往渤澥。及其徒宋玉、景差爲之，其質也華然，其文也縱而後反。雖然，其與物椎拍宛轉，泠汰其義，轂輠於物，芴芴乎古之徒也，剛志決理，輐斷以爲紀，内而不污，表而不著，則荀卿之爲也。其原出於禮經，樸而飾，不斷而節。及孔臧、司馬遷爲之，章約句制，奡不可理，其辭深而旨文，確乎其不頗者也。其趣不兩，其於物無雰，若枝葉之附其根本，則賈誼之爲也。其原出於屈平，斷以正誼，不由其曼，其氣則引費而不可執。循有樞，執有廬，頡滑而不可居，開決宧突，而與萬物都，其終也芴莫，而神明爲之橐，則司馬相如之爲也。其原出於宋玉。揚雄恢之，脅人竅出，緣督以及節，其超軼絶塵而莫之控也，其波駭石唈，而没乎其無垠也。張衡盱盱，塊若有餘，上與造物爲友，而下不遺埃壚。雖然，其神也充，其精也茶。及王延壽、張融爲之，傑格拮撥，鈎孑菆牾，而俶佹可覵，其於宗也無蜕也。平敞通洞，博厚而中，大而無瓠，孫而無弧，指事類情，必偶其徒，則班固之爲也。其原出於相如，而要之使夷，昌之使明。及左思爲之，博而不沈，贍而不華，連犿焉而不可止。言無端厓，傲倪以爲質，以天下爲郛廓，入其中者，眩震而謬悠之，則阮籍之爲也。其原出於莊周。雖然，其辭也悲，其韻也迫，憂患之詞也。涂澤律切，苓藪紛悦，則曹植之爲也。其端自宋玉，而柄其角，摧其牙，離其本，而抑其末。浮華之學者相與尸之，率以變古，曹植則可謂才士矣。揖揖乎改繩墨，易規矩，則佞之徒也。不揖於同，不獨於異，其來也首首，其往也曳曳，動静與適，而不爲固植，則陸機、潘岳之爲也。其原出於張衡、曹植，矯矯乎振時之俊也。以情爲裏，以物爲襮，鑱雕風雲，琢削支鄂，其懷永而不可忘也；坌乎其氣，煊乎其華，則謝莊、鮑照之爲也。江淹爲最賢。其原出於屈平九歌。其掩抑沈怨，泠泠輕輕，其縱脱浮宕，而歸太常，鮑照、江淹，其體則非也，其意則是也。逐物而不反，駘蕩而駁舛，俗者之囿而古是抗。其言滑滑，而不背乎涂奥，則庾信之爲也。其規步篗驟，則揚雄、班固之所引銜而控轡，惜乎拘於時而不能騁，然而其志達，其思哀，其體之變則窮矣。』此條於六朝前爲兹體者之得失，言之詳備。但其體之變既窮，勢不能不歸於清真古樸，是以劉彦和文心雕龍辨騷篇，以屈、宋爲『驚采絶艷』，而嘆『九懷以下，莫之能追』。洪景盧容齋隨筆云：『枚乘作七發，創意造端，麗旨腴詞，上薄騷些，蓋文章領袖，故爲可喜。其後繼之者，如傅毅七激，張衡七辨，崔駰七依，馬融七廣，曹植七啓，王粲七釋，張協七命之類，規仿太切，了無新意。傅玄又集之以爲七林，使人讀未終篇，往往棄諸几格。柳子厚晉問，乃用其體，而超然別立新機杼，漢、晉文士之弊，於是一洗矣。東方朔答客難，自是文中傑出。揚雄擬之爲解嘲，尚有馳騁自得之妙。至於崔駰達旨，班固賓戲，張衡應間，皆屋下架屋，與七林同。及韓退之進學解出，於是一洗矣。』由是説推之，韓、柳外如歐陽子秋聲賦，雖曰小品，而情致未嘗不纏綿。至東坡赤壁兩賦，清曠夷猶，方望溪評之云：『所見無絶殊者，而文境邈不可攀。良由身閑地曠，胸無雜物，觸處流露，斟酌飽滿，不知其所以然而然。豈惟他人不能摹仿，即使子瞻更爲之，亦不能如此調適而鬯遂也。』學者參觀，庶於兹體正變，可以綜括靡遺乎！

箴銘類據曾文正家訓云：『凡箴以虞箴爲最古，乃官箴也。如韓公五箴，程子四箴，朱子各箴，范濬心箴之屬，皆失本義。』愚謂詩庭燎序『美宣王也，因以箴之』，國語周語載邵穆公言，亦有『師箴瞍賦』之語，是不特官箴，而下亦得箴其上也。至賓之初筵、抑戒二詩，雖曰『刺時』，亦兼『自警』，則箴之義廣矣。韓公以下諸箴未必不合。

序跋類莫古於易之十翼，其辭至爲古茂。自彖、象兩傳外，大率孔門諸弟子所爲，觀繫辭稱『子曰』凡二十有四、文言稱『子曰』凡六，可見。他若詩關雎序、鄭康成詩譜序，氣味淵雅，亦足嗣之。後世此類分數種。有曰『讀』者，以韓、柳爲最。故曾文正評韓公讀儀禮、荀子、墨子、鶡冠子四首云：『矜慎之至，一字不苟。』方望溪評讀荀子云：『止如槁木。自周以後，惟太史公、韓退之有此，以所讀皆周人之書也。』又書柳文後云：『柳子厚文，惟讀魯論辨諸子、記柳州近治山水諸篇，縱心獨往，一無所依藉，乃信可肩隨退之，而嶢然於北宋諸家之上。退之稱子厚文必傳無疑，以其久斥後爲斷，正謂諸篇。』又評魯論辨云：『此二篇意緒風規，退之所未嘗有。乃苦心深造，忽然而至此境。』又云：『標然若秋雲之遠，使人可望而不可即。如出自宋以後人，即所見到此，文境亦不能如此清深曠邈。』有爲史序者，自太史公諸年表外，惟歐陽公唐書、五代史記諸序爲最。故茅鹿門評五代史職方考序云：『數十年之間，易世者五，其所當州郡分割畫次如掌。』方望溪評唐書藝文志序云：『求其承接變換渾然無跡處，始知其筆妙而法精。』有爲校書所上之序者，自劉子政戰國策序外，莫如曾子固。故望溪云：『南豐之文長於道古，故序古書尤佳，而戰國策、列女傳、新序諸目録序爲之最，純古潔浄，所以與歐、王並驅，而争先於蘇氏也。』有上其自撰之書而爲之序者，莫如王介甫三經義序。故望溪稱其文『清深高雅』。又云：『指意雖未能盡於義理，而詞氣芳潔，風味邈然，於歐、曾、蘇氏諸家外，别開户牖。』有爲他人文集作序者，莫如歐陽公，而二釋序尤勝。故望溪云：『古之能文事者，必絶依傍。韓子贈浮屠文暢序，以儒者之道開之；贈高閑上人序，以草書起之，而亦微寓箴石之意。若更襲之，覽者惟恐卧矣。故歐公别出義意，而以交情離合纓絡其間，所謂各據勝地也。』若夫退之張中丞傳後序，夾敘夾議，望溪謂其『生氣奮動處，不學史記而自與之相近』。然於諸序中，蓋又爲一格云。

大抵諸類之體雖殊，然必命意、布局、行氣、遣詞則一。是故忌平鋪直敘，須有反正，有開合，有賓主。凡題之正面，不宜絮衍，蓋所謂反與開與賓，無非託出正面也。又有恐意不明而用譬喻者，戰國策及孟、莊、韓非諸子最工，其短者一兩句，不嫌於短；而長者數行或十數行，亦不覺煩。此莫貴於新穎親切。惟新穎乃有趣；惟親切乃能使讀者當下豁然。故論語曰：『能近取譬。』（泰伯）禮記曰：『罕譬而喻。』（學記）若但用習見語爲之，豈復有味？洪景盧容齋三筆云：『韓、蘇兩公爲文章，用譬喻處，重疊有至七八者，韓公送石洪序云：「論人高下、事後當成敗，若河決下流東注；若駟馬駕輕車就熟路，而王良、造父爲之先後也；　若燭照數計而龜卜也。」盛山詩序云：「儒者之於患難，其拒而不受於懷也，若築河堤以障屋；　其容而消之也，若水之於海，冰之於夏日；　其玩而忘之以文辭也，若奏金石以破蟀蟋之鳴、蟲飛之聲。」蘇公百步洪詩云「長洪斗落生跳波，輕舟南下如投梭。水師絶叫鳧雁起，亂石一綫争磋磨。有如兔走鷹隼落，駿馬下注千丈坡。斷絃離柱箭脱手，飛電過隙珠翻荷」之類是也。』愚謂韓公原道引夏葛、冬裘、渴飲、飢食以詰老氏，茅鹿門謂『正譬雜遝，各無數語，筆力天縱』。他若争臣論云：『聖賢者，時人之耳目也；　時人者，聖賢之身也。』守戒既引猛獸、穿窬爲强藩之喻，末又云：『賁、育之不戒，童子之不抗，魯鷄之不期，蜀鷄之不支。』下復接之以鹿之於豹一喻。進學解以匠氏、醫師陪出宰相之用才。送窮文云：『攜持琬琰，易一羊皮，飫於肥甘，慕彼糠糜。』語皆奇警。蘇氏父子造句不及韓公之古，而構想亦妙，或更引古語古事爲證。蓋經營慘澹，各具匠心，非熟讀深思，烏能窮其變化哉！

告語

告語門之文，就姚、曾二家所定合觀之，有五類：　其上告下者曰詔令，下告上者曰奏議，同輩相告者曰書牘，曰贈序，人告於鬼神者曰哀祭。　前四類毗於說理說事者爲多，而述情亦存乎其中；後一類毗於述情者爲多，而理與事亦存乎其中。試評於後。

詔令類莫古於尚書誓、命、誥三體。今觀甘誓、湯誓、文侯之命等篇，何其簡而明也！費誓可以見周公家學。吕刑之哀矜惻怛，盤庚、大誥、多士、多方之委曲詳盡，亦極其勝。秦誓意沈痛而語亦駿邁。後世帝王，惟漢初詔爲之冠。故惜抱先生云：『秦最無道而辭則偉。漢至文、景，意與辭俱善矣，後世無及焉。光武以降，人主雖有善意，何其衰薄也！』然愚觀光武賜竇融書，猶可與文帝賜南越王書比美；章帝詔三公，亦不減文帝除肉刑、宣帝令二千石察官屬諸詔。特晉以後尤遜耳，就中惟陸敬輿擬奉天改元大赦制與歐、曾所擬諸制，能存典則而協機宜。若夫檄文，未有善於司馬長卿諭巴蜀檄、韓退之祭鱷魚文者，蓋一則雄深，一則矯健也。至陳孔璋爲袁檄曹、爲曹檄孫，文非不妙，而丑詆之辭，或至失實；以鍾士季(會)伐蜀檄較之，似彼尚持平。若家教，則馬伏波(援)、鄭康成、諸葛武侯(亮)爲最優矣。

奏議類莫古於尚書臯陶謨。此篇自當從今文尚書與益稷合爲一篇。蓋臯陶言『思日贊贊』與禹言『思日孜孜』正相銜接，禹所陳即申臯陶之旨。末載賡歌，君臣交儆，千載下如聞其聲。厥後召公作召誥，周公作無逸、立政，詞意亦同。三代下，惟路長君(温舒)尚德緩刑、匡稺圭(衡)戒妃匹勸經學威儀之則兩疏、諸葛公出師表，足以嗣之。但此等非醞奏疏能備醲深純不能爲，故學者所當法者惟三家，曾文正公言之矣。其評賈長沙陳政事疏云：『奏疏以漢人爲極軌，而氣勢最盛、事理最顯者，尤莫善於治安策，故千古推爲絕唱。賈生爲此疏，當在文帝七年，年僅三十歲耳，於三代及秦治術，無不貫澈，漢家中外政事，無不通曉，蓋有天授。奏疏以明白顯豁、人人易曉爲要。後世讀此文者，疑其稱名甚古，其用字甚雅，若倉卒不能解者。不知在漢時乃人人共稱之名，人人慣用之字，即人人所能解也。然則居今日而講求奏章，亦用今日通稱之名、通用之字，可矣。』其評陸宣公集云：『駢體文爲大雅所羞稱，以其不能發揮精義，並恐以蕪累傷氣也。陸公文則無一句不對，無一字不諧平仄，無一聯不調馬蹄。而義理之精，足以比隆濂、洛；氣勢之盛，亦堪方駕韓、蘇。退之本爲宣公所取士；子瞻奏議，終身效法陸公。而公之剖晰事理精當，則非韓、蘇所能及。』其評蘇子瞻代張方平諫用兵書云：『東坡之文，其長處在徵引史事，切實精當；又善設譬喻，凡難顯之情，他人所不能達者，坡公輒以譬喻明之。此文以屠殺膳羞，喻輕視民命；以箠楚奴婢，喻上忤天心，皆巧於構想，他人所百思不到者，既讀之而適爲人人意中所有。古今奏議，推賈長沙、陸宣公、蘇文忠三人爲超前絕後。余謂長沙明於利害，宣公明於義理，文忠明於人情。陳言之道，縱不能兼明此三者，亦須有一二端明達，庶無格格不吐之態。』又評上皇帝書云：『奏疏總以明顯爲要。時文家有典、顯、淺三字訣；奏疏能備此三字，則盡善矣。典字最難，必熟於前史之事跡，並本朝掌故，乃可言典。至顯、淺二字，則多本於天授，雖有博學多聞之士，而下筆不能顯豁者，多矣。淺字與雅字相背。白香山詩務令老嫗皆解，而細求之，皆雅飭而不失之率。吾嘗謂奏疏能如白詩之淺，則君上易感動。此文雖不甚淺，而典、顯二字則千古所罕見也。』又黃東發日鈔於長沙云：『賈生論漢事，如分王諸侯等，後卒如其說，真洞識天下之大勢者也。』於東坡云：『蘇氏之文，尤長於指陳世事；述敘民生疾苦，發越懇到，能使巖廊崇高之地，如親見閭閻哀痛之情。』所見亦同。

書說類自尚書君奭外，莫古於左傳鄭子家與趙宣子書、子產告范宣子書、叔向貽子產書。其後樂毅報燕惠王書、太史公報任安書、劉子駿（歆）移讓太常博士書，皆大文也。而孔文舉論盛孝章、魏文帝與吳質、曹子建與楊德祖、邱希範（遲）與陳伯之諸篇，氣韻亦美。曩閱曾文正日記有云：『古文中唯書牘一門，竟鮮佳者。八家中韓公差勝，然亦非書簡正宗。唯諸葛武侯、王右軍（羲之）書翰，風神高遠，最愜吾意，然患太少，且乏大篇。』頗不喻其旨。後取其所評韓公諸篇繹之，蓋於與孟尚書書云：『此爲韓公第一等文字。』於與鄂州柳中丞書云：『文氣絕勁。』於第二書云：『論事之文，不遜賈、晁。』於答崔立之書云：『前半述己隱忍就試之由，中間嗚其悲憤，後幅寫其懷抱，視世絕卑，自負絕大，極用意之作。』於與崔羣書云：『「自古賢者少不肖者多」節，悲感交集。「人固有薄卿相之官」節，憤極出奇想，沈痛至矣。「僕無以自全活」節，絶沈痛。』於答呂毉山人書云：『絶兀傲自負。』於答李秀才書云：『義深而文淡永。』於與孟東野書云：『真氣足以動千歲以下人。韓公書札不甚矜意者，其文尤至。』於答尉遲生云：『傲兀自喜。』與李翺書云：『「今而思之，如痛定之人思當痛之時」數句，能達難白之情。』於與馮宿論文書云：『自負語絶沈著。』此皆其所推服者也。於上襄陽于相公書云：『諛辭累牘，固不能工。』於上宰相書云：『連用三「抑又聞」，義層出不窮。然究是少年才思横溢欠裁煉處，故文氣不遒也。』於後二書云：『皆可不作。』於重答李翊書云：『韓公文如主人坐於堂上，而與堂下奴子言是非。然不善學之，恐長客氣。』於與少室李拾遺書云：『敦諭隱士之文，以六朝駢文爲雅；若散文則三四行已足，如兩漢中諸小簡可也。』此則其所不甚滿意者。由此推之，歐、曾、蘇、王四家，可誦者多不過三四篇，少止一二篇，而蘇氏或過馳騁而少餘味，曾説未可謂誣。

贈序類之在古人者言多簡，故僅存記事文中。及退之爲之乃多，或深微屈曲，如送董邵南之屬；或生動飛揚，如送楊少尹之屬；或奇奥，如送鄭尚書之屬；或滑稽，如送温、石二處士之屬。先姜塢公援鶉堂筆記云：『宋人作序，前多有冒頭，序其原由。惟昌黎不然，辟頭涌來，是其雄才獨出處。』又云：『昌黎於作序原由，每能簡潔，而文法硬札高古。歐、曾以下無之。』而曾文正評送温處士赴河陽軍序首『伯樂一過冀北之野而馬羣遂空』句，乃云：『此種起法，創自韓公。然不善爲之，譬若唐人爲官韻賦，往往起四句峭健壁立，施之於文家，則於立言之體大乖。漢文無起筆峭立者，按之固自有序也。』按曾氏之旨，蓋恐人學之而成空套，與彼評朝散大夫贈司勳員外郎孔君墓志銘首『昭義節度使盧從史有賢佐曰孔君』句云：『此等起法，惟韓公筆力警聳矯變，無所不可；若他手爲之，恐僨張而長客氣。』同一用意。

哀祭類自詩之頌，楚辭之九歌、招魂外，莫如韓公。故祭河南張員外文，茅鹿門謂『奇崛戰鬥鬼神處，令人神眩』。先姜塢府君亦云：『淒麗處獨以健倔出之，層見疊聳，而筆力堅浄。』祭柳子厚文曾文正云：『峻潔直上，語經百煉，此種宋惟介甫與之近，歐、曾、蘇皆不能爲，其用四言少，用長短句多以此。』

大抵告語之文，體裁自與論著異；而所同者，則開合、呼應、操縱、頓挫之法也。試觀短者如司馬長卿諫獵書，援鶉堂筆記云：『此篇真聖於文者！下面方似有説話，忽然止卻，插入他説，忽然而接，變怪百出，而神氣渾涵不露，雖以昌黎師説較之，且多圭角矣。』長者如司馬子長報任安書，方望溪評之云：『如山之出雲，如水之赴壑，千態萬狀，變化於自然，由其氣之盛也。』李申耆亦云：『厚集其陣，鬱怒奮勢，成此奇觀。』而譬喻之妙，曾氏於蘇公奏議詳評之。引證處吾最愛蘇代約燕昭王書，通篇皆引秦往事，筆力奇肆，祇末句説明事秦之爲大患，以爲結穴。劉子政論甘延壽等疏，亦歷引古事漢事，而於末比較之曰：『故言威武勤勞，則大於方叔、吉甫；列功覆過，則優於齊桓、貳師；近事之功，則高於安遠、長羅。而大功未著，小惡數布，臣竊痛之。』洪景盧容齋隨筆云：『當時匡衡、石顯出力沮害，非此一疏援據明白，豈能與之亢哉！』若夫哀祭間有用詞賦體者，賈誼弔屈原，漢武帝悼李夫人，是其例也。

記載

文章必有義法，而記載門尤重。無論所録者，或關一代，或係一人，而事必有首尾，人必有精神。倘不知所剪裁，何由首尾昭融、精神發越乎？兹就姚、曾二家合觀之，凡六類：

一曰典志，二曰敘記，三曰雜記，四曰紀傳，五曰碑志，六曰贊頌。試評於後。

典志類莫古於尚書之禹貢。其發端『禹敷土』三句，總冒全篇，繼分敘九州，繼合論大山大水，末及五服與境之四至。以蓋世奇功，不過寥寥數字，何其約也！其中於地理、水道、物產、貢賦、封建，略無缺漏，而復及於土色之黃、白、黑、赤、青、黎，質之壤、墳、壚、埴、泥、涂，草木之繇、條、夭、喬、漸、包，與『桑土既蠶』、『篠簜既敷』、『陽鳥攸居』，蓋趣之逸如此。自『導河積石』以下至『九州攸同』，纔二百餘字，而用『南至』、『東至』、『北至』等凡數十，連屬重壘，讀之不覺其煩，又何其奇也！周禮五官，儀禮十七篇，文、武、周公致太平之跡具於是，其文之精密，亦無以加。太史公八書，以感時憤俗之懷，運於縱橫變化之中，氣之雄奇，非班固十志所能及；而固之詳贍過之。是後惟歐陽子唐書諸志、五代史諸考，差可頡頏。若文家，則自曾子固越州趙公救災記、序越州鑒湖圖二篇外，無聞焉。

敍記類莫古於尚書金滕、顧命兩篇。金滕自『既克商二年』至『王翼日乃瘳』爲一大段，敍周公禱神事，以爲後半張本。自『武王既喪』至末，又敍周公遭流言事。及『啓金滕』乃回繳前半，筆力何等斬截！顧命自當從今文尚書，合康王之誥爲一篇，前幅乃其起原，中段則傳成王之命也，後幅則受命後見諸侯之事也。其間敍陳設之物與儀節，何等詳細，又何等簡質！初不知行事在何地，至『出廟門』句，始知其在廟中，此倒點法。末言『王釋冕，反喪服』，又回繳前『王麻冕黼裳』句。通篇渾穆莊重，豈後人所能及！左傳一書，舊依經以行。自章茂深（沖）就事聯屬之，爲春秋左氏傳事類本末。近世鄒平馬宛斯（驌）有左傳事緯。吾友吴辟疆（闓生）復有左傳文法讀本。辟疆與李右周書云：『左傳記事，最長在總挈列國時勢，縱横出入，無所不舉。故局勢雄遠，包羅閎麗，二百餘年，天子諸侯盛衰得失，具見其中。』其體格與尚書同。至文法之奇，約有數端：一曰逆攝。吉凶未至，輒先見敗徵。此猶其易識者矣。至城濮之役，猶未戰也，而蔿賈質責子文，以痛子玉之敗。三郤之難，猶未兆也，而范文子怒逐其子，以憂晉國之亡。此皆憑空特起，無所附著，蕩駭心目，莫此爲尤。故重耳之奔走流離，一亡公子耳，而所如皆有得國之氣象。楚靈、夫差，方其極盛，踔厲中原，而勢已不能終日。若此者，皆其逆攝之勝也。一曰橫接。必然之勢，無可避免，而語意所趨，未嘗徑落。惠公之擒也，先之以小駟；齊侯之敗也，先之以轏蛇；共王之傷也，先之以射月；督戎之死也，先之以焚丹書。有所藉而後入，必有所附而後伸。若此者，皆其橫接之勝也。一曰旁溢。蹇叔哭師，知其敗之必於崤耳；而二陵風雨、后皋之墓，睪然有憑高弔古之思焉。徐關之入，勉保者以慎守耳；而子女之辟、銳司徒之問，殷然有家人父子之誼焉。推之華元『皤腹』之謳，以著其雅量；叔展『麥曲』之問，以極其艱窮；叔儀『佩蕊』之歌，以彰其匱竭，皆假軼事小文，肆爲異采，則其橫溢而四出者也。一曰反射。莊公之不子，則以潁考叔之孝彰之；齊豹之不臣，則以公孫青之謹形之；季孟之怯耎縱敵，則以冉有之義、公叔務人、林不狃之節形之；臧孫之無罪，則以東門遂、叔孫僑如之盟首形之；推之崔、慶、欒、高之亂齊，而以晏子正君臣之義；昭公之亡國，而以子家子主反正之策。言出於此，義涉於彼，如湯沃雪，如鏡鑒幽。若此者，皆以相反而益著者也。先姜塢府君援鶉堂筆記亦云：『左氏之文，須看其摹畫點綴，千古情事如覩，而天然葩艷，照映古今。』此外如國策敘次亦工。援鶉堂筆記謂其文凡有數種，如蘇秦之辨，則形容炫耀；齊宣王見顔斶、觸讋説趙太后等，則澹遠高妙。大抵此種書後世罕有逮者，惟通鑒剪截舊史，猶有法度可觀耳。

雜記類莫古於禮記檀弓、深衣、投壺三篇。檀弓記雜事，二篇則存古之遺制。周禮考工記亦然。後世惟韓退之畫記體與近之，故方望溪評之云：『周人以後無此種格力。歐公自謂不能爲，所謂曉其深處；而東坡以所傳爲妄，於此見知言之難。』後晁無咎捕魚圖記又學畫記，援鶉堂筆記評之云：『雖錯綜變化，一齊讀去，較之昌黎體勢似緩，然自工。』柳子厚山水記，又一變詞賦家富麗，而以華妙之筆，納之古澹之中。故惜抱先生評之云：『子厚間用水經註興象，然豈酈道元所能逮？』黄東發日鈔云：『柳集惟晚年紀志人物，寄其嘲罵，模寫山水，抒其抑鬱，皆峻潔精奇，如明珠夜光，見輒奪目。』曾文正公與吴南屏書云：『陶公及韋、白、蘇、陸閑適之詩，雕刻物態，逸趣横生，讀之栩栩焉神愉而體輕，惜古文家少此種。獨柳子厚山水記，破空而遊，並物我納諸大適之域，非他家所有。若歐、蘇、曾、王，以議論入之，或就情韻爲文，於兹類蓋爲變調。』

紀傳類於古惟尚書帝典爲本紀發原；中庸昭明聖祖之德，爲傳狀發原。堯典自當從今文尚書，合舜典爲一，而南齊姚方興後得之二十八字不足信。蓋堯典末言帝以二女妻舜，文氣未終，與『愼徽五典』相接，『序』所謂『歷試諸艱』也。堯以『曰若稽古』起，以『殂落』終。舜以『有鰥在下』起，以『陟方』終，前後相承，如天衣之無縫，豈可從中截斷？若夫中庸篇首自『性』、『道』、『教』説來，以千古率性、修道、立教，莫孔子若也。其後歷引孔子論舜之大知，顔子之擇乎中庸，子路之强，及舜之大孝，武王、周公之達孝，皆爲仲尼作賓。至篇末至誠至聖，乃贊孔子，爲一篇之歸宿。及司馬子長撰史記，而紀以年分，傳以人分，遂爲史家二體，其文章尤高妙。故歸震川史記總評云：『史記起頭處，往往來得勇猛。』又云：『事跡錯綜處，太史公敘得來如大塘上打繂，千船萬船不相防礙。』又云：『史記祇實實裏説去，要緊處多跌宕，跌宕處多要緊。』又云：『雖跌宕又不是放肆。』又云：『跌宕如在峽中行，忽然躍起。』又云：『史記敘事時有插幾句似閑的説話，最妙！』又云：『敘事或追前説，或帶後説，此是周到。』又云：『史記重疊處正不見重疊。』又云：『史記多旁支。凡旁支處祇點景説，不是這等死煞説。』又云：『旁支如江水一直去，又有旁支，不是正論。』又云：『史記如人説話，本説他事，又帶别樣説。』又云：『太史公但至熱鬧處，就露出精神來了。如今人説平話者然，一拍手又説起，祇管任意説去。』又云：『如説平話者，有興頭處，就歌唱起來。』又云：『史記如水平平流去，忽遇石激起來。』又云：『史記如兩人説話堂上，忽撞出一人來，即挽入在內。』又云：『史記如平地忽見高山。』又云：『史記如畫然，連山斷嶺，峯巒參差。』又云：『史記如地高高下下相因，乃去得長。』又云：『史記如作遊山記然，本是説本處景致，乃云前有某山、後有某水等，乃爲大家文字。他人文是一條鞭的。』又云：『他人之文，如臨小畫，非不工緻；子長之文，如畫長江萬里圖。』顧亭林日知録云：『秦、楚之際，兵所出入之途，曲折變化，惟太史公序之如指掌。以山川郡國不易明，故曰東、曰西、曰南、曰北。一言之下，而形勢了然。以關塞江河爲一方界限，故於項氏則曰「梁乃以八千人渡江而西」，曰「羽乃悉引兵渡河」，曰「羽將諸侯兵三十餘萬行略地至河南」，曰「羽渡淮」，曰「羽遂引東欲渡烏江」。於高帝則曰「出成皋玉門北渡河」，曰「引兵渡河復取成皋」。蓋自古史書兵事地形之詳，未有過此者。太史公胸中固有一天下大勢，非後代書生之所能幾也。』援鶉堂筆記云：『太史公至處，班固不能到。即如蕭相國世家「以帝嘗繇咸陽時，何送我獨贏奉錢二也」一句，太史公自語未了，忽入高帝口氣，摹畫玲瓏，而文法奇絶。又如平準書敘文、景後，方入「至今上即位數歲」，忽説「漢興」云云，皆奇絶。且於文、景亦不説其盛處，至此方摹畫之。如此乃可謂之涵蓄深遠。』又云：『文字精神，至太史公方入神妙，班史但可謂旺相耳。』方望溪評絳侯周勃世家云：『絳侯安劉之功，具呂后、孝文本紀，故首敘戰功，承以可屬大事。其後獨載懼禍遭誣事。條侯亦首敘將略，後獨載争栗太子、抑王信二事。其父子久任將相，豈他無可言者乎？ 蓋所紀之事，必與其人規橅相稱，乃得體要。子厚以「潔」稱太史，非獨辭無蕪累也；明於義法，而所稱之事不雜，故氣體爲最潔也。』曾文正評老莊韓非列傳云：『「太史公傳莊子曰：「大率皆寓言也。」余謂史記亦然。列傳首伯夷，一以寓天道福善之不足據，一以寓不得依聖人以爲師，非自著書，則將無所託以垂於不朽。次管晏傳，傷己不得鮑叔者爲之知己，又不得知晏子者爲之薦達。此外如子胥之憤，屈、賈之枉，皆借以自鳴其鬱耳，非以此爲古來偉人計功簿也。』又評李將軍列傳云：『「初，廣之從弟李蔡」至「此乃將軍所以不得侯者也」十餘行中，專敘廣之數奇，已令人讀之短氣；此下接敘從衛青出擊匈奴徙東道迷失道事，愈覺悲壯淋灕。若將從衛青出塞事敘於前，而以廣之從弟李蔡一段議論敘於後，則無此沈雄矣。故知位置之先後，剪裁之繁簡，爲文家第一要義也。』凡此諸條，皆得要領。至漢書，則惜抱先生與陳碩士書所謂『佳篇皆在昭、宣以後』者，亦足盡所長。後代文家大抵書微者，或骨肉親舊，少有大篇；然各有熔裁，未可忽也。

碑志類之可誦者，自李斯泰山、琅邪、之罘、碣石、會稽諸刻文始，厥後惟班孟堅封燕然山銘、元次山大唐中興頌，庶足繼之。而韓退之平淮西碑，尤爲傑作。其廟碑、墓碑，在東漢者，大抵以高簡之筆，行於儷語中。魏、晉以降，乃漸輕靡。及退之變偶爲奇，而謀篇變化，造句奇崛，遂爲第一大手筆。宋諸家惟歐公有其情韻不匱處，故援鶉堂筆記云：『歐文黄夢升、張子野墓志最工。而黄志尤風神發越，興會淋灕。然皆從昌黎馬少監出。而瑰奇綺麗，歐未之及也。』王有其法度謹嚴、筆力簡峻處，故惜抱先生評退之太原王君墓志銘云：『此文已開荆公志銘文法。』曾氏亦云：『此篇先將官階敘畢，然後申敘居某官、爲某事，此等蹊徑，介甫多學之。』要之兩家各得一節，而未能盡其全量。況餘子乎？贊頌類自魯頌外，如漢書所載房中、郊祀等歌，寓規於頌；其敘傳則評隲古人，詞皆深雅。他若揚子雲、蔡伯喈（邕）、陸士衡、袁伯彦（宏）諸篇，亦稱傑作。唐以後可誦者惟韓退之子産不毁鄉校頌、柳子厚伊尹五就桀贊、平淮西雅而已。

由斯以觀，記載之文，全以義法爲主。所謂義者，有歸宿之謂；所謂法者，有起、有結、有呼、有應、有提掇、有過脈、有頓挫、有鈎勒之謂。歸氏史記總評云：『曉得文章掇頭，千緒萬端文字，便可做了。』又云：『作文如畫，全要界畫。』援鶉堂筆記云：『文章須有「入不言兮出不辭」之意。』惜抱先生云：『作文如小兒放紙鳶，愈放愈高，止在手中綫牢耳。』（吴先生點勘史記讀本序）方植之昭昧詹言云：凡作文，『於題面題緒及作旨歸宿，必交代清楚』，『譬名家作畫，無不交代谿徑道路明白者』；然『又忌太分明』。又云：

『古人文法之妙，一言以蔽之曰：語不接而意接。俗人接則平順呆蹇，不接則直是不通。韓公曰：「口前截斷第二句。」太白云：「雲臺閣道連窈冥。」須於此會之。』興化劉融齋（熙載）藝概云：文章『不難於續，而難於斷。先秦文善斷，所以高不易攀。然拋針擲綫，全靠眼光不走；注坡驀澗，全仗繮轡在手。明斷正取暗續也。』此等語宜深味之。

詩歌

詩歌亦著述門之一類。但古今作者既衆，而境之變化又多，大抵文中或論道，或敘事，或狀物態，或抒性情，詩皆有之，玆不得不別爲一篇，以評歷代作者之得失，而備商榷焉。

昔王阮亭古詩選於五言云：『樂府別是聲調體裁，與古詩迥別。然漢人廬江小吏、羽林郎、陌上桑之類，敘事措語之妙，愛不能割。班姬怨歌行，卓氏白頭吟，被之樂府，何非詩耶？至曹氏父子兄弟，往往以樂府題敘漢末事，雖謂之古詩亦可。』又云：『齊、梁以後，短句已是唐律、唐絶。』又云：『十九首之妙，如無縫天衣。後之作者，顧求之針縷襞績之間，非愚則妄。』又云：『當涂之世，思王爲宗。應、劉以下羣附和之，惟阮公別爲一派。司馬氏之初，茂先、休奕（傅玄字）、二陸、三張之屬，概乏風骨。太沖挺拔，崛起臨菑。越石（劉琨字）清剛，景純豪俊，不減於左。三公鼎足，此典午之盛也。過江而後，篤生淵明，卓絶後先，不可以時代拘墟矣。』又云：『宋代詞人，康樂爲冠。諸謝（混、瞻、惠連、莊）奕奕，迭相映蔚。明遠篇體警奇，在延年之上。謝之與鮑，可謂分路揚鑣。』又云：『齊有元暉獨步一代，元長（王融字）輔之。自兹以外，未見其人。梁代右文，作者尤衆。繩以風雅，略其名位，則江淹、何遜，足爲兩雄；沈約、范雲、吴均、柳惲，差堪羽翼。固知此道真賞，論定不誣。非可以東陽、零陵（南齊時，約官東陽太守，雲官零陵内史）身爲佐命。遂堪劫持一代文柄也。』又云：『陳朝寥寥，孝穆（徐陵字）稱首。總持（江總字）流品，視徐未宜並論。然華實兼美，殆欲過之。子堅（陰鏗字）蕪累，愧其名矣。』又云：『北朝魏、齊之間，顔介（之推）最爲高唱。高敖曹（昂）短章，不减斛律金。二君可敵南朝沈慶之、曹景宗。（昂與金，北齊名將。昂有征行詩，王選已録。敕勒歌王題無名氏，據王闓運八代詩選即金作。慶之，宋將；景宗，梁將；並能爲詩。）至於邢（邵）、魏（收）之流，未强人意；劉昶、蕭慤，踰淮不化，亦未易才。北周寥寥，僅得子淵（王褒字）、子山（庾信字），二人之才，一時瑜、亮。而鍾儀之悲，開府（庾信入周後，官驃騎大將軍開府儀同三司）爲至矣。』又云：『隋混一南北，煬帝之才，實高羣下，長城、白馬二篇，殊不類陳、隋間人。楊處道（素）沈雄華贍，風骨甚遒，已辟唐人陳（子昂）、杜（審言）、沈（佺期）、宋（之問）之軌，餘子莫及。』又云：『唐五言古詩凡數變。約而舉之：奪魏、晉之風骨，變梁、陳之俳優，陳伯玉（子昂字）之力最大，曲江公（張九齡）繼之，太白又繼之。感遇、古風諸篇，可追嗣宗詠懷、景陽（張協字）雜詩。貞元、元和間，韋蘇州（應物官蘇州刺史）古澹，柳柳州（宗元官柳州刺史）峻潔。』又云：『明五言詩極爲總雜，西涯（李東陽號）之流，原本宋賢；李、何以來，具體漢、魏。平心論之，互有得失，未造古人。獨高季迪（啓）、皇甫子安兄弟（沖字子濬，涍字子安，汸字子循，濂字子約）、薛君采（蕙）、高子業（叔嗣）、徐昌國（禎卿）、華子潛（察）寥寥數公，窺見六代三唐作者之意。』於七言云：『謝太傅（安）問王子猷（徽之）曰：「云何七言詩？」對曰：「『昂昂若千里之駒，泛泛若水中之鳧』，此命名所自也。」』又云：『七言始於擊壤歌。雅、頌之「維昔之富不如時」、「予其懲而毖後患」、「學有緝熙於光明」，至臨河歌、南山歌以下，其辭匪一，皆七言之權輿也。』又云：『大風、垓下，肇自漢音；至武帝秋風、柏梁，其體大具。曹子桓燕歌行，陳孔璋飲馬長城窟行，皆唐作者之所本也。六朝惟鮑明遠最爲遒宕，七言法備矣。梁、陳、隋長篇頗多，而氣不足以舉其辭。沿及唐初，益崇繁縟。』又云：『明何大復（景明）明月篇序謂「初唐四子之作，往往可歌，反在少陵之上」。（長安城東有漢文帝霸陵，其南五里即樂遊原，宣帝杜陵在焉。其東南又有陵，差小，許后所葬，曰少陵，即杜曲，杜甫哀江頭詩云：『少陵野老吞聲哭。』又曲江詩云：『杜陵幸有桑麻田。』）說者以爲有功於風雅，韙矣。然遂以此概七言之正變則非也。二十年來，學詩者束書不觀，但取王（勃）、楊（炯）、盧（照鄰）、駱（賓王）數篇，轉相仿效，膚詞剩語，一唱百和，豈何氏之旨哉？』又云：『開元、大曆諸作者，七言始盛，王（維）、李（頎）、高（適）、岑（參）四家，篇什尤多。李太白馳騁筆力自成一家。大抵嘉州（岑參官嘉州刺史）之奇峭，供奉（李白官翰林供奉）之豪放，更爲創獲。』又云：『詩至工部，集古今之大成，百代而下，無異詞者。七言大篇，尤爲前所未有，後所莫及，蓋天地之奥，至杜而始發之。』又云：『杜七言千古標準，自錢（起）、劉（長卿）、元（稹）、白（居易）以來，無能步趨者。貞元、元和間學杜者，惟韓文公一人耳。』又云：『宋承唐季衰陋之後，至歐陽文忠公，始拔流俗，七言長句，高處直追昌黎，自王介甫輩，皆不及也。盧山高一篇，公所自負，然殊非其至者。』又云：『兖公之後，學杜、韓者，王文公爲鉅擘。七言長句，蓋歐陽公後勁，蘇、黄前茅，特其妙處，微不逮數公耳。』又云：『歐陽公見蘇文忠公，自謂「老夫當放此人出一頭地」，蓋非獨古文也，唯詩亦然。文忠公七言長句之妙，自子美、退之後，一人而已。文定（子由謚）視文忠，邾、莒矣。』又云：『蘇文忠公淩踔千古，獨心折山谷之詩，數效其體，前人之虚懷如此。後世腐儒乃謂東坡與山谷争名，何其陋耶？山谷雖脱胎於杜，顧其天姿之高，筆力之雄，自辟門户。宋人作江西詩派圖，極尊之，配食子美，要亦非山谷意也。』又云：『元祐文章之盛，推「蘇門六君子」（山谷、張耒、秦觀、晁補之、陳師道、李廌）。黄嘗自負其詩在晁、張之上。顧無咎七言佳處，頗得文忠之逸。叔用（晁沖之字）具茨集，寥寥無多；一鱗片甲，殆高出無咎之上。議者以爲惟陸務觀能仿佛之，非過論也。』又云：『南渡氣格，下東都遠甚，惟陸務觀爲大宗。七言逐杜、韓、蘇、黄諸大家，正坐「沈鬱頓挫」少耳。要非餘人所及。』又云：『南渡以後，程學盛於南，蘇學盛於北。金、元之間，元裕之（好問字）其職志也。七言妙處，或追東坡而軼放翁。』又云：『元詩稱虞、楊、范、揭。道園（虞集號）自負如漢庭老吏。愚數觀學古録，其詩誠非三家所及，恨篇什稍寡耳。劉静修刻畫山水，間有可採。』又云：『元詩靡弱，自虞伯生（虞集字）而外，唯吴立夫長句，瑰瑋有奇氣。雖疏宕或遜前人，視楊廉夫（維楨）之學飛卿、長吉（李賀字），區以别矣。』又云：『有明一代，作者衆多。七言長句，在明初則高季迪、張志道（以寧）、劉子高（崧）爲最，後則李賓之（東陽）。至何、李學杜，厭諸家之坦迤，獨於沈鬱頓挫處用意，雖一變前人，雖稱復古，而同源異派，實皆以杜氏爲昆侖墟。』

阮亭又嘗因洪文敏（景盧謚）萬首唐人絶句，惟務取盈，頗嫌蕪雜，因約選八百九十五首。於五言云：『五言初唐王勃獨爲擅場。盛唐王（維）、裴（迪）輞川唱和，工力悉敵，劉須溪（辰翁）有意抑裴，謬論也。李白氣體高妙，崔國輔源本齊、梁，韋應物本出右丞，加以古澹。後之爲五言者，於此數家求之，有餘師矣。』於七言云：『七言初唐風調未諧。開元、天寶諸名家，無美不備，李白、王昌齡尤爲擅場。昔李滄溟（攀龍）推「秦時明月漢時關」一首壓卷，余以爲未允。必求壓卷，則王維之「渭城」、李白之「白帝」、王昌齡之「奉帚平明」、王之渙之「黃河遠上」，其庶幾乎！而終唐之世絶句，亦無出四章之右者矣。中唐之李益、劉禹錫，晚唐之杜牧、李商隱，四家亦不減盛唐作者云。』又云：『王弇州（世貞）云：「七言絶句，少伯（王昌齡字）與太白争勝，俱是神品。」』又云：『七言絶盛唐主氣，氣完而意不甚工；中晚唐主意，意工而氣不甚完。然各有至者，未可以時代優劣也。』此論甚確。

以上所録阮亭論詩之語，亦綦詳矣。惟所選五古，不及杜公。惜抱先生與管異之（同）書云：『阮亭詩法，五古祇以謝宣城爲宗（朓嘗官宣城太守），七古祇以東坡爲宗。』又與陳碩士書云：『阮亭於五古不選杜詩，此是自度才力不堪以爲大家，而天下士之堪學杜者亦罕見，故不以之教人。』然果如此，則七古又何爲選杜公耶？若謂五古止當以漢、魏、六朝爲宗，又何爲漁洋集中擬杜者復不少耶？竊謂此自是闕處。又未選律體，惜翁補之，而有五七言今體詩鈔。其於五言云：『聲病之學，肇於齊、梁。以是相沿，遂成律體。南北朝迄隋諸詩人警句，率以儷偶調諧，正可謂之律耳。』又云：『唐人陳拾遺（子昂官右拾遺）、杜修文（審言官修文館直學士）、沈、宋、曲江，爲開元以前之傑。』又云：

『盛唐人詩，固無體不妙，而尤以五言律爲最； 此體中又當以王、孟爲最。以禪家妙悟論詩者，正在此耳。』又云：『盛唐人禪也，太白則仙也，於律體中，以飛動票姚之勢，運曠遠奇逸之思，此獨成一境者。』又云：『杜公今體四十字中，包涵萬象，不可謂少。數十韻、百韻中，運掉變化如龍蛇，穿貫往復如一綫，不覺其多。讀五言至此，始無餘憾。』又云：『中唐大曆諸賢，尤刻意於五律，其體實宗王、孟，氣則弱矣，而韻猶存。貞元以下，又失其韻，其有警拔，蓋亦希矣。』又云：『晚唐之才固愈衰，然五律有望見前人妙境者，轉賢於長慶諸公，此不可以時代限也。元微之首推子美長律，然與香山皆以多爲貴，精警闕焉。惟玉谿生（李商隱號）乃略有杜公遺響耳。』於七言云：『夫文以氣爲主。七言今體句引字賒，尤貴氣健。如齊、梁人古色古韻，夫豈不貴，然氣則躓矣。楊升庵專取爲極則，此其所以病也。初唐諸君，正以能變六朝爲佳，至「盧家少婦」一章，高振唐音，遠包古韻，此是神到之作，當取冠一朝矣。』又云：『右丞七律能備三十二相，而意興超遠，有「雖對榮觀，燕處超然」之意，宜獨冠盛唐諸公。于鱗（李攀龍字）以東川（李頎號）配之，此一人私好，非公論也。』又云：『杜公七律，合天地之元氣，包古今之正變，不可以律縛，亦不可以盛唐限者。』又云：『大曆十子，以隨州（劉長卿官隨州刺史）爲最。其餘諸賢，亦各有氣調。至於長慶，香山以流易之體，極富贍之思，非獨俗士奪魄，亦使勝流傾心。然滑俗之病，遂至濫惡，後皆以白傅（居易以太子少傅進馮翊縣侯）爲藉口矣。非慎取之，何以維雅正哉！』又云：『玉谿生雖晚出，而才力實爲卓絶，七律佳者，直欲遠追拾遺（杜甫於至德中拜右拾遺）；其次者猶足近掩劉（禹錫）、白（居易）。第以矯敝滑易，用思太過，而僻晦之敝又生。要不可不謂之詩中豪傑士矣。温（庭筠）詩於玉谿爲陪臺，非可與並立也。』又云：『唐末詩人，才力既異於前，而習俗所移，又難振拔，故傑出益少；然亦未嘗無佳句也。』又云：『「西昆」諸公之擬玉谿，但學其隸事耳，殊滯於句下，都成死語。其餘宋初諸賢，亦皆域於許渾、韋莊輩境内。歐公詩學昌黎，故於七律不甚留意。荆公則頗留意矣，然亦未造殊妙。』又云：『東坡天才有不可思議處，其七律祇用夢得（劉禹錫字）、香山格調，其妙處，豈劉、白所能望哉！山谷刻意少陵，雖不能到，然其兀傲磊落之氣，足與古今作俗詩者澡濯胸胃，導啓性靈。』又云：『放翁激發忠憤，横極才力，上法子美，下攬子瞻，裁製既富，變境亦多，其七律固爲南渡後一人。其餘如簡齋、茶山、誠齋諸賢，雖有盛名，實無超詣。』

以上所録惜翁論詩語與阮亭參觀，各體略備。阮亭未選明詩，惜翁則止於南宋。然與陳碩士書則教之從李、何、王、李入手。先姜塢府君援鶉堂筆記云：『古詩十九首，渾然天成，豈可摹仿！然觀李、何諸公詩，轉復讀之，其妙愈出，譬諸學書者祇見石刻，後觀真跡，蓋見神骨之不易幾也。』

自來評詩，莫古於鍾仲偉詩品。及宋而說益繁。茲以王、姚二家爲先導。此外如蘇子瞻評司空表聖（圖）詩『棋聲花院閉，幢影石壇高』，以爲『雖工而寒儉有僧態』。『杜子美「暗飛螢自照，水宿鳥相呼。四更山吐月，殘照水明樓。」則才力富健，去之遠矣。』葉少蘊石林詩話云：『老杜變化開闔，出奇無窮，殆不可以形跡捕詰。如「江山有巴蜀，棟宇自齊梁」，遠近數千里，上下數百年，祇在「有」與「自」字間。而吐吞山水之氣，俯仰古今之懷，皆見於言外。』援鶉堂筆記云：『魏武帝蒼健而樸，子桓藻艷，子健渾邁，得文質之中。公幹氣較緊而狹。仲宣局面闊大。嗣宗高邁。』又云：『杜、陶相對，而李不及。』又云：『韋自在處過於柳，然病弱；柳雄健，以能文故也。』又云：『老杜自稱其詩「沈鬱頓挫」（唐書載甫上玄宗疏）。所謂「頓挫」者，欲出而不遽出，字字句句，持重不流。』張文端公（英）聰訓齋語云：『唐詩如緞如錦，質厚而體重，文麗而絲密，溫醇爾雅。宋詩如紗如葛，輕疏纖朗，便娟適體。中年作詩，斷當宗唐；若老年闌入於宋，勢所必至。五律斷無勝於唐人者，如王、孟五言，兩句便成一幅畫。』方植之昭昧詹言云：七律起句『忌用宋人輕側之筆』，須『以唐人「高館張燈酒復清」、「風急天高猿嘯哀」、「玉露凋傷楓樹林」爲法』。『又有一起四句將題緒敘盡，後半換筆、換意、揚勢』者。但五六句轉勢，『不如仍挺起作揚勢』。『結句大約別出一層，補完題藴，須有不盡遠想』，然『不可執着』。又云：七言長篇，不外敘、寫、議三法。又云：五古宜先學鮑、謝，七律宜從摩詰（王維字）、東川、義山、山谷入門，七古宜從昌黎入。學者合觀之，於詩學思過半矣。

若夫詞曲，據四庫全書總目云：『此二體在文章技藝之間，厥品頗卑。然三百篇變而古詩，古詩變而近體，近體變而詞，詞變而曲。層累而降，莫知其然。究厥淵源，實亦樂府之餘音，風人之末派也。』又張皋文詞選序云：『自唐之詞人，李白爲首。其後韋應物、王建、白居易、劉禹錫之徒，並有述造，而温庭筠最高。五代之際，孟氏、李氏君臣爲謔，競變新調，詞之雜流由是作矣。至其工者，往往絶倫。亦如齊、梁五言，依託魏、晉，近古然也。宋之詞家，號爲極盛。然張先、蘇軾、秦觀、周邦彦、辛棄疾、姜夔、王沂孫、張炎，淵淵乎文有其質焉。若柳永、黄庭堅、劉過、吴文英，亦各引一端，以取重於當世。而後進彌以馳逐，破析乖刺，壞亂不可紀。故自宋之亡而正聲絶，元之末而規矩隳。』此兩條附録於後，以見梗概。

文學研究法卷三

性情

左傳載魯叔孫豹之言云：太上立德，其次立功，其次立言（襄公二十四年）。韓退之答劉正夫書云：『若聖人之道，不用文則已；用，則必尚其能者。能者非他，能自樹立、不因循者是也。』夫曰『立言』，曰『能自樹立』，皆不肯依傍他人之辭也。故史記太史公自序云：『成一家之言。』魏文帝典論稱徐偉長：『唯幹著論，成一家言。』與吳質書云：『偉長著中論二十餘篇，成一家之言』，『足傳於後』。陳思王與楊德祖書云：將『成一家之言』。黃山谷以右軍書贈邱十四詩云：『隨人作計終後人，自成一家始逼真。』蓋自成一家，而後謂之『立言』，謂之『能自樹立』，其性情乃可著之天下後世。何謂性情？白虎通性情篇云：『性者陽之施，情者陰之化也。人稟陰陽氣而生，故内懷五性六情。情者，静也；性者，生也。此人所稟六氣以生者也。』又云：『五性者，仁、義、禮、智、信也。六情者，喜、怒、哀、樂、愛、惡，所以扶成六性。夫人性内函，而外著爲情。其同焉者，性也；

其不同焉者，情也。惟情有不同，斯感物而動。性亦不能不各有所偏。』故剛柔緩急，胥於文章見之。苟不能見其性情，雖有文章，僞焉而已，奚望不朽哉！文心雕龍情采篇云：『夫鉛黛所以飾容，而盼倩生於淑姿；文采所以飾言，而辨麗本於情性。故情者文之經，辭者理之緯；經正而後緯成，理定而後辭暢：此立文之本源也。昔詩人什篇，爲情而造文；辭人賦頌，爲文而造情。何以明其源？蓋風、雅之興，志思蓄憤，而吟詠情性，以諷其上，此爲情而造文也。諸子之徒，心非鬱陶，苟馳誇飾，鬻聲釣世，此爲文而造情也。故爲情者要約而寫真，爲文者淫麗而煩濫。而後之作者，採濫忽真，遠棄風、雅，近師辭賦，體情之制日疏，逐文之篇愈盛。故有志深軒冕，而泛詠皋壤；心纏幾務，而虛述人外。真宰弗存，翩其反矣。夫桃李不言而成蹊，有實存也；男子樹蘭而不芳，無其情也。夫以草木之微，依情待實；況乎文章，述志爲本。言與志反，文豈足徵？』斯言也，真搔着癢處矣。近世益都趙秋谷（執信）談龍録云：『文中宜有人在。』吾邑方植之昭昧詹言云：『詩中須有我。』意正相同。

蓋既爲文學家，必獨有資禀，獨有遭際，獨有時世，著之於辭，彼此必不能相似。文心雕龍體性篇論文有八體，而云：『功以學成，才力居中，肇自血氣。氣以實志，志以定言。吐納英華，莫非情性。是以賈生俊發，故文潔而體清；長卿傲誕，故理侈而辭溢；子雲沈寂，故志隱而味深；　子政簡易，故趣昭而事博；　孟堅雅懿，故裁密而思靡；　平子淹通，故慮周而藻密；　仲宣躁鋭，故穎出而才果；　公幹氣褊，故言壯而情駭；　嗣宗俶儻，故響逸而調遠；　叔夜俊俠，故興高而采烈；　安仁輕敏，故鋒發而韻流；　士衡矜重，故情繁而辭隱。觸類以推，表裏必符。豈非自然之恒資，才氣之大略哉！』此言各有其資稟也。若夫韓退之送孟東野序，謂東野與李翺、張籍之鳴信善，『抑不知天將和其聲，而使鳴國家之盛耶？抑將窮餓其身，思愁其心腸，而使自鳴其不幸耶？』此言人生遭際，或窮或達；　而文章之體，因之而分。是故達而在上，則有如班孟堅所謂『抒下情而通諷諭，宣上德而盡忠孝，雍容揄揚，著於後嗣者』（兩都賦序）。窮而在下，則有如歐陽永叔所謂『凡士之蘊其所有，而不得施於世者，多喜自放於山巔水涯，外見蟲魚、草木、風雲、鳥獸之狀類，往往探奇怪；　内有憂思感憤之鬱積，其興於怨刺，以道羈臣寡婦之所嘆，而寫人情之難言』（梅聖俞詩集序）。尹師魯答鄧州通判韓宗彦寺丞書云：『閣下方以才名爲士林推重，當世名卿巨儒，凡與遊者，其作爲文章，莫不道聖功，揚德音，如觀樂於宗廟，和平嘽緩，無不得其宜。若夫廢放之人，其心思以深，故其言或窘或迂，或激或哀，異此則非本於情，矯爲之也。譬諸急絃促軫，烏足留大雅之聽哉！』此言憂樂之不能强同，尤爲親切。至於時世所值，與文章更有莫大之關係。凡切於時世者，其文乃爲不可少之文；　若不切者，雖工亦可不作。昔惜抱先生賈生明申商論云：『冬必裘而夏必絺者，時也。齊甘苦酸辛鹹而御之者，和也。諸葛武侯當先主之時，寬法孝直，救李邈、張裕，其用意一出於仁慈；乃以申、韓之書教後主，知其所不能也。賈生告文帝以髖髀之所，非斤則斧，意亦猶是；然使述此於景、武之時，則與處烈火而進爨者何以異？蓋景帝之天資固薄矣，提殺吳太子於嬉戲，疏張釋之而誅周亞夫，其資如此，而晁錯又以申、商進之，何怪有吳、楚之難！』此言立論之必當乎其時也。又梅伯言答朱丹木書云：『文章之事，莫大乎因時立言。吾言於此，雖其事之至微，物之甚小，而一時朝野之風俗好尚，皆可因吾言而見之。使爲文於唐貞元、元和時，讀者不知爲貞元、元和人，不可也；爲文於嘉祐、元祐時，讀者不知爲嘉祐、元祐人，不可也。韓子曰：「惟陳言之務去。」豈獨其詞之不可襲哉？夫古今之理勢，固有大同者矣；其爲運會所移，人事所推演，而變異日新者，不可窮極也。執古今之同，而概其異，雖於詞無所假者，其言亦已陳矣。』吳摯甫先生亦告永樸云：『凡儒、釋之辨，朱、陸、漢、宋之爭，在始言之者，因其時說之方熾，故爲卓識正論；若今日取而覆衍之，雖欲不謂之腐，得乎？』綜觀諸條，庶可以知文章必根乎性情之故矣。

是故有志學文者，其始必力求與古人相似，而不能不從事於摹仿。觀惜抱先生跋劉海峯詩云：『海峯先生詩，初猶有摹古之痕。入黔以後所作，如鯤化爲鵬，超然九萬里矣。

夫古今睽絶，以今追昔，非擬學何由得近？　才高者取其精華，才卑者獲其糟粕；　功深者化其痕迹，功淺者滯於形模。　此在昔人集中，亦多利病互見耳，不得以長覆短，亦不得以短覆長。世之陋才，力不能追希古哲，苟爾成篇，義猥詞鄙，反以脱化自矜，遺哲匠之鉅材，眥一端之小失，欺誣後生，蕩滅型矩，此文運之所以衰也。』與管異之書云：『今人詩文，不能追企古人，亦是天資遜之，亦是涂轍誤而用功不深也。　若涂轍既正，於古人最上一等文字，諒不可到；　其中下之作，非不可到也。　昌黎不云「其用功深者其收名遠」乎？　近世人習聞錢受之（謙益）偏論，輕譏明人摹仿。　文不經摹仿，亦安能脱化？　觀古人之學前古，摹仿而渾妙者自可法，摹仿而鈍滯者自可棄，雖揚子雲亦當以此義裁之，豈但明賢哉？』與伯昂從姪孫（元之）書云：『近人每云作詩不可摹擬，此似高而實欺人之言也。學詩文不摹擬，何由得入？　須專摹擬一家，已得似後，再擬一家。　如是數番之後，自能熔鑄古人，自成一體。　若初學不能逼似，先求脱化，必全無成就。　譬如學字而不臨帖，可乎？』曾文正公家訓云：『作文宜摹仿古人間架。　詩經造句之法，無一句無所本。　左傳之文，多現成句調。　揚子雲爲漢代文宗，而其太玄摹易，法言摹論語，方言摹爾雅，十二箴摹虞箴，長楊賦摹難蜀父老，解嘲摹客難，甘泉賦摹大人賦，劇秦美新摹封禪文，諫不許單于朝書摹國策信陵君伐韓，幾於無篇不摹。　即韓、歐、曾、蘇諸鉅子之文，亦皆有所摹擬，以成體段。作文作詩賦，均宜心有摹仿，而後間架可立，其收效較速，其取徑較便。』此皆言摹擬古人而求與之似，乃初學不可不歷之階級也。其繼又必求與古人不相似，而不可但以摹擬爲工。觀顧亭林日知録云：『近代文章之病，全在摹仿。即使逼肖古人，已非極詣，況遺其神理，而得其皮毛者乎？且古人之文，時有利鈍，若棄其所長而師其所短，爲害尤甚。』又云：『詩文之所以代變，有不得不然者。一代之文，沿襲已久，不容人人皆道此語。今且千數百年矣，而猶取古人之陳言，一一而摹仿之，以是爲詩，可乎？故不似則失其所以爲詩，似則失其所以爲我。李、杜之詩，所以獨高於唐人者，以其未嘗不似而亦未嘗似也。』惜抱先生古文辭類纂序云：『文士之效法古人，莫善於退之。盡變古人之形貌，雖有摹擬，不可得而尋其跡也。其他雖工於學古，而跡不能忘。揚子雲、柳子厚於斯蓋尤甚焉。以其形貌之過似古人也，而遽擯之，謂不足與於文章之事，則過矣；然遂謂非學者之一病，則不可也。』又題懷寧江七峯（爾維）詩卷云：『學古人在得其神理，不可襲其面目。李、杜詩不得其神理，殊成粗率。今亦無他法，但熟讀之，必求得其解而已。又須觀後賢所以學前賢之法。如學杜莫善於昌黎，昌黎豈遂偷杜一字一句乎？學李者莫善於東坡，東坡豈遂肯用「噫吁嚱」等調乎？學杜但貴得其雄渾處，沈著處，兀傲不測處；學李但貴得其豪縱處，灑脱自在處，飄逸處。又須將我之性情、識解、學問運入，當其下筆，若不知有李、杜然，兹乃妙矣。』此又言摹擬而與古人太相似，究不可謂非文章之病，故不能不求其脱化也。昔董文敏公（其昌）論書法云：『其始必與古人合，其後必與古人離。』詩文書畫，蓋同一理。是以惜翁與方植之書又嘗總論之云：『大抵學古人必始而迷悶，苦毫無似處；久而能似之；又久而自得，不復似之。若初不知有迷悶難似之境，則其人必終身無望矣。』而管異之答侯念勤書云：『後人爲文不能不師古，上者神合之，次者貌肖之，最下者販其辭。今足下作文一篇耳，而疊用陳壽進諸葛集表、漢書王莽傳贊、賈生過秦論、穀梁隱公元年傳諸調，則似集古人之文，而其中不見己作矣。』梅伯言書異之文集後，亦述其平生切磋之語曰：『子之文病雜。一篇之中，數體互見，武其冠，儒其衣，非全人也。』

夫摹擬者，所以求古人之法度也；脱化者，所以見一己之性情也。周永年論文章『有法而後能，有變而後大』，蓋由化而變，乃成家數。子産有言：『人心之不同，如其面焉。吾豈敢謂子面如吾面乎？』（左傳襄三十一年）文章亦若是矣。故欲見性情，必存面目。昭昧詹言云：『古人皆於本領上用工夫，故文字有骨氣；今人祇於枝葉上粉飾，下稍又並枝葉亦没了。文字成，不見作者面目，則其文可有可無。詩亦然。』又云：『屈子之詞與意，已爲昔人用熟，至今日皆成陳言。故選體詩不可再學。』淺者專事盜竊，不見自己面目，人人可用，處處可移，安得不令人憎厭？又云：『欲成面目，全在字句音節，尤在性情，使人千載下如相接對。』數條義皆精。試觀韓文公自言：『欲觀聖人之道必自孟子始』（送王秀才塤序），其心之宗仰孟子可知。然考其文，於孟子果步亦步、趨亦趨否？歐陽公自言：『予之始得於韓也，當其沈没廢棄之餘，予固知其不足以追時好而取勢利，於是就而學之。則予之所爲者，豈所以急名譽而干勢利之用哉！亦志乎久而已矣。』（記舊本韓文後）其心之宗仰韓子又可知。然考其文，於韓子果步亦步、趨亦趨否？是以曾子固與王介甫書云：『歐公更欲足下少開廓其文，勿用造語及模擬前人。孟、韓文雖高，不必似之也，取其自然耳。』蘇明允上歐陽内翰書，亦論孟、韓及歐公文章之所長，既云『皆斷然自爲一家之文』，又總結之曰：『執事之才，又自有過人者；蓋執事之文，非孟子、韓子之文，而歐陽子之文也。』

雖然，古人學古之文，雖以化其痕跡爲妙，而精神要未始不與古人訢合無間。故班孟堅兩都賦序云：『大漢之文章，炳焉與三代同風。』而歸震川五嶽山人前集序云：『夫西子病心而矉其里，其里之醜人亦捧心而矉其里。其里之富人見之，堅閉門而不出；貧人見之，挈妻子去之而走。故曰知美矉而不知矉之所以美。夫知史記之所以爲史記，則能史記矣。荆楚自昔多文人，左氏之傳，荀子之論，屈子之騷，莊周之篇，試讀之，未有不史記若言，而即古人之法度，以寫一己之性情，其所當用力者，不大可知哉！學者果能探左、史之精蘊，則於三家志銘，無事規橅，而自與之並矣。』吾輩苟有志於成一家用其義法；永叔摹史記之格調，而曲得其風神；介甫變退之之壁壘，而陰用其步伐。也。』方望溪古文約選序例云：『序事之文，義法備於左、史。退之變左、史之格調，而陰

狀態

文章之狀態，非可一言盡也，昔人每因之品藻古今鴻篇鉅制。蘇明允仲兄文甫字說嘗以風行水上之『無意乎相求、不期而相遭』，喻文之所由生，其語至爲微妙。然既生之後，變態百出，亦有可得而詳言者。

蓋韓退之答尉遲生書云：『行峻而言厲，心醇而氣和，昭晰者無疑，優游者有餘。』古人文境之妙，不出此數語矣。蘇子瞻與謝民師推官書，又專論『達』字。其説云：『孔子曰：「言之不文，行而不遠。」又曰：「辭達而已矣。」夫言止於達意，即疑若不文，是大不然。求物之妙，如繫風捕影，能使是物了然於心者，蓋千萬人而不一遇也，而況能使了然於口與手者乎？是之謂辭達。辭至於能達，則文不可勝用矣。』楊用修譚苑醍醐亦云：『達非淺陋之謂也。夫意有淺言之而不達，深言之乃達者；正言之而不達，旁言之乃達

者；俚言之而不達，雅言之乃達者。故周、漢之文最古，而其能道人意中事最徹。今以淺陋爲達，是烏知達哉！』近世張文端公聰訓齋語論圓字云：『天體至圓，故生其中者無一不肖其體。懸象之大者莫如日月，以至人之耳目手足，物之毛羽，樹之花實，土得雨而成丸，水得雨而成泡，凡天地自然而生皆圓。其方者皆人力所爲。蓋稟天地之性者，無一不具天之體。萬事做到極精妙處，無有不圓者。聖人之德，古今之至文、法帖，以至一藝一術，必極圓而後登峯造極。即飲食做到精美處，到口也是圓底。』曾文正家訓亦云：『無論古今何等文人，其下筆造句，總以「珠圓玉潤」四字爲主。無論何等書家，其落筆結體，亦以「珠圓玉潤」四字爲主。世人論文家之語圓而藻麗者，莫如徐陵、庾信，而不知江淹、鮑照則更圓；進之沈約、任昉則亦圓；進之潘岳、陸機則亦圓；又進而溯之東漢之班固、張衡、崔駰、蔡邕則亦圓；又進而溯之西漢之賈誼、晁錯、匡衡、劉向則亦圓。至於馬遷、相如、子雲三人，可謂力趨險奥，不求圓適矣；而細讀之，亦未始不圓。至於昌黎，其志意直欲陵駕子長、卿、雲三人，戛戛獨造，力避圓熟矣；而久讀之，實無一字不圓，無一句不圓。』先端恪公（諱文然）答方甥受斯書論『緊』字云：『來文筆致明爽，而失於率易。落筆便成，思不能精深，句不能警煉，此由所看之文太恕之過也。閑中熟讀孫子十三篇，便見古人遠筆如刀，下句如石。無他，要一個「緊」字而已。古人論織曰「緊滿」，論地曰「緊要」。緊則滿，滿則不松，美錦是也。緊則要，要則不渙，闤隘是也。』方植之昭昧詹言又標『精深華妙』四字，以爲文字精深在法與意，華妙在興象與辭。此數說皆有心得。

然未若劉海峯論文偶記之完備。其論『文貴奇』云：『有奇在字句者，有奇在意思者，有奇在筆者，有奇在丘壑者，有奇在氣者，有奇在神者。字句之奇，不足爲奇；氣奇則真奇矣。』又云：『次第雖如此，然字句亦不可不奇，自是文家能事。揚子雲太玄、法言，昌黎甚好之，故昌黎文奇。』又云：『氣奇最難識，大約忽起忽落，其來無端，其去無跡。』又云：『讀古人文，於起滅轉接之間，覺有不可測識處，便是奇氣。』又云：『奇與平正相對。氣雖盛大，一片行去，不可謂奇。奇者，於一氣行走之中，時時提起。』又云：『太史公伯夷傳，可謂神奇。』其論『文貴高』云：『窮理則識高，立志則骨高，好古則調高。』又云：『文到高處，祇是樸淡意多。譬如不事紛華，翛然世味之外，謂之高人。昔人謂子長文字峻，震川謂此言難曉，要當於極真、極樸、極淺處求之。』其論『文貴大』云：『道理博大，氣脈洪大，丘壑遠大，丘壑中必峯巒高大，波瀾闊大，乃可謂之遠大。』其論『文貴遠』云：『遠必含蓄，或句上有句，或句下有句，或句中有句，或句外有句，說出者少，不說出者多，乃可謂遠。昔人論畫曰：「遠山無皴，遠水無波，遠樹無枝，遠人無目。」此之謂也。遠則味永。文至味永，則無以加。昔人謂子長文字微情妙旨，寄之筆墨蹊徑之外；又謂如郭忠恕畫天外數峯，略有筆墨而無筆墨之跡。故太史公文，並非孟堅所知。』又云：『昔人謂意盡而言止者，天下之至言也。然言止而意不盡者尤佳。意到處言不到，言盡處意不盡，自太史公後，惟韓、歐得其一二。』其論『文貴簡』云：『凡文，筆老則簡，意真則簡，辭切則簡，理當則簡，味淡則簡，氣蘊則簡，品貴則簡，神遠而含藏不盡則簡。故簡爲文章盡境。』又云：『程子云：「立言貴含蓄意思，勿使無德者眩，知德者厭。」此語最有味。』其論『文貴疏』云：『宋畫密，元畫疏；顏、柳字密，鍾、王字疏；孟堅文密，子長文疏。凡文，力大則疏，氣疏則縱，密則拘；神疏則逸，密則勞；疏則生，密則死。』又云：『子長拿捏大意，行文不妨脱略。』其論『文貴變』云：『易曰：「虎變文炳，豹變文蔚。」又曰：「物相雜故曰文。」故文者，變之謂也。一集之中，篇篇變；一篇之中，段段變；一段之中，句句變。神變，氣變，境變，音節變，句字變，惟昌黎能之。』又云：『文法有平有奇，須是兼備，乃盡文人之能事。上古文字初開，實字多，虛字少。典、謨、訓、誥，何等簡奥！然文法自是未備。至孔子之時，虛字詳備，作者神態畢出。左氏情韻並美，文彩照耀。至先秦戰國，更加疏縱。漢人斂之，稍歸勁質，惟子長集其大成。唐人宗漢，多峭硬；宋人宗秦，得其疏縱，而失其厚茂，氣味亦稍薄矣。文必虛字備而後神態出，何可節損？然枝蔓軟弱，少古人厚重之氣，自是後人文漸薄處。』又云：『馬遷句法似贅拙，而實古厚可愛。』其論『文貴瘦』云：『須從瘦出，而不宜以瘦名。蓋文至瘦則筆能屈曲盡意，而言無不達。然以瘦名，則文必狹隘。』又云：『公、穀、韓非、王半山之文（江寧半山亭，王安石故宅，由縣東門至蔣山，此爲半道，故名），極高峻難識，學之有得，便當捨去。』又論『文貴華』云：『華正與樸相表裏。以其華美故可貴。所惡於華者，恐其近俗耳；所取於樸者，謂其不著脂粉耳。昔人謂不著脂粉而清真刻峭者，梅聖俞之詩也；不著脂粉而精彩濃麗，自左傳、莊子、史記而外，其妙不傳。此知文之言。』又云：『天下之勢日趨於文，而不能自已。上古文字簡質。周尚文，而周公、孔子之文最盛。其後傳爲左氏，爲屈原、宋玉，爲司馬相如，盛極矣。盛極則蘖衰，流弊遂爲六朝。六朝之靡弱，屈、宋之盛肇之也。昌黎氏矯之以質，本六經爲文，後人因之爲清疏爽直，而古人華美，亦略盡矣。平奇華樸，流激使然，末流皆不可處。』又云：『唐人之體，較之漢人微露圭角，少渾噩之象。然陸離璀璨，猶似夏、商鼎彝。宋人文雖佳，而萬怪惶惑處少矣。荆川云：「唐之韓，猶漢之班、馬；宋歐、曾、三蘇，猶唐之韓。」此自其同者言之耳。然氣味有厚薄，力量有大小，時代使然，不可强也。但學者求其同，而後別其異；不宜伐其異，而不知其同耳。』其論『文貴參差』云：『天之生物，無一不偶，而無一齊者。故雖排比之詩文，亦以隨勢曲注爲佳。』又云：『好文字與俗下文字相反，如行道者，一東一西，愈遠則愈善。一欲巧，一欲拙；

一欲利，一欲鈍；一欲柔，一欲硬；一欲肥，一欲瘦；一欲濃，一欲淡；一欲艷，一欲樸；一欲松，一欲緊；一欲輕，一欲重；一欲秀令，一欲蒼莽；一欲偶儷，一欲參差。夫拙者巧之至，非真拙；鈍者利之至，非真鈍也。』其論『文貴去陳言』云：『昌黎論文以去陳言爲第一義。後人見爲昌黎好奇，故云耳。不知作古文無不去陳言者。試觀歐、蘇諸公，曾直用前人一言否？』又云：『昌黎既云去陳言，又極言去之之難。蓋經史諸子百家之文，雖讀之甚熟，却不許用他一句，另作一番言語，豈不甚難！樊宗師墓志云：「必出於己，不蹈前人一言一句，又何其難也！」正與「戛戛乎其難哉」互相發明。』又云：『樊志銘云：「惟古於詞必己出，降而不能乃剽賊，後皆指前公相襲，自漢迄今用一律。」今人行文反以用古人成語自謂有出處，自矜典雅，不知其爲襲也，剽賊也。』又云：『昔人謂杜詩、韓文無一字無來歷。來歷者，凡用一字二字必有所本也，非直用其語也。況詩與古文不同。詩可用成語，古文則必不可用。故杜詩多用古人句，而韓於經史諸子之文，止用一字，或至兩字而止。若直用四字，知爲後人之文矣。』又云：『大約文字是日新之物，若陳陳相因，安得不目爲臭腐！原本古人意義，到行文時却須重加鑄造一樣言語，不可便直用古人，此爲去陳言。未嘗不換字，却不是換字法。』又云：『王元美（世貞）論東坡云：「觀其詩有學矣，似無才者；觀其文有才矣，似無學者。」此元美不知文，而以陳言爲學也。東坡詩，於前人事詞無所不用，以詩可用陳言也；東坡文，於前人事詞一毫不用，以文不可用陳言也。正可於此悟古人行文之法，與詩迥異，而元美乃以爲有學無學。夫一人之詩文，何以忽有學忽無學哉？　由不知文，故其言如此。』又云：『元美所謂學者，正古人之文所唾棄而不屑用、畏避而不敢用者也。東坡之文，如太空浩氣，何處可著一前言，以貌爲學問哉？』又云：『昔人謂經對經、子對子者，皆詩賦偶儷八比之時文耳。若散體古文，則六經皆陳言也。』其論『行文最貴者品藻』云：『無品藻便不成文字，如曰渾、曰灝、曰雄、曰奇、曰頓挫、曰跌宕之類，不可勝數。然有神上事，有氣上事，有體上事，有色上事，有聲上事，有味上事，有識上事，有情上事，有才上事，有格上事，有境上事，須辨之甚明。』又云：『文章品藻最高者，曰雄，曰逸。歐陽子逸而未雄；昌黎雄處多，逸處少；太史公雄過昌黎，而逸處更多於雄處，所以爲至。』

此外就諸家文境而比較言之者，如揚子雲法言問神篇云：『虞夏之書渾渾爾，商書灝灝爾，周書噩噩爾。』班孟堅司馬遷傳贊云：『自劉向、揚雄博極羣書，皆稱遷有良史之才，服其善序事理，辨而不華，質而不俚。其文直，其事核，不虛美，不隱惡，故謂之實録。』范蔚宗班固傳論云：『遷文直而事核，固文贍而事詳。若固之敘事，不激詭，不抑抗，贍而不穢，詳而有體，使讀者亹亹而不厭，信哉其能成名也。』韓退之進學解云：『沈浸濃春秋嚴謹，左氏浮誇，易奇而法，詩正而葩；下逮莊、騷，太史所録，子雲、相如，同工異曲。先生之於文，可謂宏其中而肆其外矣。』柳子厚與楊京兆憑書云：『博如莊周，哀如屈原，奧如孟軻，壯如李斯，峻如馬遷，富如相如，明如賈誼，專如揚雄。』歐陽永叔唐書藝文志序云：『六經之道，簡嚴易直而天人備。其餘作者，質之聖人，或離或合；然精深閎博，各盡其術，而怪奇偉麗，往往振發於其間。』蘇明允上歐陽内翰書云：『孟子之文，語約而意盡，不爲巉刻斬絶之言，而其鋒不可犯；韓子之文，如長江大河，渾浩流轉，魚黿蛟龍，萬怪惶惑，而遏抑蔽掩，不使自露，而人望見其淵然之光，蒼然之色，亦自畏避不敢迫視；執事之文，紆餘委備，往復百折，而條達疏暢，無所間斷，氣盡語極，急言切論，而容與閒易，無艱難勞苦之態。此三者皆斷然爲一家之文也。』又云：『李翺之文，其味黯然而長，其光油然而幽；陸贄之文，遣言措意，切近的當。』先姜塢府君援鶉堂筆記云：『文字筆瘦多奇，然自是小。如太史公不須如此。』又云：『昌黎雄處，每於一起一接，忽來忽止，不可端倪。宋六家及震川，俱犯呆蹇之病。』又云：『歐公文字玩其轉調處，如美人轉眼。』又云：『歐公每於將説未説處，吞吐抑揚作態，令人欲絶。』又云：『震川希心於歐、曾，如見村樓記中段煙波生色處最佳。然「予能無感乎」句，音韻輕促，不逮歐公。』永福吕月滄

（璜）輯宜興吳仲倫（德旋）古文緒論云：『古人善用疏，莫如史記；善學者莫如昌黎。看韓濃鬱處皆能疏。柳州則有不能疏者。』又云：『史記諸表序筆筆唱嘆，筆筆是竪的；歐陽文有唱嘆者，多是橫闊的。』劉融齋藝概云：『太史公文，韓得其雄，歐得其逸。雄者善用直捷，故發端便見出奇；逸者善用紆徐，故引緒乃覘入妙。』又曰：『昌黎之文如水，柳州之文如山。浩乎沛然，曠如奧如，二公殆各有會心。』又云：『介甫之文長於掃，東坡之文長於生。掃故高，生故贍。』又云：『昌黎文意思來得硬直，歐、曾來得柔婉。硬直見本領，柔婉正復見涵養也。』曾文正公日記云：『偶思古文古詩最可學者，占八句云：詩之節，書之括，孟之烈，韓之越，馬之咽，莊之跌，陶之潔，杜之拙。』凡此所論，又皆精審堅確，非老於文學者不能言也。

神　理

易說卦傳云：『神也者，妙萬物而爲言者也。』孟子盡心篇云：『夫君子所過者化，所存者神。』又云：『大而化之之謂聖，聖而不可知之之謂神。』此神妙、神化之說所由來也。文章亦有此境，必神足，辭乃無不達。此說文所以於『神』字云：『天神引出萬物者也。』杜工部詩云：『文章有神交有道。』（蘇端薛復筵簡薛華醉歌）又云：『書貴瘦硬方通神。』（李潮八分小篆歌）其知之矣。説文於『理』字云：『治玉也。』蓋玉既治，其文理始昭著。故引申之，凡事物之有條不紊者，皆謂之理。其在音樂，則孟子萬章篇所謂『始條理』、『終條理』者是也。其在文章，則荀子非十二子篇所謂『持之有故』、『言之成理』者也。夫神必俟功候之足、興會之到，而後臻焉，非可以著力爲之。故易繫辭傳云：『神無方而易無體。』又云：『陰陽不測之謂神。』若理則可以著力，故説卦傳云：『窮理盡性以至於命。』此二者之分也。

大抵神妙神化之境，非可一蹴幾，是有本原焉，有工力焉。考易繫辭傳云：『尺蠖之屈，以求伸也；龍蛇之蟄，以存身也；精義入神，以致用也；利用安身，以崇德也。過此以往，未之或知也。窮神知化，德之盛也。』禮記孔子閑居云：『清明在躬，志氣如神；嗜欲將至，有開必先。天降時雨，山川出雲。』此雖不專就文章言，而文章本原所在，固如是矣。莊子養生主篇云：『庖丁爲文惠君解牛，手之所觸，肩之所倚，足之所履，膝之所踦，砉然嚮然，奏刀騞然，莫不中音，合於桑林之舞，乃中經首之會。（司馬彪曰：『桑林，湯樂名；經首，咸池樂章也。』）文惠君曰：「嘻，善哉！技蓋至此乎？」庖丁釋刀對曰：「臣之所好者，道也；進乎技矣。始臣之解牛之時，所見無非全牛者；三年之後，未嘗見全牛也。方今之時，臣以神遇而不以目視，官知止而神欲行。依乎天理，批大郤，導大窾（崔譔曰：『郤，間也。』司馬彪曰：『窾，空也。』），因其固然，技經肯綮之未嘗，（陸德明曰：『肯，説文作肎，著骨肉也。』案：嘗，試也。）而況大軱乎？（向秀曰：『軱，戾大骨也。』）良庖歲更刀，割也；族庖月更刀，折也。（崔駰曰：『族，衆也。』）今臣之刀十九年矣，所解數千牛矣，而刀刃若新發於硎。（郭象曰：『硎，砥石也。』）彼節者有間，而刀刃者無厚；以無厚入有間，恢恢乎其於游刃必有餘地矣。是以十九年而刀刃若新發於硎。雖然，每至於族，吾見其難爲，（郭象曰：『交錯聚結爲族。』）怵然爲戒，視爲止，行爲遲，動刀甚微。謋然已解，如土委地。提刀而立，爲之四顧，爲之躊躇滿志。善刀而藏之。」文惠君曰：「善哉！吾聞庖丁之言，得養生焉。」』達生篇云：『仲尼適楚，出於林中，見痀僂者承蜩，猶掇之也。仲尼曰：「子巧乎！有道邪？」曰：「我有道也。五六月，累丸二而不墜，則失者錙銖；（郭象曰：『累二丸於竿頭，是用手之停審也。』）累三而不墜，則失者十一；累五而不墜，猶掇之也。吾處身也，若厥株拘；（案：説文：『株，木根也。』山海經郭註：『枸，根盤錯也。』拘通枸。厥者，斷木爲杙也。）吾執臂也，若槁木之枝；雖天地之大，萬物之多，而惟蜩翼之知。吾不反不側，不以萬物易蜩之翼，何爲而不得？」孔子顧謂弟子曰：「用志不分，乃凝於神。其痀僂老人之謂乎！」』此雖不專就文章言，而文章工力所施，固如是矣。

此外如韓退之送高閑上人序云：『苟可以寓其巧智，使機應於心，不挫於氣，則神完而守固，雖外物至，不膠於心。』惜抱先生古文辭類纂評之云：『機應於心，故物不膠於心；不挫於氣，故神完守固。韓公此言，本自狀所得於文事者；然以之論道亦然。』曾文正公日記云：『機應於心，熟極之候也，莊子養生主之說也；不挫於物，自慊之候也，孟子養氣章之說也。不挫於物者，體也，道也，本也；機應於心者，用也，技也，末也。韓子之於文，技也，進乎道矣。』又云：『機者，無心遇之，偶然觸之，姚惜抱謂「文王、周公繫易，彖辭、爻辭，其取象亦偶觸於其機。假令易一日而爲之，其機之所觸少變，則其辭之取象亦少異矣。」余嘗嘆爲知言。神者人功與天機相湊泊，如卜筮之有繇辭，如左傳諸史之有童謠，如佛書之有偈語，其義在可解不可解之間。古人有所託諷，如阮嗣宗之類，故作神語以亂其辭。唐人如太白之豪，少陵之雄，龍標（王昌齡官龍標尉）之逸，昌谷（李賀家於昌谷，今宜陽縣地）之奇，及元、白、張（籍）、王（建）之樂府，亦往往多神到機到之語。即宋世名家之詩，亦皆人巧極而天工錯，徑路絶而風雲通。蓋必可與言機，可與言神，而後極詩之能事。』此數條發揮韓氏之意至透。而文正於神之外，更及於機，蓋水到而渠乃成，機熟而神乃旺也。又劉海峯論文偶記云：『行文之道，神爲主，氣輔之，氣隨神轉。神渾則氣灝，神遠則氣逸，神偉則氣高，神變則氣奇，神渾則氣靜。故神爲氣之主。』又云：『文章最要氣盛；然無神以主之，則氣無附，蕩乎不知其所歸矣。』又云：『神者氣之主，氣者神之用。』又云：『神祇是氣之精處。』諸條亦可參觀。

是以古人精神興會之到，往往意在筆先。如周公作無逸，凡七更端，皆以『嗚呼』發之。其後歐陽公作五代史贊，每篇亦如此。是皆有無窮之意，在於筆先，有不期然而然者。史記管晏列傳『管仲曰吾始困時』以下數行，屈原賈生列傳『屈平疾王聽之不聰也』以下數行，其噴薄而出亦然。又有意在筆外者，如史記伯夷列傳末言：『悲夫！閭巷之人，欲砥行立名者，非附青雲之士，惡能施於後世哉！』正所以見己著史記之爲功大也。平原君虞卿列傳贊，既敍虞卿始智終困，忽作轉語云：『然虞卿非窮愁，亦不能著書以自見於後世』云，又所以寓己之感憤也。平準書末云『烹弘羊天乃雨』，魏其武安侯列傳末云：『上自魏其時不直武安，特爲太后故耳。及聞淮南王金事，上曰：「使武安侯在者，族矣。」』如此截然竟止，而餘意無窮。若此者，皆神爲之也。是以文心雕龍神思篇云：『古人云：「形在江海之上，心存魏闕之下。」神思之謂也。文之思也，其神遠矣。故寂然凝慮，思接千載；悄焉動容，視通萬里。吟詠之間，吐納珠玉之聲；眉睫之前，捲舒風雲之色。其思理之致乎？故思理爲妙，神與物遊。神居胸臆，而志氣統其關鍵；物沿耳目，而辭令管其樞機。樞機方通，則物無隱貌；關鍵將塞，則神有遁心。是以陶鈞文思，貴在虛靜，疏瀹五藏，澡雪精神。積學以儲寶，酌理以富才，研閱以窮照，馴致以懌辭，然後使玄解之宰，尋聲律而定墨；獨照之匠，窺意象而運斤。』又云：『臨篇綴慮，必有二患：理鬱者苦貧，辭溺者傷亂。然則博見爲饋貧之糧，貫一爲拯亂之藥，博而能一，亦有助乎心力矣。若情數詭雜，體變遷貿，拙辭或孕於巧義，庸事或萌於新意，視布於麻，雖云未費，杼軸獻功，煥然乃珍。至於思表纖旨，文外曲致，言所不追，筆固知止。至精而後闡其妙，至變而後通其數，伊摯不能言鼎，輪扁不能語斤，其微矣乎！』

若夫理之在天下，無論見於事，寓於物，皆賴文以明之。昔宋史文苑傳載張文潛（耒）嘗著論云：『自六經以下，至於諸子、百氏、騷人、辨士論述，大抵皆將以爲寓理之具也。故學文之端，急於明理。如知文而不務理，求文之工，未嘗有也。夫決水於江、河、淮、海也，順道而行，滔滔汩汩，日夜不止，沖砥柱，絕呂梁，放於江湖而納之海，其舒爲淪漣，鼓爲波濤，激之爲風飈，怒之爲雷霆，蛟龍魚鱉，噴薄出沒，是水之奇變也。水之初豈若是哉？順道而決之，因其所遇而變生焉。溝瀆東決而西竭，下滿而上虛，日夜激之，欲見其奇，彼其所至者，蛙蛭之玩耳。江、河、淮、海之水，理達之文也，不求奇而奇至矣。激溝瀆而求水之奇，此無見於理，而欲以言語句讀爲奇，反復咀嚼，卒亦無有，文之陋也。』蘇子瞻與張嘉父書云：『若著成一家之言，當且博觀而約取，如富人之築大第，儲其材用，既足而後成之，然後爲得也。』魏叔子宗子發文集序云：『今天下治古文者衆矣。好古者株守古人之法，而中一無所有，其弊爲優孟之衣冠；天資卓犖者師心自用，其弊爲野戰無紀之師，動而取敗。蹈是二者，而主以自滿假之心，輔以流俗諛言，天資學力所至，適足助其背馳，乃欲卓然並立於古人，嗚呼難哉！雖然，師心自用，其失易明；好古而終無所有，其故非一二言盡也。吾則以爲養氣之功，在於集義；文章之能事，在於積理。今夫文章，六經四書而下，周、秦諸子，兩漢百家之書，於體無所不備。後之作者，不至此則至彼。而唐、宋大家，則又取其書之精者，參和雜糅，熔鑄古人以自成，其勢必不可以更加。故自諸大家後，數百年間，未有一人獨創格調，出古人之外者。然文章格調有盡，天下事理日出而不窮。識不高於庸衆，事理不足關係天下國家之故，則雖有奇文，與左、史、韓、歐陽並立無二，亦可無作。古人具在，而吾徒似之，不過古人之再見，顧必多其篇牘，以勞苦後世耳目，何爲也？且夫理固非取辦臨文之頃，窮思力索，以求其必得。鍾太傅（繇）學書法日，每見萬匯皆畫象之。韓退之稱張旭書變動猶鬼神不可端倪，天地事物之變，可喜可愕，一寓於書。人生平耳目所見聞，身所經歷，莫不有其所以然之理。雖市儈、優倡、大猾、逆賊之情狀，竈婢、丐夫、米鹽凌雜鄙褻之故，必皆深思而謹識之，醞釀蓄積，沈浸而不輕發；及其有故臨文，則大小深淺，各以類觸，沛乎若決陂池之不可御。譬之富人積財，金玉、布帛、竹頭、木屑、糞土之屬，無不預貯，初不必有所用之；而當其必需，則糞土之用，有時與金玉同功。』曾文正日記云：『凡作詩文，有情極真摯，不得不一傾吐之時。然亦須平日積理既富，不假思索，左右逢原，其所言之理，足以達胸中至真至正之情。作文時無鐫刻字句之苦，文成後無鬱塞不吐之情，皆平日讀書積理之功也。若平日醞釀不深，則雖有真情欲吐，而理不足以達之，不得不臨時尋思義理；義理非一時所可取辦，則不得不求工於字句。至於雕飾字句，則巧言取悅，作僞日拙。所謂「修辭立誠」者，蕩然失其本旨矣。』所論皆極透切。

雖然積理固文學家要務，但觀洪景盧容齋四筆載：『江陰葛延之，元符間省蘇公於儋耳，請作文之法。公誨之曰：「儋州雖數百家之聚，而州人之所須，取之市而足。然不可徒得也，必有一物以攝之，然後爲己用。所謂一物者，錢是也。作文亦然。天下之事，散在經、子、史中，不可徒使，必得一物以攝之，然後爲己用。所謂一物者，意是也。不得錢不可以取物，不得意不可以用事。此作文之要也。」葛拜其言而書諸紳。』然則理雖積之於書，而意則攝之於我。既有意矣，又必有術以行之，然後能執簡御繁，化腐爲奇。是以論文偶記云：『作文專以理爲主，則未盡其妙。蓋人不窮理讀書，則出辭鄙倍空疏；人無經濟，則其言累牘不適於用。故義理、書卷、經濟者，行文之實。若行文自是另一事，譬大匠操斤，無土木材料，縱有成風盡堊手段，何處施設？ 然有土木材料不善施設者甚多，終不可爲大匠。故文者，大匠也； 神氣音節者，匠人之能事也； 義理、書卷、經濟者，匠人之材料也。』又云：『作文本以明義理、適世用，而明義理、適世用，必有待於文人之能事。』又云：『唐、虞紀載，必待史臣； 孔門賢傑甚衆，而文學獨稱子游、子夏。可見自古文事相傳，必有個能事在。』惜抱先生與陳碩士書云：『所作南池文集序，論學太涉門面氣。凡言理不能改舊，而出語必要翻新。佛氏之教，六朝人所説，皆陳陳耳； 達摩一出，翻盡窠臼，然理豈有二哉！ 但能搬陳語，便了無意味。移此意以作文，便亦是妙文矣。』方植之昭昧詹言云：『屈子、杜公，時出見道語』，『然惟於旁見側出』處露之，故佳。『若實用於正面，則似傳註語録而腐矣。或即古人指點，或即事指點，或即物指點，愈不倫不類，愈妙遠不測』。此則又皆論所以談理之方法云。

氣味

説文云：『氣，雲氣也。』蓋陰陽二氣交感，莫著於雲。人身之呼吸，猶雲之捲舒。孟子曰：『氣，體之充也。』（公孫丑）管子曰：『氣，身之充也。』（心術）淮南子曰：『氣，生之充也。』（原道）皆即人身言之。夫人之氣，言語其著焉者也。文章又言語之精也，故以氣爲重。説文又云：『味，滋味也。』而於『滋』云：『益也。』蓋有味乃含咀靡盡。文章無氣無以行之，無味無以永之。此二者之分也。

自孟子有養氣之語，而王充論衡自紀篇亦言之。然以氣論文，實始於魏文帝典論，其説云：『文以氣爲主。氣之清濁有體，不可力强而致，譬諸音樂，曲度雖均，節奏同檢，（文選註引蒼頡篇：『檢，法度也。』）至於引氣不齊，巧拙有素，雖在父兄，不能以移子弟。』又云：『徐幹時有齊氣』，孔融『體氣高妙』。其與吴質書云：『公幹有逸氣，但未遒耳。』自是以後，劉彦和文心雕龍風骨篇云：『怊悵述情，必始乎風；沈吟鋪辭，莫先於骨。故辭之待骨，如體之樹骸；情之含風，猶形之包氣。結言端直，則文骨成焉；意氣駿爽，則文風清焉。若豐藻克贍，風骨不飛，則振采失鮮，負聲無力。是以綴慮裁篇，務盈守氣，剛健既實，輝光乃新。其爲文用，譬征鳥之使翼也。故煉於骨者，析辭必精；深乎風者，述情必顯。捶字堅而難移，結響凝而不滯，此風骨之力也。若瘠義肥辭，繁雜失統，則無骨之徵也；思不環周，索莫乏氣，則無風之驗也。』又云：『夫翬翟備色，而翾翥百步，肌豐而力沈也；鷹隼乏采，而翰飛戾天，骨勁而氣猛也。文章才力，有似於此。若風骨乏采，則鷙集翰林；采乏風骨，則雉竄文囿。唯藻耀而高翔，固文筆之鳴鳳也。』養氣篇云：『夫學業在勤，功庸弗怠，故有錐股自勵、和熊以苦之人。志於文也，則申寫鬱滯，故宜從容率情，優柔適會；若銷鑠精膽，蹙迫和氣，秉牘以驅齡，灑翰以伐性，豈聖賢之素心，會文之直理哉！且夫思有利鈍，時有通塞，沐則心覆，且或反常，神之方昏，再三愈黷。是以吐納文藝，務在節宣，清和其心，調暢其氣，煩而即捨，勿使壅滯。意得則舒懷以命筆，理伏則投筆以卷懷。逍遥以針勞，談笑以藥倦，常弄閑於才鋒，賈餘於文勇，使刃發如新，湊理無滯，雖非胎息之邁術，斯亦衛氣之方也。』此論氣之有關於文與所以無耗損之者，皆得要領。若顔氏家訓文章篇云：『凡爲文章，猶人乘騏驥，雖有逸氣，當以銜勒制之，勿使流亂軌躅，放意填坑塹也。』此則欲人斂才就範。蓋文有逸氣，本不易得，若以銜勒制之，則遒矣。及韓退之論文，復同此旨，其答李翺書云：『氣，水也；言，浮物也。水大而物之浮者大小畢浮。氣之與言猶是也，氣盛則言之長短與聲之高下皆宜。』蘇子瞻因王定國未契退之孟郊墓銘『以昌其詩』之語，答之以詩云：『昌身如飽腹，飽盡還當飢。昌詩如膏面，爲人作容姿。不如昌其氣，鬱鬱老不衰。雖云老不衰，劫壞安所之？不如昌其志，志一氣自隨。養之塞天地，孟軻不吾欺。』又作潮州韓文公廟碑，亦引孟子養氣之言，以爲『是氣也，寓於尋常之中，而塞乎天地之間。韓文公起布衣，談笑而麾之，天下靡然從公，復歸於正。蓋三百年於此矣。豈非參天地，關盛衰，浩然而獨存者乎？』蘇子由上樞密韓太尉書云：『轍生好爲文，思之至深，以爲文者氣之所形。然文不可以學而能，氣可以養而致。孟子曰：「我善養吾浩然之氣。」今觀其文章，寬厚宏博，充乎天地之間，稱其氣之大小。太史公行天下，周覽四海名山大川，與燕趙間豪俊交遊，故其文疏宕，頗有奇氣。此二子者，豈嘗執筆學爲如此之文哉？其氣充乎其中而溢乎其貌，動乎其言而見乎其文，而不自知也。』劉海峯論文偶記云：『今粗示學者：古人行文至不可阻處，便是他氣盛。非獨一篇爲然，即一句有之。古人下一語，如山崩，如峽流，覺攔擋不住，其妙祇是個直的。』又云：『氣最要重。予向謂文須筆輕氣重，善矣，而未至也。要得氣重，須是字句下得重。此最上乘，非初學拙笨之謂也。』又云：『文法至鈍拙處，乃爲極高古之能事。非真拙鈍也，乃古之至耳。古來能此者，史遷尤爲獨步。』又云：『古人云：「文以氣爲主，氣不可以不貫；鼓氣以勢壯爲美，而氣不可以不息。」此語甚好。』又云：『論氣不論勢，不備。』惜抱先生與陳碩士書云：『欲得筆勢痛快，一在力學古人，一在涵養胸趣。夫心靜則氣自生矣。』曾文正公日記云：『古文之法，全在氣字上用工夫。』又云：『夜温長楊賦，於古人行文之氣，似有所得。』又云：『温韓文數篇，若有所得。古人之不可及，全在行氣，如列子之御風；不在義理字句間也。』又云：『爲文全在氣盛。欲氣盛，全在段落清。每段分束之際，似斷不斷，似咽非咽，似吞非吞，似吐非吐，古人無限妙境，難於領取。每段張起之際，似承非承，似提非提，似突非突，似紓非紓，古人無限妙用，亦難領取。』又云：『奇辭大句，須得瑰瑋飛騰之氣驅之以行。凡堆重處皆化爲空虚，乃能爲大篇，所謂氣力有餘於文之外也。否則，氣不能舉其體矣。』方植之昭昧詹言云：器物中或『有形無氣』，『亦供世用，而不可以例詩文』。『詩文者，生氣也。若紙滿如剪彩雕刻，無生氣，乃應試館閣體耳，於作家無分。』據此可知無論詩文，未有氣不盛而能工者也。

雖然，氣之最上者曰元氣。歸震川項思堯文集序所謂『文章天地之氣，得之者其氣直與天地同流』是也。六經尚矣。後世文家據王厚齋困學紀聞云：『李義山謂昌黎文若元氣。王荆公謂少陵詩與元氣侔。惟杜、韓足以當之。其他或爲敦厚之氣，或爲嚴凝之氣，雖不能無偏，要皆真氣也，生氣也。所忌者爲客氣。蓋客氣非僞即滑。』先姜塢府君援鶉堂筆記謂：『柳州論鍾乳書，從李斯諫逐客書來。然如中段設采奇麗處，李則隨意揮斥，不露圭角，而葩艷陸離；柳則似有意搜用奇怪，費氣力摸擬，而筋骨呈露。』此懼其僞也。惜抱先生與先石甫府君書云：『大抵文章之妙，在馳驟中有頓挫，頓挫中有馳驟。若但有馳驟，即成剽滑，非真馳驟。』此懼其滑也。

至於文章之有味，其本原有二：一在積理，一在閲事。苟積理富，閲事多，自然醰醰有味。而輔助亦在聲色。昭昧詹言云：王厚齋謂蘇子由評文輒云『不帶聲色』。『何義門（焯）曰：「不帶聲色，則有得於經矣。」』『此二説有得有失，須善參之』。『如唐書論韓休之文，「如太羹元酒，有典則而薄滋味」。竊謂經者道之腴也，其味無窮，何止『但有典則」！矧經亦自有極其聲色者在也』。予因是思東坡嘗評韓、柳詩云：『子厚詩在陶淵明下，韋蘇州上。退之豪放奇險則過之，而溫麗清深不及也。所貴乎枯澹者，謂其外枯而中膏，似澹而實美，淵明、子厚之流是也。若中邊皆枯，澹亦何足道？佛云「如人食蜜，中邊皆甜，人食五味，知其甘苦」者皆是。能分別其中邊者，百無一二也。』據此，則陶、柳之詩，其平澹處，且非真枯，而況六經哉！

且夫味之爲說，亦非一二言所能盡矣。孔子曰：『人莫不飲食也，鮮能知味也。』（中庸）正以其難領會耳。是故古人有曰『厚味』者，以其腴也。斯之謂有『意味』，亦曰有『義味』。如孟子『舜往於田』以下數章之論孝，『富歲子弟多賴』、『牛山之木』、『魚我所欲』各章之論心，荀子勸學篇之論學，韓非子孤憤、五蠹各篇之論事，沈摯痛快，此其一也。又有曰『深味』者，以其永也。斯之謂有『風味』，亦曰有『韻味』。此其妙惟詩之風雅得之爲多。昔人論芣苢詩：『凡三章，章四句，總之爲四十八字，內用「採採」凡十三，「芣苢」字凡十二，「薄言」字凡十二，除爲語助者，纔餘五字耳。而敘情委曲，從事始終，與夫經行道途，招徽儔侶，以相容與之意，藹然可掬。天下之至文也。』（陸氏深說）又論靈臺篇云：『「庶民子來」，民之太和；「麀鹿攸伏」、「於牣魚躍」，物之太和；「於論鼓鐘」、「於樂辟雝」，君臣之太和。所謂太和在成周宇宙間也。』（王氏志長説）其揄揚盛美，可謂至矣。又有抒懷舊之蓄念，發思古之幽情者，如風雅中所謂『陳古風今』者皆是。後世如諸家樂府，亦有斯意。而唐末韋端己（莊）長安清明詩云：『早是傷春夢雨天，可堪芳草正芊芊。内官初賜清明火，上相間分白打錢。（案：春明退朝録：『唐時清明取榆柳火以賜近臣戚里。』蹴踘譜：『曳開大踢名白打。』）紫陌亂嘶紅叱撥，緑楊高映畫秋千。遊人記得承平事，暗喜風光似昔年。』惜抱先生五七言今體詩鈔評之曰：『傷亂而作此，故佳。若正序承平，而爲是語，則無味矣。』若此者，亦其一也。又有曰『異味』者，以其奇也。斯之謂有『興味』，亦曰有『趣味』。如莊子之謬悠荒唐，屈子託雲龍，説迂怪，豐隆求宓妃，鴆鳥媒娀女，皆詭異之辭；康回傾地，夷羿彃日，木夫九首，土伯三目，亦譎怪之談；士女雜坐，亂而不分，指以爲樂，娱酒不廢，沈湎日夜，舉以爲歡，更荒淫之意。凡此皆所以抒其感憤。揚、馬之詞賦，太史公之紀、傳、表、志、世家言，曹、阮之詩，韓、柳之文，亦往往如此。曾文正家訓論退之五古云：『其中有怪奇可駭處，如詠落葉則曰：「謂是夜氣滅，望舒霣其圓。」詠作文則曰：「蛟龍弄角牙，造次欲手攬。」有詼諧可笑處，如詠登科則曰：「儕輩妒且熱，喘如竹筒吹。」詠苦寒則曰：「羲和送日出，恇怯頻窺覘。」必從此等處用心，乃可以長才力，添風趣。』其在近體，如子厚詠黄柑云：『若教坐待成林日，滋味還堪養老夫。』

子瞻詠荔枝云：『日啖荔枝三百顆，不妨長作嶺南人。』皆因遷謫而故作詼諧之語，亦其類也。昔文心雕龍隱秀篇云：『深文隱蔚，風味曲包。』司空表聖自論其詩，以爲『得味外味』，又與李秀才書云：梅『止於酸』，鹽『止於鹹』，而其美常在『酸鹹之外』。學者苟知此意，庶幾言近指遠，而不致遺後人以覆瓿之譏也夫。

格律

說文：『格，木長皃。』曾文正公筆記云：『凡木之兩枝相交而午錯者，謂之格。以其枝條交互，故有相交之義焉；以其兩枝禁架，故有相拒之義焉；以其長條直暢疏密成理，故又有規制整齊之義焉。是三者皆從本義引伸之者也。凡經史中訓「格」爲「至」爲「來」者，皆相交之義；其曰「格鬥」，曰「扞格」，曰「廢格」，曰「沮格」之類，皆相拒之義。至於枝格相交，長短合度，疏密停匀，儼然若有規矩，木工爲窗格，即取象於此。曰「體格」，曰「風格」，曰「格律」，曰「格式」，皆從此而引伸之。故家語、禮記註並訓「格」爲「法」。』案此條論『格』字至詳。說文又曰：『律，均布也。』今由『均布』二字思之，如曰『音律』，曰『紀律』，曰『刑律』，總之皆『均布』也，皆『法』也。故爾雅釋詁亦訓『律』爲『法』。但『格』、『律』二者雖同訓，但『格』者導之如此，『律』者戒之不得如彼，此其分也。

大抵文章一類有一類之格。魏文帝典論云：『奏議宜雅，書論宜理，銘誄尚實，詩賦欲麗。』陸士衡文賦云：『詩緣情而綺靡，賦體物而瀏亮，碑披文以相質，誄纏綿而淒愴，銘博約而温潤，箴頓挫而清壯，頌優游以彬蔚，論精微而朗暢，奏平徹以閑雅，說煒燁而譎誑。』劉彦和文心雕龍定勢篇云：『章表奏議，準的乎典雅；賦頌歌詩，則儀乎清麗；符檄書移，楷式乎明斷；史論序註，師範乎核要；箴銘碑誄，體制乎宏深；連珠七辭，從事乎巧艷。』昭明文選序云：詩有六義，其二曰『賦』。『今之作者，異乎古昔，古詩之體，今則全取賦名。』詩『自炎漢中葉，四言五言，區以別矣。又少則三字，多則九言。頌者，所以游揚德業，褒讚成功。箴興於補闕，戒出於弼匡，論則析理精微，銘則序事清潤，美終則誄發，圖像則讚興。又：詔誥教令之流，表奏牋記之列，書誓符檄之品，弔祭悲哀之作，答客指事之制，三言八字之文，篇辭引序，碑碣志狀，衆制蜂起，源流間出。譬陶匏異器，並爲入耳之娱；黼黻不同，俱爲悦目之翫。』此皆總論各類者也。若舉各類而分論之者，如文心雕龍詮賦篇云：『原夫登高之旨，蓋睹物興情。情以物興，故義必明雅；物以情觀，故詞必巧麗。麗詞雅義，符采相勝，如組織之品朱紫，畫繪之著玄黄，文雖新而有質，色雖糅而有本。此立賦之大體也。然逐末之儔，蔑棄其本，雖讀千賦，愈惑體要；遂使繁華損枝，膏腴害骨，無貴風軌，莫益勸戒，此揚子所以追悔於雕蟲，貽誚於霧縠者也。』

頌贊篇云：『原夫頌惟典雅，辭必清鑠，敷寫似賦，而不入華侈之區；敬慎如銘，而異乎規戒之域；揄揚以發藻，汪洋以樹義。唯纖曲巧致，與情而變。其大體所底，如斯而已。』又云：本贊之爲義，『事生獎嘆。所以古來篇體，促而不廣，必結言於四字之句，盤桓乎數韻之辭；約舉以盡情，昭灼以送文，此其體也。發源雖遠，而致用蓋寡，大抵所歸，其頌家之細條乎』。銘箴篇云：『夫箴誦於官，銘題於器，名目雖異，而警戒實同。箴全御過，故文資確切；銘兼褒贊，故體貴弘潤。其取事也，必核以辨；其摛文也，必簡而深。此其大要也。』誄碑篇云：『詳夫誄之爲制，蓋選言録行，傳體而頌文，榮始而哀終。論其人也，曖乎若可覿；道其哀也，淒焉如可傷。此其旨也。』又云：『夫屬碑之體，資乎史才。其序則傳，其文則銘。標序盛德，必見清風之華；昭紀鴻懿，必見俊偉之烈。此碑之制也。』哀弔篇云：『原夫哀辭大體，情主乎痛傷，而辭窮乎愛惜。幼未成德，故譽止於察惠；弱不勝務，故悼加乎膚色。隱心而結文則事愜，觀文而屬心則體奢。奢體爲辭，則雖麗不哀；必使情往會悲，文來引泣，乃其貴耳。』又云：『夫弔雖古義，而華辭未造；華過韻緩，則化而爲賦。固宜正義以繩理，昭德而塞違，剖析褒貶，哀而有正，則無奪倫矣。』論説篇云：『原夫論之爲體，所以辨正然否，窮於有數，追於無形，跡堅求通，鈎深取極，乃百慮之筌蹄，萬事之權衡也。故其義貴圓通，辭忌枝碎，必使心與理合，彌縫莫見其隙；辭共心密，敵人不知所乘。斯其要也。是以論如析薪，貴能破理。斤利者，越理而横斷；辭辨者，反義而取通。覽文雖巧，而檢跡如妄。唯君子能通天下之志，安可以曲論哉！』又云：『凡説之樞要，必使時利而義貞；進有契於成務，退無阻於榮身。自非譎敵，則唯忠與信。披肝膽以獻主，飛文敏以濟辭，此説之本也。』詔策篇云：『夫王言崇秘，大觀在上，所以百辟其型，萬邦作孚。故授官選賢，則義炳重離之輝；優文封策，則氣含風雨之潤；敕戒恒誥，則筆吐星漢之華；治戎燮伐，則聲有洊雷之威；眚災肆赦，則文有春露之滋；明罰敕法，則辭有秋霜之烈。此詔策之大略也。』檄移篇云：『凡檄之大體，或敘此休明，或敘彼苛虐，指天時，審人事，算强弱，角權勢，標蓍龜於前驗，懸鞶鑒於已然，雖本國信，實參兵詐。譎詭以馳旨，煒燁以騰説。凡此衆條，莫或違之者也。故其植義颺辭，務在剛健。插羽以示迅，不可使辭緩；露版以宣衆，不可使義隱，必事昭而理辨，氣盛而辭斷，此其要也。』『故檄移爲用，事兼文武。其在金革，則逆黨用檄，順命資移，所以洗濯民心，堅同符契，意用小異，而體義大同。』章表篇云：『原夫表章之爲用也，所以對揚王庭，昭明心曲。既其身文，且亦國華。章以造闕，風矩應明；表以致禁，骨采宜耀。循名課實，以章爲本者也。是以章式炳賁，志在典、謨，使要而非略，明而不淺。表體多包，情僞屢遷。必雅義以扇其風，清文以馳其麗。然懇惻者辭爲心使，浮侈者情爲文移。繁約得正，華實相勝，唇吻不滯，則中律矣。』奏啓篇云：『夫奏之爲筆，固以明允篤誠爲本，辨析疏通爲首，强志足以成務，博見足以窮理，酌古御今，治繁總要，此其體也。若乃按劾之奏，所以明憲清國，術在糾惡，勢必深峭。』啓者『用兼表奏。陳政言事，既奏之異條；讓爵謝恩，亦表之别幹。必斂飭入規，促其音節，辨要輕清，文而不侈，亦啓之大略也。』議對篇云：『夫動先擬議，明用稽疑，所以敬慎羣務，弛張治術。故其大體所資，必樞紐經典。採故實於先代，觀通變於當今；理不謬摇其枝，字不妄舒其藻。又郊祀必洞於禮，戎事必練於兵，田穀先曉於農，斷訟務精於律。然後標以顯義，約以正辭。文以辭潔爲能，不以繁縟爲巧；事以明核爲美，不以深隱爲奇。此綱領之大要也。』又云：『夫駁議偏辨，各執異見；對策揄揚，大明治道。使事深於政術，理密於時務。酌三、五以熔世，而非迂緩之高談；馭權變以拯俗，而非刻薄之僞論；風恢恢而能遠，流洋洋而不溢，王庭之美對也。』書記篇云：『詳總書體，本在盡言。言以散鬱陶、託風采，故宜條暢以任氣，優柔以懌懷。文明從容，亦心聲之獻酬也。』又云：『原箋記之爲式，既上窺乎表，亦下睨乎書，使敬而不懾，簡而無傲。清美以惠其才，彪蔚以文其響，蓋箋記之分也。』此外，如曾文正評昌黎殿中少監馬君墓志銘云：『凡志墓之文，懼千百年後谷遷陵改，見者不知誰氏之墓，故刻石以文告之，語氣須是對不知誰何之人説話。此文少乖。』又評虢州司户韓府君墓志銘云：『凡墓志之文，以告後世不知誰何之人，其先人有可稱則稱之，無可稱則不著一語，可也。此文合法。』學者合觀之，可以知門類之宜辨矣。

又一篇有一篇之格。蓋欲謀篇，必制局；欲制局，必立格。故劉彦和文心雕龍附會篇云：『凡大體文章，類多枝派。整派者依源，理枝者循幹。是以附辭會義，務總綱領，驅萬塗於同歸，貞百慮於一致。使衆理雖繁，而無倒置之乖；羣言雖多，而無棼絲之亂。扶陽而出條，順陰而藏跡，首尾周密，表裏一體。此附會之術也。夫畫者謹髮而易貌，射者儀毫而失墻，鋭精細巧，必疏體統。故宜詘寸以信尺，枉尺以直尋，棄偏善之巧，學具美之績。此命篇之經略也。』曾文正日記亦云：『古文之道，謀篇布勢，是一段最大工夫。書經、左傳每一篇空處較多，實處較少；旁面較多，正面較少。精神注於眉宇、目光；不可周身皆眉，到處皆目也。綫索要如珠絲馬跡；絲不可過粗，跡不可太密也。』又云：『古文之道，布局須有千巖萬壑重巒復嶂之觀。不可一覽而盡，又不可雜亂無紀。』又筆記云：『友人錢塘戴醇士熙嘗謂余言：「李伯時畫七十二賢像，全在鼻端一筆。面目精神，四肢百體，衣褶靴紋，皆與其鼻端相準相肖。或端拱而凝思，或欹斜以取勢，或若列仙古佛之殊形，或若麟身蛇軀之詭趣，皆自其鼻端一筆以生變化，而卒不離其宗。」國藩以謂斯言也，可通於古文之道。夫古文亦自有氣焉，有體焉。今使有人於此，足反居上，首顧居下，一脛之大幾如腰，一指之大幾如股，則見者謂之不成人。又或頤隱於齊，肩高於頂，五官在上，兩髀爲脅，則見者亦必反面卻走。爲文者或無所專注，無所歸宿，漫衍而不知所裁，氣不能舉其體，則謂之不成文。故雖長篇鉅制，其精神意氣之所在，必有所謂鼻端之一筆者，譬若水之有幹流，山之有主峯，畫龍者之有睛。物不能兩大，人不能兩首，文之主意亦不能兩重。專重一處，而四體停勻，乃始成章耳。』學者合觀之，亦可以知章法之宜求矣。

若夫古今文學家之戒律，則尤有可臚陳者。易繫辭傳云：『將叛者其辭慚，中心疑者其辭枝，吉人之辭寡，躁人之辭多，誣善之人其辭遊，失其守者其辭屈。』此孔子之戒律也。論語泰伯篇云：『出辭氣，斯遠鄙倍矣。』此曾子之戒律也。孟子公孫丑篇云：『詖辭知其所蔽，淫辭知其所陷，邪辭知其所離，遁辭知其所窮。』此孟子之戒律也。史記五帝本紀贊云：『百家言黃帝，其辭不雅馴，薦紳先生難言之。』此太史公之戒律也。法言吾子篇云：『詩人之賦麗以則，辭人之賦麗以淫。』此揚子雲之戒律也。典論云：『常人貴遠賤近，向聲背實，又患暗於自見，謂己爲賢。』此曹子桓之戒律也。文賦云：『每自屬文，尤見其情。恒患意不稱物，文不逮意。』又云：『雖杼軸於予懷，怵他人之我先。苟傷廉而愆義，亦雖愛而必捐。』此陸士衡之戒律也。他若韓退之答李翊書云：『無望其速成，無誘於勢利。』又云：『惟陳言之務去。』柳子厚報袁君陳秀才避師名書云：『秀才志於道，慎勿怪，勿雜，勿務速顯。』歐陽永叔答吴充秀才書云：『蓋文之爲言，難工而可喜，易悦而自足。世之學者，往往溺之，一有工焉，則曰：「吾學足矣。」甚者至棄百事不關於心，曰：「吾文士也，職於文而已。」此其所以至之鮮也。』朱子語類論文：忌意凡思緩，忌軟弱，忌没緊要，忌不仔細，忌辭意一直無餘，忌浮淺，忌不穩，忌絮，忌巧，忌昧晦，忌不足，忌輕，忌薄，忌冗。方望溪評沈椒園（廷芳）文云：『南宋、元、明以來，古文義法不講久矣，吴越間遺老尤放恣，或雜小説，或沿翰林舊體，無一雅潔者。古文中不可入語録中語，魏、晉、六朝人藻麗俳語，漢賦中板重字法，詩歌中雋語，南北史佻巧語。』又答程夔州書云：『凡爲學佛者傳記，用佛氏語則不雅，子厚、子瞻皆以兹自瑕。至明錢受之則直如涕唾之令人㪈矣。』吕月滄輯吴仲倫古文緒論云：『國初如汪堯峯文，詩話、尺牘氣尚未去浄，方望溪乃盡浄矣。詩賦字雖不可有，但如漢賦字句，用亦何妨？惟六朝綺靡，乃不可也。正史字句亦自可用，如世説新語太雋者則近乎小説矣。公牘字句亦不可闌入，此等處須詳辨之。』惜抱先生與先石甫府君書云：『凡作古文，須知古人用意沖澹處，忌濃重，譬如舉萬鈞之鼎如一鴻毛，乃文之佳境；有竭力之狀，則入俗矣。』曾文正復陳右銘太守書云：『僕昔好觀古人文章，私立禁約，以爲有必不可犯者，而後其法嚴，而道始尊。太抵剽竊前言，句摹字擬，是爲戒律之首。稱人之善，依於庸德，不宜褒揚溢量，動稱奇行異徵，鄰於小説誕妄者之所爲；貶人之惡，又加慎焉。一篇之内，端緒不宜繁多，譬如萬山旁薄，必有主峯；龍衮九章，但挈一領。否則首尾沖決，陳義蕪雜，滋足戒也。識度曾不異人，或乃競爲僻字澀句，以駭庸衆，斫自然之元氣，斯又才士之所同蔽，戒律之所必嚴。』又茗柯文編序云：『蓋文章之變多矣。高才者好異不已，往往造爲瑰瑋奇麗之辭，仿效漢人賦頌，繁聲僻字，號爲復古，曾無才力氣勢以驅使之，有若附贅懸疣，施膠漆於深衣之上，但覺其不類耳。敘述朋舊，狀其事跡，動稱卓絶，若合古今名德至行，備於一身，譬之畫師寫真，衆美畢具，偉則偉矣，而於其所圖之人，固不屑也。』以上所論，皆談戒律所不可不知者。

至於文之當作與否，古人亦極不苟。如黄山谷與人書云：『往年歐陽文忠公作五代史，或作序記其前，王荆公見之曰：「佛頭上豈可著糞？」竊深嘆息以爲名言。』顧亭林日知録云：『唐杜牧答莊充書曰：「自古序其文者，皆後世宗師其人而爲之。今吾與足下並生今世，欲序足下未已之文，固不可也。」』讀此言，今之好爲人序者，可以止矣。婁堅重刻長慶集序曰：『凡刻本傳既久，或漫漶不可讀，有繕寫而重刻之者，則人復序之，是宜敘所以刻之意，可也。而今之述者，非追論昔賢，妄爲優劣之辨，即過稱好事，多設游揚之辭。皆我所不取。』讀此言，今之好爲古人文集序者，可以止矣。又與友人書云：『中孚(李顒)爲其先妣求傳再三，終已辭之。蓋止一人一家之事，而無關於經術政理之大，則不作也。韓文公文起八代之衰，若但作原理、原毁、争臣論、平淮西碑、張中丞傳後序諸篇，而一切銘狀，概爲謝絶，則誠近代之泰山北斗矣；今猶未敢許也。』汾陽侯仲輅(七乘)論文章不可苟作云：『艾東鄉(南英)謂陳大士(際泰)許人一文，當如許人一女，不可草率。其識高於世人遠甚。昔朱晦庵嘗言：「陸放翁能太高，跡太近，恐爲有力者牽去，不得全其晚節。」其後放翁再出，果爲韓侂胄作南園、放翁閲古泉記，見譏清議。元史：姚燧嘗以所作就正許衡，衡賞其辭而戒之曰：「文章先有一世之名，何以應人之見役？非其人而與之，與非其人而拒之，皆罪也。」』蓋語言文字，人品攸關，斯言之玷，駟馬難追。如陶谷悔作禪詔，孔文仲悔作伊川彈文，朱文公悔作紫巖(張浚)墓碑，姚雪坡悔作秋壑記，李西涯悔作倠明宫記，與其悔之於後，何如慎之於先？韓、柳、歐公於志傳皆不輕作。子瞻生平銘墓止五人，皆盛德，若富鄭公(弼)、司馬温公、趙清獻公(抃)、范蜀公(温)、張文定公(方平)也。此外，趙康靖公(概)、滕元發(甫)二銘，亦代文定所爲者。在翰林，詔撰趙瞻神道碑，亦辭不作。李冶曰：『文章有不當爲者五：苟作，一也；徇物，二也；欺心，三也；蠱俗，四也；不可示子孫，五也。噫！是道也，自蔡伯喈以來，已不免有慚德矣。』鄞縣全謝山（祖望）文説云：『揚子雲美新，貽笑千古。餘如退之上宰相書、潮州謝上表、祭裴中丞文、京兆尹李實墓銘，放翁閲古泉、南園記、西山建醮青詞，皆爲白圭之玷。放翁二記，雖有微辭，然不如不作之爲愈。儒者之爲文也，其養之當如嬰兒，其衛之當如處女。』太原閻百詩（若璩）潛邱劄記云：『竟陵鍾伯敬（惺）有武夷山記，考其時乃丁憂去職，枉道而爲此。昔二蘇居喪，禁斷詩文，在期之内，不著一字，陸文安（九淵）稱爲知禮。夫登山何事？聞訃何時？而竟優游爲之耶？』諸家所論，尤文學家座右銘也。

聲色

詩大雅皇矣篇云：『不大聲以色。』中庸申之曰：『聲色之於以化民，末也。』夫聲色爲末，則道爲本矣。然道捨聲色亦無由昭著，故惜抱先生與先石甫府君書云：『夫道德之精微，而觀聖人者不出動容周旋中禮之事；文章之精妙，不出字句聲色之間。捨此便無可窺尋矣。』考説文云：『聲，音也。』又云：『色，顔色也。』然則，所謂聲者，就大小、短長、疾徐、剛柔、高下言之；所謂色者，就清奇、濃淡言之。此其分也。

蓋聲之有關文章，其説遠矣。如書帝典云：『詩言志，歌永言。聲依永，律和聲。八音克諧，無相奪倫。』左氏襄二十九年傳載季札觀樂而云：『美哉淵乎！』『泱泱乎！』

『蕩乎！』『渢渢乎！』『思深哉！』『廣哉！熙熙乎！』『至矣哉！』禮記樂記載子貢問樂於師乙。而乙之言云：『上如抗，下如墜，曲如折，止如槁木，倨中矩，句中鉤，累累乎端如貫珠。』使非精於聲律，固不能爲是言。故樂記又云：『凡音者，生人心者也。情動於中，故形於聲；聲成文，謂之音。』荀子勸學篇云：『詩者，中聲之所止也。』大略篇云：『其誠可以比金石，其聲可内於宗廟。』又云：『其言有文焉，其聲有哀焉。』韓退之送孟東野序云：『周之衰，孔子之徒鳴之，其聲大而遠。傳曰：「天將以夫子爲木鐸。」其弗信矣乎！』其上襄陽于相公書，既以『正聲諧韶濩，勁氣沮金石』並言；答尉遲生書又以『本深而末茂，形大而聲宏』並言。荆譚唱和詩序且推及於『和平之音淡薄，而愁思之聲要眇；懽愉之辭難工，而窮苦之言易好』。李習之作退之祭文，遂謂『其聲殫天地』。歐陽永叔送楊寘序云：『夫琴之爲技小矣。及其至也，大者爲宫，細者爲羽，操絃驟作，忽然變之，急者淒然以促，緩者舒然以和，如崩崖裂石，高山出泉，而風雨夜至也，如怨夫寡婦之嘆息，雌雄雍雍之相鳴也。其憂深思遠，則舜與文王、孔子之遺音也；悲愁感憤，則伯奇、孤子、屈原忠臣之所嘆也。喜怒哀樂，動人深心，而純古澹泊，與夫堯、舜、三代之言語，孔子之文章，易之憂患，詩之怨刺無以異。其能聽之以耳，應之以手，取其和者，道其堙鬱，寫其憂思，則感人之際，亦有至者焉。』此雖論琴，而文章準諸此矣。故王介甫作永叔祭文，遂評其文云：『其清音幽韻，淒如飄風急雨之驟至；其雄辭偉辯，決如輕車駿馬之奔馳。』先姜塢府君援鶉堂筆記云：『朱子謂「韓昌黎、蘇明允作文，敝一生之精力，皆從古人聲響處學。」此真知文之深者。』劉海峯論文偶記云：『文章最要有節奏。譬之管絃繁奏中，必有希聲窈渺處。』惜抱先生與陳碩士書云：『詩古文要從聲音證入。不知聲音，總爲門外漢耳。』梅伯言閑存詩草跋云：『今世之聞樂者，肅然穆然，其聲動人心，非皆能辨其詞也。取清廟、生民之詞，而佶屈誦之，未有不聽而思卧者。故詩之道，聲而已矣。』曾文正日記云：『樂律不可不通，以其與兵事、文章相表裏。』又云：『漢、魏人作賦，一貴訓詁精確，一貴聲調鏗鏘。』又云：『讀韓文柳州羅池廟碑，覺情韻不匱，聲調鏗鏘，乃文章中第一妙境。情以生文，文亦以生情；文以引聲，聲亦以引文。循環互發，油然不能自已，庶漸漸可入佳境。』又云：『温蘇詩朗誦頗久，有聲出金石之樂。因思古人文章，所以與天地不敝者，實賴氣以昌之，聲以永之。故讀書不能求之聲、氣二者之間，徒糟粕耳。』又云：『作文以聲調爲本。』又家訓云：『凡作詩最宜講究聲調。須熟讀古人佳篇，先之以高聲朗誦，以昌其氣；繼之以密詠恬吟，以翫其味。二者並進，使古人之聲調，拂拂然若與我喉舌相習，則下筆時必有句調奔赴腕下。詩成自讀之，亦自琅琅可誦，引出一種興會來。』張廉卿復朱萊香書云：『聲調一事，世俗人以爲至淺，不知文之精微要眇，悉寓於其中。』凡此皆論聲調之有關於文章者也。

但古人之所謂聲調者，與齊、梁人之説不同。古人本乎天籟，齊、梁則出於人爲。説莫詳於沈休文宋書謝靈運傳論，其略云：『夫五色相宣，八音協暢，由乎玄黄律吕，各適物宜，欲使宫羽相變，低昂互節。若前有浮聲，則後須切響。一簡之内，音韻盡殊；兩句之中，輕重悉異。妙達此旨，始可言文。』『自靈均以來，多歷年代，雖文體稍精，而此秘未覩。至於高言妙句，音韻天成，皆暗與理合，匪由思至。張、蔡、曹、王，曾無先覺；潘、陸、顔、謝，去之彌遠。』南史陸厥傳云：『王融、謝朓、沈約等文，將平上去入四聲制韻，有平頭、上尾、蜂腰、鶴膝，世呼爲「永明（南齊武帝年號）體」。』厥與約書云：『沈尚書亦云：「自靈均以來，此秘未覩。」但觀歷代衆賢，似不都闇此處。自魏文屬論，深以清濁爲言；劉楨奏書，大明體勢之致。齟齬妥貼之談，操末續顛之説，興玄黄於律吕，比五色之相宜。苟此秘未覩，玆論爲何所指耶？故愚謂前英已早識宫徵，但未屈曲指的若今論所申。乃可言未窮之致，不得言「曾無先覺」也。』沈答書又云：『宫商之聲有五，文字之別累萬。以累萬之繁，配五聲之約，高下低昂，非思力所學。又非止若斯而已。十字之文，顛倒相配；字不過十，巧歷已不能盡，何況復過於此者乎？靈均以來，未經用之於懷抱，固無從得其仿佛矣。若斯之妙，而聖人不尚，何耶？此蓋曲折聲韻之巧，無當於訓義，非聖哲玄言之所急也。是以子雲譬之「雕蟲篆刻」，云「壯夫不爲」。自古辭人，豈不知宮羽之殊、商徵之别？雖知五音之異，而其中參差變動，所昧實多。故鄙意所謂「此秘未覩」者也。』其後劉彦和從而申之，於文心雕龍聲律篇云：『凡聲有飛沈，響有雙叠。雙聲隔字而每舛，叠韻雜句而必睽；沈則響發而斷，飛則聲颺不還；並轆轤交往，逆鱗相比，迂其際會，則往蹇來連，其爲疾病，亦文家之吃也。夫吃文爲患，生於好詭，逐新趨異，故喉唇糾紛；將欲解結，務在剛斷。左礙而尋右，末滯而討前，則聲轉於吻，玲玲如振玉；辭靡於耳，累累如貫珠矣。是以聲畫妍蚩，寄在吟詠；吟詠滋味，流於字句；字句氣力，窮於和韻。異音相從謂之和，同聲相應謂之韻。韻氣一定，故餘聲易遺；和體抑揚，故遺響難契。屬筆易巧，選和至難；綴文難精，而作韻甚易。雖纖意曲變，非可縷言；然振其大綱，不出兹論。』由諸言出，而聲病之説以起。及唐近體詩盛行，於是文學家又增一體制矣。

自休文創聲律之學，當時鍾仲偉已深詆之，故詩品序云：『昔曹、劉殆文章之聖，陸、謝爲體貳之才，鋭精研思，千百年中，而不聞宮商之辨，四聲之論。』自『王元長創其首，謝朓、沈約揚其波，於是士流景慕，務爲精密，襞積細微，專相淩架，故使文多拘忌，傷其真美。余謂文制本須諷誦，不可蹇礙，但令清濁流通，口吻調利，斯爲足矣。至平上去入，則余病未能；蜂腰鶴膝，閭里已具』。大抵八病曰平頭，曰上尾，曰蜂腰，曰鶴膝，曰大韻，曰小韻，曰正紐，曰旁紐。據鄞縣仇滄柱（兆鰲）杜詩詳註云：『所謂平頭者，前句上二字與後句上二字同聲，如古詩「今日良宴會，歡樂難具陳」，「今」、「歡」同聲，「日」、「樂」同聲，是平頭也。又如「朝雲晦初景，丹池晚飛雪。飄披聚還散，吹揚凝其威」四句，上二字皆平聲，是平頭也。又如周王褒詩「高箱照雲母，壯馬飾當顱。單衣火浣布，利劍水精珠」四句，疊用四物，而每物各用一虛一實字面，亦平頭也。又如杜摯詩「伊摯爲媵臣，吕望身操竿。夷吾困商販，寧戚對牛嘆。食其處監門，淮陰饑不粲」，疊引古人，皆在句首，是亦平頭也。所謂上尾者，上句尾字與下句尾字俱用平聲，雖韻異而聲則同，是犯上尾。如古詩「西北有高樓，上與浮雲齊」，「樓」與「齊」皆平聲。又如「庭陬有古榴，緑葉含丹榮」，「榴」與「榮」亦平聲也。又如一句尾字與三句尾字連用同聲，是亦上尾。如古詩「客從遠方來，遺我一書札。上言長相思，下言久別離」，「來」、「思」皆平聲。又如「新製齊紈素，皎潔如霜雪。裁爲合歡扇，團圓似秋月」，「素」、「扇」皆去聲，亦犯上尾矣。其在七律，如杜詩「春酒杯濃琥珀薄」與「誤疑茅堂入江麓」，同係入聲。王維詩「新豐樹裏行人度」與「聞道甘泉能獻賦」，同聲同韻，皆犯上尾也。又如杜秋興詩「西望瑶池降王母，東來紫氣滿函關。雲移雉尾開宮扇，日繞龍鱗識聖顔」，「王母」、「函關」、「宮扇」、「聖顔」，俱在句尾，未免疊足，亦犯上尾。若「林花著雨胭脂落，水荇牽風翠帶長。龍虎新軍深駐輦，芙蓉別殿漫焚香」，前聯拈「落」、「長」二字於句尾，後聯移「深」、「漫」二字於上面，便不犯同矣。』蔡寬夫詩話云：『蜂腰、鶴膝，蓋出於雙聲之變。若五字首尾皆濁音，中一字獨清，則兩頭大而中間小，即爲蜂腰。若五字首尾皆清音，中一字獨濁，則兩頭細而中間粗，即爲鶴膝矣。今案張衡詩「邂逅承際會」，是以濁夾清，爲蜂腰也。如傅玄詩「徽音冠青雲」，是以清夾濁，爲鶴膝也。所謂大韻者，如「微」、「暉」同韻，上句第一字不得與下句第五字相犯。阮籍詩「微風照羅袂，明月耀清輝」是也。所謂小韻者，如「清」、「明」同韻，上句第四字不得與下句第一字相犯。詩云「薄帷鑒明月，清風吹我襟」是也。所謂正紐者，如「溪」、「起」、「憩」三字爲一紐，上句有「溪」字，下句再用「憩」字，庾闡詩「朝濟清溪岸，夕憩五龍泉」是正紐也。所謂旁紐者，如「長」、「梁」同韻，「長」上聲爲「丈」，上句首用「丈」字，下句首用「梁」字，是亦相犯。詩云「丈夫且安坐，梁塵將欲起」，此旁紐也。在七律如杜詩「遠開山嶽散江湖」，「山」、「散」爲正紐；如「丈人才力猶强健」，「丈」、「强」爲旁紐矣。』此外又有雙聲、叠韻之法。南史王元謨問謝莊曰：『何者爲雙聲？何者爲叠韻？』答曰：『「互」、「護」爲雙聲，「磝」、「碻」爲叠韻。』學林新編曰：『雙聲者，同音而不同韻；叠韻者，同音而又同韻也。如李羣玉詩「方穿詰曲崎嶇路，又聽鈎輈格磔聲」，「詰曲」、「崎嶇」乃雙聲，「鈎輈」、「格磔」乃叠韻也。』此條所考至爲詳明。唐時日本僧空海撰文筆眼心鈔云：『十字中一、六相犯名水渾，二、七相犯名火滅，是謂平頭。十字中上句末與下句末相犯名土崩，是謂上尾。五字中二、五相犯又二、四相犯，是謂蜂腰。二十字中第一句末字與第三句末字相犯，是謂鶴膝。所云相犯，統四聲言之。五字中二、五用同韻字，名觸絶病，是謂大韻。五字中一、三用同韻字，名傷音病，是謂小韻。五字中用雙聲而隔字，名爽切病，是謂旁紐，亦曰大紐。五字、十字中用同紐而叠字，亦名爽切病，是謂正紐，亦曰小紐。』此與仇説又小異。沈氏四聲譜久佚，今可考者，惟謝靈運傳論及答陸韓卿（厥字）書。諸家以意推測，其不同宜耳。何義門讀書記云：『浮聲、切響，即是輕、重。今曲家猶講陰陽清濁。』楊用修亦云：『文心雕龍論「和」、「韻」之殊，宋詞、元曲皆於仄韻用和音以叶韻。蓋以平聲爲一類，而上、去、入三聲附之。如「東」、「董」、「凍」是和，「東」、「中」、「風」是韻也。』如所言，可見沈説不特爲近體詩所由來，勢非流爲詞曲不止。實則大家何嘗沾沾於此！是以唐僧皎然詩評云：『沈氏酷裁八病，碎用四聲，風雅殆盡。』援鶉堂筆記云：『齊、梁以四聲殊音韻，别輕重，沈、宋之研順聲勢，但取平仄調協，於彼説亦不能盡避。旁紐、雙聲，一詩中固時時見之；若叠韻則杜公「卑枝低結子，接葉暗巢鶯」，且故爲之，何嘗不調協乎？』然則近體且不盡如其説，何論古詩？更何論古文？善乎韓退之答李翊書云：『氣盛則言之長短與聲之高下皆宜。』吴摯甫先生答張廉卿書云：『聲音之道，嘗以意求之，才無論剛柔，苟其氣之既昌，則所爲抗墜、曲直、斷續、斂侈、緩急、長短、伸縮、抑揚、頓挫之節，一皆循乎機勢之自然，非必有意於其間，而故無之而不合，其不合者必氣之未充者也。』是真破的之論矣！若夫下手之方，則在於諷誦。故惜抱先生與陳碩士書云：『大抵學古文者，必要放聲疾讀，又緩讀，祇久之自悟。若但能默看，即終身作外行也。』又云：『寄來詩文皆有可觀；但說到中間，忽有滯鈍處，此乃是讀古人文不熟。必急讀以求其體勢，緩讀以求其神味，得彼之長，悟吾之短，自有進也。』梅伯言與孫芝房書云：『夫古文與他體異者，以首尾氣不可斷耳。有二首尾焉，則斷矣。退之謂六朝文雜亂無章，人以爲過論。夫上衣下裳，相成而不復也，故成章。若衣上加衣，裳下有裳，此所謂無章矣。其能成章者，一氣者也。欲得其氣，必求之於古人。周、秦、漢及唐、宋人文，其佳者皆成誦乃可。夫觀書者，用目之一官而已；誦之而入於耳，益一官矣；且出於口，成於聲，而暢於氣。夫氣者，吾身之至精者也。以吾身之至精，御古人之至精，是故渾合而無有間也。』張廉卿答吳摯甫書云：『閣下謂苦中氣弱，諷誦久則氣不足載其辭。往在江寧，聞方存之（宗誠）云：長老所傳，劉海峯絕豐偉，日取古人之文，縱聲讀之。姚惜抱則患氣羸，然亦不廢哦誦，但抑其聲使之下耳。』是或一道乎！

但古文固無一定之平仄，而聲調既有高下，則二音要有不容不相濟者，況古詩限於五言七言乎？況近體乎？四庫全書總目於趙秋谷聲調譜云：『執信嘗問聲調於王士禎，士禎靳不肯言。執信乃發唐人諸集，排比鉤稽，竟得其法，因著此書。其例：古體詩五言重第三字，七言重第五字，而以上下二字消息之。大抵以三平爲正格，其四平切脚，如李商隱之「詠神聖功書之碑」；兩平切脚，如蘇軾之「白魚紫蟹不論錢」者，謂之落調。「柏梁體」及四句轉韻之體，則不在此限焉。律詩以本句平仄相救爲單拗，出句如杜甫之「清新庾開府」，對句如王維之「暮禽相與還」是也。兩句平仄相救爲雙拗，如許渾之「溪雲初起日沈閣，山雨欲來風滿樓」是也。其他變例數條，皆本此而推之。而起句、結句不相對偶者，則不在此限焉。』此說亦學詩所不可不知者。

色也者，所以助文之光采，而與聲相輔而行者也。其要有三：一曰煉字，二曰造句，三曰隸事。文心雕龍煉字篇，有避詭異、省聯邊、權重出、調單復四法，而論重出尤精。其說云：『重出者，同字相犯者也。詩騷適會，而近世忌同。若兩字俱要，則寧在相犯。故善爲文者，富於萬篇，貧於一字。一字非少，相避爲難也。』方植之昭昧詹言云：『好用虛字承遞』，『最易軟弱。須横空盤硬，中間擺落剪斷多少軟弱，詞意自然高古。』吴摯甫先生嘗爲永楼誦歐陽永叔石曼卿墓表末段『嗚呼曼卿』以下數行，以爲字字若有凸凹，因嘆文章之難，第一用虛字，蓋淺深雅俗，於此焉分。曾文正公復李眉生書云：『來函詢虛實、譬喻、異詁三門。虛實者，實字而虛用，虛字而實用也。至用字有譬喻之法，後世須數句而喻意始明，古人止一字而喻意已明。異詁云者，無論何書，處處有之，大抵人所共知，則爲常語；人所罕聞，則爲異詁。古人用字，不主故常，初無定例，要之各有精意運乎其間。閣下現讀通鑑，即就通鑑異詁之字，偶一鈔記，他人視爲常語，而己心以爲異，則且鈔之；或明日視爲常語，而今日以爲異，亦姑鈔之。久之多識雅訓，不特譬喻、虛實二門可通，即其他各門，亦可觸類而貫徹矣。』又復鄧寅階書云：『文選以多讀爲妙。蓋京、都、田獵、江、海諸賦，雖難於成誦，而造字、形聲、訓詁之學，即已不特他求。』又家訓云：『文章雄奇，以行氣爲上，造句次之，選字又次之。然未有字不古雅而句能古雅、句不古雅而氣能古雅者，亦未有字不雄奇而句能雄奇、句不雄奇而氣能雄奇者。是文章之雄奇，其精處在行氣，其粗處全在造句、選字也。余好古人雄奇之文，以昌黎爲第一，揚子雲次之。二公之行氣，本之天授。至於人事之精能，昌黎則造句之工夫居多，子雲則選字之工夫居多。』援鶉堂筆記云：『字句章法，文之淺者也；然神氣體勢，皆階之而見。古今文字高下，莫不由此。』又云：『字句之奇，宋以後大家多不講此，亦是其病處。』論文偶記云：『神氣者，文之最精處也；音節者，文之稍粗處也；字句者，文之最粗處也。然予謂論文而至於字句，則文之能事盡矣。蓋音節者，神氣之跡也；字句者，音節之矩也。神氣不可見，於音節見之；音節無可準，以字句準之。』又云：『音節高則神氣必高，音節下則神氣必下，故音節爲神氣之跡。一句之中，或多一字，或少一字；一字之中，或用平聲，或用仄聲；同一平字、仄字，或用陰平、陽平、上聲、去聲、入聲，則音節迥異。故字句爲音節之矩。』又云：『積字成句，積句成章，積章成篇，合而讀之，音節見矣；歌而詠之，神氣出矣。』又云：『近人論文，不知有所謂音節者；至語以字句，則必笑以爲末事。此論似高實謬。作文若字句安頓不妙，豈復有文字乎？但所謂字句、音節，須從古人文字中實實講貫過始得，非如世俗所云也。』呂月滄輯吳仲倫古文緒論云：『作文豈可廢雕琢？但須清氣運乎其中。功夫成就之後，信筆寫出，無一字一句吃力，却無一字一句率易，清氣澄澈中，自然古雅有風神，乃是一家數也。』又云：『文字有作一句不甚分明，必三兩句而古雅者；亦有煉數句爲一句，乃覺古簡者。總之，氣不可不疏。』至於隸事，文心雕龍麗辭篇，嘗戒不均與孤立二病，以爲『若兩事相配，而優劣不均，是驥在左驂，駑爲右服也。若夫事或孤立，莫與相偶，是夔之一足，跉踔而行也。』蘇子瞻題柳子厚詩云：『用事當以故爲新，以俗爲雅。好奇務新，乃詩之病。』焦弱侯筆乘云：『韋莊詩「西園公子名無忌」，觀選詩：「公子敬愛客，終宴不知疲。清夜游西園，飛蓋相追隨」，乃子建事，不可加之無忌。』援鶉堂筆記云：『大凡文字援據，雖有詳略，然必具見端末。』又云：『何大復聞武昌邊報詩：「請纓誰爲繫樓蘭？」賈誼請繫單于頸，終軍請以長纓繫南越，無繫樓蘭事。且當時邊報，又無與西域。』惜抱先生復劉明東（開）書云：『見贈五言排律，所用故事，都不精切，止是隨手填入。姑摘其一聯：「志公謂徐陵，天上石麒麟」，豈可易「石」爲「玉」？又陵官非學士，學士唐乃有此官耳。公孫宏與陵，於鄙人絶不似，止十字中而病痛已四五矣。』五七言今體詩鈔評陸放翁江樓醉中作：『天上但聞星主酒，人間寧有地埋憂？生希李廣名飛將，死慕劉伶贈醉侯。』以爲『前聯用孔北海「天垂酒星之耀」、仲長統「寄愁天上、埋憂地下」，並漢人語，相稱。後聯用唐人詩「若使劉伶爲酒帝，亦須封我醉鄉侯」，取材較猥，對上句不過。』又昭昧詹言引先生之言云：『王阮亭四法，一「典」字中，有古體之典，有近體絶句之典。近體絶句之典，必不可入古詩。其「遠」、「諧」、「則」三字亦然。』據此可見運用故實，無論詩文，皆不可苟。或因周、秦諸子及詞賦家多假設之辭，以爲借口，不知寓言與莊語未可同科。觀退庵隨筆載：『蘇子容（頌）每聞人言故事，必檢出處。』又云：『蘇文忠公每有撰著，雖目前事，率令少章（秦觀弟覯）、叔黨（公少子過）諸人檢視而後出。』古人審慎何如！若夫文忠刑賞忠厚之至論，引『皋陶曰殺之三，堯曰宥之三』，特少年應試之作，理想成文，可以將無作有，故曰『想當然爾』。文士狡獪，要當别論。昔黄山谷與王觀復書云：『老杜作詩，退之作文，無一字無來處。蓋後人讀書少，故謂韓、杜自作此語耳。』顔氏家訓勉學篇亦云：『談説制文，援引古音，必須眼學，勿信耳受。』長洲朱仲武（孔彰）又以臨川李小湖先生（聯琇）之言告永樸云：『作文引事，斷宜檢查原文，不可但恃記憶之力。蓋自以爲不誤，其誤必多。』學者所當服膺，正在此等語也。

雖然，文章色澤，猶不盡於此。廣而言之，如易之象，詩之比、興，孟、莊之譬喻，揚、馬之鋪張，皆是。又詩家於篇中往往插入描寫之語，文家亦或淩空布景，如秦誓『若有一個臣』一段。孟子莊暴章『今王鼓樂於此』一段，韓退之原毁『嘗試語於衆曰』一段，與李斯諫逐客書中間，即色、樂、珠、玉爲喻，皆設色處也。至紀事之文，因此人而牽及彼人，因此事而牽及他事，迷離變化，古人譬之『雲煙』，亦曰『煙波』。昔張廉卿先生告永樸云：『古人論文，要情韻不匱。夫所謂「不匱」者，以旁支多也。如花開，必枝葉掩映，風韻乃可人；若去枝葉惟存花，亦不足觀矣。考説文於「文」字云：「錯畫也，象交文。」然則文固以交錯爲義，惟交錯斯采色生焉。夫詞藻之於采色，特一端耳，何足以盡其妙！』歸震川與沈敬甫書云：『近來俗子論文，頗好剪紙染采之花，遂不知復有樹上天生花也。』斯言真有味哉！

文學研究法卷四

剛柔

自易賁卦象傳言：『柔來而文剛』，『分剛上而文柔』。剛、柔交錯，『天文也。文明以止，人文也。觀乎天文，以察時變；觀乎人文，以化成天下。』説卦傳又言：『分陰分陽，迭用柔剛，故易六位而成章。』文章之體之本於陰陽、剛柔，其來遠矣，顧後世文學家未有論及此者，惟宋書謝靈運傳論言『志動於中，歌詠外發』，嘗推本於『民禀天地之靈，含五常之德，剛柔迭用，喜愠分情』。劉彦和文心雕龍熔裁篇云：『剛柔以立本，變通以趨時。立本有體，意或偏長；趨時無方，辭或繁雜。蹊要所司，職在熔裁。』皆以此爲言，而未暢厥旨。及惜抱先生答魯絜非書，言之乃詳。其説曰：『鼐聞天地之道，陰陽、剛柔而已。文者，天地之精英，而陰陽、剛柔之發也。惟聖人之言，統二氣之會而弗偏。然而易、詩、書、論語所載，亦間有可以剛、柔分矣，值其時其人，告語之體各有宜也。自諸子而降，其爲文無弗有偏者。其得於陽與剛之美者，則其文如霆，如電，如長風之出谷，如崇山峻巖，如決大川，如奔騏驥；其光也如杲日，如火，如金鏐鐵；其於人也，如憑高視遠，如君而朝萬衆，如鼓萬勇士而戰之。其得於陰與柔之美者，則其文如昇初日，如清風，如雲，如霞，如煙，如幽林曲澗，如淪，如漾，如珠玉之輝，如鴻鵠之鳴而入寥廓；其於人也，漻乎其如嘆，邈乎其如有思，暖乎其如喜，愀乎其如悲。觀其文，諷其音，則爲文者之性情、形狀，舉以殊焉。且夫陽剛、陰柔，其本二端，造物者糅，而氣有多寡進絀，則品次億萬，以至於不可窮，萬物生焉。故曰「一陰一陽之謂道」。夫文之多變，亦若是已。糅而偏勝可也；偏勝之極，一有一絶無，與夫剛不足爲剛、柔不足爲柔者，皆不可以言文。今夫野人孺子聞樂，以爲笙歌絃管之會爾；苟善樂者聞之，則五音十二律必有一當，接於耳而分矣。夫論文者豈異於是乎？宋朝歐陽、曾公之文，其才皆偏於陰與柔之美者也。歐公能取異己者之長而時濟之，曾公能避所短而不犯。抑人之學文，其功力所能至者，陳義理必明當，布置、取舍、繁簡、廉肉不失法度，辭雅馴不蕪而已。古今至此者，蓋不數數得，然尚非文之至；文之至者，通於神明，人力不及施也。』篇中言『剛不足爲剛，柔不足爲柔』者，恐世之淺者借口，以獷悍爲陽剛，以靡弱不振爲陰柔也。其言『一有一絶無』、『不可言文』者，蓋陽剛、陰柔之分，亦言其大概而已。必剛柔相錯而後爲文，故陽剛之文，亦具陰柔之美，特不勝其陽剛之致而已；陰柔亦然。止可偏勝，而不可以絶無。禮記樂記云：『剛氣不怒，柔氣不懾。』正以此。

是後，曾文正公演之，析而爲太陽、太陰、少陽、少陰四象。以氣勢爲太陽之類，趣味爲少陽之類，識度爲太陰之類，情韻爲少陰之類。其分古近體詩，亦欲爲四屬，而別增機神一類。然所鈔十八家五言古詩，乃刻四類字朱印本詩下，曰『氣勢』、『識度』、『情韻』，與文同；曰『工律』，與文異；而無『機神』之說，蓋仍用四類也（見吴摯甫記古文四象後）。至論各類所宜，謂『陽剛者，氣勢浩瀚；陰柔者，韻味深美。浩瀚者，噴薄而出之；深美者，吞吐而出之。』『論著、詞賦、奏議、哀祭、傳志、敘記宜噴薄；序跋、詔令、書牘、典志、雜記宜吞吐。其一類微有區別者，如哀祭雖宜噴薄，而祭郊社、祖宗則宜吞吐；詔令雖宜吞吐，而檄文則宜噴薄；書牘雖宜吞吐，而論事則宜噴薄。』論文境之妙，謂『陽剛之美，莫要於「雄」、「直」、「怪」、「麗」四字；陰柔之美，莫要於「茹」、「遠」、「潔」、「適」四字』。而各爲之贊。於『雄』字曰：『劃然軒昂，盡棄故常；跌宕頓挫，捫之有芒。』於『直』字曰：『黄河千里，其體仍直；山勢如龍，轉換無跡。』於『怪』字曰：『奇趣横生，人駭鬼眩，易、元、山經，張、韓互見。』於『麗』字曰：『青春大澤，萬卉初葩，詩、騷之韻，班、揚之華。』於『茹』字曰：『衆義輻湊，吞多吐少，幽獨咀含，不求共曉。』於『遠』字曰：『九天俯視，下界聚蚊，寤寐周、孔，落落寡羣。』於『潔』字曰：『冗意陳言，類字盡芟，慎爾褒貶，神人所監。』於『適』字曰：『心境兩閑，無營無待，柳記、歐跋，得大自在。』（並日記）論古今文家得陽剛之美者，曰莊子，曰揚雄，曰韓愈，曰柳宗元；得陰柔之美者，曰司馬遷，曰劉向，曰歐陽修，曰曾鞏（尺牘）。又嘗言：『文章以氣象光明俊偉，爲最難能而可貴，如久雨初晴，登高山而望曠野；如樓俯大江，坐明窗淨几之下，而可以遠眺；如英雄俠士褐裘而來，絕無齷齪卑鄙之態。此三者，皆光明俊偉之象。文中有此氣象者，大抵得於天授，不關乎學術。自孟子、韓子而外，惟賈生及陸敬輿、蘇子瞻得此象爲多。』（鳴原堂論文）據此，則光明俊偉，乃陽剛之勝境。孟、賈、韓固得陽剛之美，而陸、蘇殆其亞也。又言：『知道者，時時有憂危之意。其臨文亦然。仲尼稱：「易之興也，其於中古乎？作易者，其有憂患乎？」又曰：「於稽其類，其衰世之意耶？」蓋深有見於前聖之危心遠慮，而揭其不得已而有言之故。即夫子之釋中孚二、同人五等七爻，咸四、困三、解上等十一爻之辭，抑何其惕厲而深至也。蓋飽經乎世變之多端，則常有跋前疐後之懼；博識乎義理之無盡，則不敢爲臆斷專決之辭。自孟子好爲直截俊拔之語，已不能如仲尼之謙謹，而況其下焉者乎？後世如諸葛武侯之書牘，紆徐簡遠，差明此義。而曾子固亦有宛轉思深之處。此外則詞與義俱盡，尚何謙謹之有哉？或詞之所至，而此心初未嘗置慮於其間，又烏知所謂憂危者哉？』（筆記）據此，則憂危謙謹，乃陰柔之勝境。南豐固全得陰柔之美，而諸葛公蓋亦其類也。案文正既以四象申惜抱之意，嘗選文以實之，而授其目於吴摯甫先生。其後摯翁刊示後進，並述張廉卿之言，又以二十字分配陰陽，謂神、氣、勢、骨、機、理、意、識、脈、聲，陽也；味、韻、格、態、情、法、詞、度、界、色，陰也。則充其類而盡之矣。至於惜抱先生復陳東浦方伯書云『當者立碎』，此境似亦當屬陽剛。曾文正與吴南屏書云：『字字若履危石而下，落紙乃遲重絶綸。』此境似亦當屬陰柔。

夫陽剛、陰柔二者，各擅所長如此。而世顧重視陽剛，輕視陰柔者。管異之與友人論文書云：『僕聞文之大原出於天，得其備者，渾然如太和之元氣。偏焉而入於陽，與偏焉而入於陰，皆不可以爲文章之至境。然而自周以來，雖善文者亦不能無偏。僕謂與其偏於陰也，則無寧偏於陽。何也？貴陽而賤陰、伸剛而絀柔者，天地之道，而人之所以爲德者也。孔子曰：「吾未見剛者。」曾子曰：「士不可以不弘毅，任重而道遠。」聖賢論人，重剛而不重柔，取弘毅而不取巽順。夫爲文之道，豈異於此乎？古來文人陳義吐辭徐婉不失態度，歷代多有；至若駿桀廉悍稱雄才而足號爲剛者，千百年而後一遇焉耳。甚矣，陽之足貴也。然僕以爲是有天焉，有人焉。得天之剛，世亦無幾，其餘必進之以學。進之以學者，孟子所云「以直養而無害」是也。日蓄吾浩然之氣，絶其卑靡，遏其鄙吝，使夫爲體也常宏，而其爲用也常毅，則一旦隨其所發，而至大至剛之概，可以塞乎天地之間矣。如此則學問成，而其文亦隨之以至矣。取道之原，六經其至極也；而論其從入之途，則公羊、國策、賈誼、太史公，皆深得乎陽剛之美者。誠熟復之，當必更有所進耳。』此篇頗足與姚、曾之説相參。但管氏以太史公爲陽剛，與文正異，豈因其氣之雄奇、趣之詼詭而云然歟？若曾氏則又以其多頓挫之筆、跌宕之姿、嗚咽之聲、吞吐之致，皆得陰柔之勝境也。夫文正固嘗以太史公爲文家之王都矣。然則縱不能如孔子之渾然元氣，其於陰陽二類，亦庶幾備之。是以吕月滄輯吴仲倫古文緒論云：『文章之道，剛柔相濟。史記及韓文，其兩三句一頓，似斷不斷極多。要有灝氣潛行，雖陡峻亦寓綿邈。且自然恰好，所以爲風神絶世。』文正日記又云：『造句約有二端：一曰雄奇，一曰愜適。雄奇者，瑰瑋俊邁，以揚、馬爲最；恢詭恣肆，以莊生爲最；兼擅瑰瑋、恢詭之勝者，則莫盛於韓子。愜適者，漢之匡、劉，宋之歐、曾，均能細意熨貼，樸屬微至。雄奇者，得之天事，非人力所可强企；愜適者，詩書醞釀，歲月磨煉，皆可日起而有功。愜適未必能兼雄奇之長，雄奇則未有不愜適者。學者之識，當仰窺於瑰瑋俊邁、恢詭恣肆之域，以期日進於高明。若施手之處，則端從平實愜適始。』又云：『凡爲文，用意宜斂多而侈少，行氣宜縮多而伸少。推之孟子不如孔子處，亦不過辭昌語快，用意稍侈耳。後人爲文，但求其氣之伸；古人爲文，但求其氣之縮。氣恒縮則詞句多澀。然深於文者，固當從這裏過。』惲子居與紉之論文書云：『古文從入之途有要焉：曰其氣澄而無滓也，積之則無滓而厚也；其質整而無裂也，馴之則無裂而能變也。』觀此數説，則陽剛之文，固難能而可貴；而學者從事於此，不能不先求平實愜適及夫『茹』與『潔』者，是陰柔之文必當研究，又可知矣。

且惜抱先生即『歐公取異己者之長而時濟之，曾公避所短而不犯』並舉以告絜非，可知有此兩種辨法。所謂『取異己者之長以自濟』者，管氏『進之以學』一語，已得其旨。而曾文正與張廉卿書云：『足下爲古文，筆力稍患其弱。昔姚氏論文，有陽剛、陰柔之分，二者畫然不相謀；然柔和淵懿之中，必有堅勁之質、雄直之氣運乎其中，乃有以自立。足下氣體近柔，望熟讀揚、韓各文，而參以兩漢古賦，以救其短，何如？』亦『取異己者之長以自濟』之意也。然而人各有能有不能，若必難進於陽剛，惟有用『避所短而不犯』之法，此亦非『進之以學』不可。是故惜抱先生評劉子政戰國策序云：『此文固不若過秦論之雄駿，然沖溶渾厚，無意爲文，而自能盡意，若莊子所謂「木鷄」者，此境亦賈生所無也。』又與陳碩士書云：『所寄古文，大抵正有餘而奇不足。此不必勉爲奇，但益求其醇厚，即自貴耳。古人不云「善用其短」乎？』

奇　正

昔莊周自稱『其書雖瑰瑋而連犿無傷也，其辭雖參差而俶詭可觀』。其後揚子法言君子篇遂有『子長愛奇』之語。韓退之送窮文亦自稱其文『不專一能，怪怪奇奇，不可時施，祇以自嬉』。柳子厚答韋珩示韓愈相推以文墨事書謂：『退之所敬者，司馬遷、揚雄。遷與退之，固相上下；若雄者，如太玄、法言及「四賦」，退之獨未作耳，決作之，加恢奇，至他文過揚雄遠甚。雄之遺言措意，頗短局滯澀，不若退之猖狂恣睢，肆意有所作。若然者，使雄來尚不宜推避，而況僕耶？』又，讀韓愈所著毛穎傳後題謂：『退之爲毛穎傳，讀之若捕龍蛇，搏虎豹，急與之角而不敢暇，信韓子之怪於文也。』蘇子瞻書子由超然臺賦後謂：『子由之文，詞理精確不及吾，而氣體高妙，吾所不及。雖各欲以此自勉，而天資所短，終莫能脱。至於此文，則精確高妙，殆兩得之。』而子由則曰：『子瞻之文奇，吾文但穩而已。』由是觀之，古來文家，未有不以奇爲尚者，其故何哉？劉彥和嘗言之矣。文心雕龍神思篇云：『夫神思方運，萬途競萌，規矩虛位，刻鏤無形，登山則情滿於山，觀海則意溢於海，我才之多少，將與風雲而並驅矣。方其搦翰，氣倍辭前；暨乎成篇，半折心始。何則？意翻空而易奇，言徵實而難巧也。』退之亦言之矣，答劉正夫書云：『夫百物朝夕所見者，人皆不注視也； 及觀其異者，則共觀而言之。夫文豈異於是乎！ 是故爲文章者，説平實之理，載庸常之行，最難制勝。必力去陳言，標新領異，然後爲佳。』古今文人好奇，其原因蓋在於此。

雖然，此種文字雖極可喜，然非根本深，魄力厚，而以鷙悍之氣，噴薄之勢，詼詭之趣，崛强之筆，濃鬱之辭，鏗鏘之調行之，必不能窺其奥窔。使初學而驟希乎此，其流弊可勝言乎？ 故文心雕龍定勢篇云：『舊煉之才，執正以馭奇； 新學之士，逐奇而失正。』蘇子瞻答黄魯直書亦云：『晁君騷詞細看甚奇麗，信其家多異材耶！ 然有少意，欲魯直以己意微箴之。凡人文字，當務使平和至足之餘，溢爲怪奇，蓋出於不得已也。晁文奇麗似差早。』東坡言『不得已』三字形容最妙。此先生南行前集序所以云：『自少聞家君之論文，以爲古之聖人，有所不能自已而作者。』而與謝民師推官書所以云：『文章之境，如行雲流水，初無定質。但常行於所當行，止於不可不止，文理自然姿態横生也。』莊子言己之書，『充實不可以已。』(天下)孟子曰：『予豈好辨哉？ 予不得已也。』(滕文公)漢書藝文志謂『齊、韓詩傳取春秋，採雜説，咸非其本義與不得已』。皆深知此意者也。八家之文，惟韓公最奇。然李習之爲之祭文，既曰『開闔怪駭，驅濤涌雲』，又必曰『撥去其華，得其本根』。皇甫持正爲之墓志銘，既曰『茹古涵今，無有端涯； 渾渾灝灝，不可窺校。及其酣放，毫曲快字，淩紙怪發，鯨鏗春麗，驚耀天下』；又必曰『栗密窈眇，章安句適，精能之至，入神出天』。李南紀作昌黎集序，既曰『汗瀾卓踔，奫泫澄深，詭然而蛟龍翔，蔚然而虎鳳躍，鏘然而韶鈞鳴』；又必曰：『日光玉潔，周情孔思，千態萬貌，卒澤於道德仁義，炳如也。』嗚呼！此公之所以承八代之後，而振其衰，以返之於三代、兩漢歟？考唐自貞觀以後，文士皆沿舊體。經開元、天寶，詩格大變，而文格猶然。迨元結、獨孤及出，乃有意滌除，蕭穎士、李華左右之。蓋復古之功，其來有漸。其後韓公繼起，乃臻極盛。然同時之士，惟子厚一人，足以肩隨，餘子往往不能無弊。是以新唐書韓愈傳云：『惟愈爲之，沛然若有餘。其徒李翱、李漢、皇甫湜從而效之，遽不及遠甚。』蘇子瞻謝歐陽内翰書云：『唐之古文自韓愈始，其後學韓而不至者爲皇甫湜，學皇甫湜而不至者爲孫樵。自樵以降，無足觀矣。』四庫全書總目於李元賓集云：觀爲李華從子，以古文與韓愈相砥礪。『其後愈文雄視百世』，而觀文『雕琢艱深，或格格不能自達』。於歐陽行周集云：『詹與李觀、韓愈同年舉進士，皆出陸贄之門。今觀詹之文，與觀相上下，去愈甚遠。』於絳守居園池記註云：『長慶三年，樊宗師官絳州刺史，即守居構園池，自爲之記，文僻澀不可句讀，好奇者多爲之註。然其字句多不師古，不可訓詁考證，諸家第推測以求通。篇之文，僅七百七十七字，而衆説糾紛，終無定論。別有越王樓詩序，僻澀與此文相類。』於皇甫持正集云：湜『與李翺同出韓愈，翺得愈之醇，而湜得愈之奇崛』。『鄭玉師山遺文有與洪君實書』，謂其『言語敘次』，『著力鋪排，往往反傷工巧，終無自然氣象』。於孫可之集云：『樵與王霖秀才書云：「某嘗得爲文真訣於來無擇，來無擇得之皇甫持正，皇甫持正得之韓吏部退之。」其與友人論文書又復云然。今觀三家之文，韓愈包孕羣言，自然高古；而皇甫湜稍有意爲奇；樵則視湜益有努力爲奇之態，其彌有意於奇，是其所以不及歟！』合而觀之，韓門諸子，不可謂非耿介拔俗；然奇崛之境之不易到，亦即諸子而可知。是以洪景盧容齋隨筆云：『毛穎傳成，世人多笑其怪，雖裴晉公(度)亦不以爲可，惟柳子獨愛之。韓子以文爲戲，本一篇耳，妄人既附以革華傳。至於近時羅文、江䱉、葉嘉、陸吉諸傳，紛紜雜沓，皆託以爲東坡，大可笑也。』方望溪評韓公進學解亦云：『退之爲此與毛穎傳同，以示其才無所不可，蓋別調也。而茅鹿門以爲「正正之旂，堂堂之陣」，是謂不知而强言。』

且夫諸子以有意爲奇之故，文章日流險僻，而不能造於自然，勢將授人以口實。唐末繁縟之文，因復鳴於時，歷五季以至宋初而不可革。但繁縟必詞勝於理，甚者或流媟黷，或入輕靡，弊視險僻爲更甚。故宋之君子多非之，柳開、穆修之徒是也。開之學及身而止；修傳於尹洙，洙與永叔爲友，永叔始亦工駢儷之體，由洙乃爲古文。其記舊本韓文後云：

『予少家漢東，得舊本唐昌黎先生集於州南李堯輔家，因乞以歸，讀之，覺其言深厚而雄博。然予少未能悉究其義，徒見其浩然無涯，若可愛。是時天下學者，揚、劉之作，號爲時文，能者取科第、擅名聲，以誇榮當世，未嘗有道韓文者。予亦方舉進士，以禮部詩賦爲事，年十有七試於州，爲有司所黜，因取韓氏之文復閱之，則喟然嘆曰：「學者當至於是而止爾！」因怪時人之不道，而顧己亦未暇學，時獨念於予心。後七年舉進士及第，官於洛陽，而尹師魯之徒皆在，遂相與作爲古文。其後天下學者亦漸趨於古，而韓文遂行於世，至於今蓋三十餘年，學者非韓不學也。』大抵仲涂、伯長始爲於風氣初開，明而未融，與元次山、獨孤至之(及)同，其先導之功不可没亦同。及廬陵出，而宋之文章又極盛，雖云『再復於古』，然永叔與南豐曾氏、眉山三蘇氏皆變退之之奇崛而爲平易。惟臨川王氏差近退之，要亦不過峭折而已，未能雄渾也。先姜塢府君援鶉堂筆記謂『荆公堅瘦，又昌黎一節之奇，蓋得其深處』。但介甫學韓，究不可謂非有得者。即永叔以深婉勝，未嘗不綿遠；子固以醇厚勝，未嘗不寬博；三蘇以條達勝，未嘗不精悍。若明之歸氏，清之方氏、姚氏、梅氏，雖氣清體潔，足爲一代正宗，而末流不免薄弱。曾文正公思有以挽之，故教人由介甫學韓，由山谷學杜；又使之用力説文、文選，以求深古雄厚。第此境方、姚固不能到，而論文則已見及之，如方氏古文約選序例云：『古文氣體，所貴澄清無滓。澄清之極，自然而發其光精，則左傳、史記之瑰麗濃鬱是也。』是彼以清潔爲始境，並不以爲止境，可知。又云：『始學而求古求典，必流爲明七子之僞體。』則所以防貌襲之病也。文正日記云：『韓文之妙，實從相如、子雲得來。』又云：『韓文實從揚、馬得來，而參以孔、孟之義理，所以雄視千古。』今案援鶉堂筆記云：『文學自是貴藻麗奇怪。屈、宋以來，再變而爲相如、子雲，皆如此。昌黎南海神廟碑，壯麗從相如來，豈宋人所能及？』惜抱先生與張翰宣書亦云：『司馬相如自是西漢之傑，昌黎南海神廟碑中敘景瑰麗處，即效相如賦體。但退之學人，必變其貌而取其神，故不覺耳。韓公效相如處頗多，故稱之不容口。』是則文正所悟而得者，姚氏亦先言之矣。

然則吾人今日從事於此，以奇者爲宗乎？抑以正者爲宗乎？曰：進學解云：『易奇而法，詩正而葩。』蓋奇而不法，險僻而已，非奇也；正而不葩，膚庸而已，非正也。方密之（以智）通雅云：『論語「鮮矣仁」，孟子「豕交之也」，何嘗不奇。』又曰：『格莫奇於詩，如無羊篇先敘飲訛之狀，忽曰牧人乃夢，變魚變旟，從而占之，何其幻乎！采綠憶遠，忽而作計，此後永不相離，「薄言觀者」，冷綴便收。至於正月、小弁、雨無正之沈悼，巷伯、彼何人斯之激怒，章法次第，最稱神品，皆非後人能仿佛也。離騷之登天入水，作如何會？華胥之鈞天，作如何會？古詩之結婚遺鯉，書字不滅，作如何會？淵明之干戚擲杖，乞酒與年，作如何會？其指遠矣。』又云：『「漁父鼓枻而去」。屈原似爲所訶矣，且問是一人耶？二人耶？「東方有一士」，又曰「我欲觀其人」，我是誰？東方之士是誰？夫奇必如此，雖迷離變化，而不失自然。』故通雅又引吳立夫（萊）之言云：『作文如用兵，有正有奇。正者，文之法；奇者不爲法縛，千變萬化，坐作擊刺，一時俱起者也。及正部還伍，則肅然未嘗亂。』然則二者途殊，未始不同歸。但入門之初，正易奇難。觀惜抱先生與王鐵夫書云：『夫古人文章之體非一類，其瑰瑋奇麗之振發，亦不可謂其盡出於無意也。然要是才力氣勢驅使之所必至，非勉力而爲之也。後人勉學，覺積累紙上，有如贅疣。故文章之境，莫佳於平澹。措語遣意，有若自然生成者，此熙甫所以爲文家之正傳也。』又與陳碩士書云：『文之出奇怪，惟功深以待其自至，卻又須常將太史公、韓公境界懸置胸中，則筆端自與尋常境界相遠。』又與伯昂從孫書云：『大抵作詩平易則苦無味，求奇則患不穩。去此兩病，乃可言佳。』此皆謂奇怪乃文章勝境，而未可一蹴幾也。

雅俗

孔子曰：『惡鄭聲之亂雅樂也。』（陽貨）又曰：『鄭聲淫。』（衛靈）詩序曰：『雅者，正也。』書傳曰：『淫，過也。』大抵文之過於生者，爲怪僻，爲直率，爲粗硬；過於熟者，爲滑易，爲輕靡，爲纖弱，皆淫也，即皆俗也。顧俗者衆而風行一時，反以雅者爲澹泊無味。昔莊子天地篇云：『大聲不入於里耳，折楊、皇荂（一作『華』），則嗑然而笑。是故高言不止於衆人之心，至言不出，俗言勝也。』韓退之與馮宿論文書云：『僕爲文久，每自測，意中以爲好，則人必以爲惡矣。小稱意人亦小怪之，大稱意即人必大怪之也。時時應事，作俗下文字，下筆令人慚，及示人，則人以爲好矣。小慚者亦蒙謂之小好，大慚者即必以爲大好矣。』然則雅俗之不相容，雖冰炭異性，薰蕕異氣，不足以喻。顧不欲文章之工則已；如欲其工，就雅去俗，實爲首務。是以歸震川與沈敬甫書云：『僅有一篇好者，卻安排幾句俗語在前，便觸忤人，如好眉目又著些瘡痏，可惡！』惜抱先生與陳碩士書云：『大抵作詩、古文，皆急須先辨雅俗。俗氣不除盡，則無由入門，況求妙絶之境乎？』方植之昭昧詹言云：『古人論文，必曰「一語不落凡近」，小家不能自立，祇是不解此義。』『以凡近之心胸，凡近之才識，未嘗深造篤嗜，不知古人之艱窮怪變險阻難到可畏之處，而又無志自欲獨出古今，故不能割捨凡近也。』『但脱凡近，便是古人。』又云：『學古而真有得，即有敗筆，必不遠背於大雅』，其本不二也。嘗見後世詩文家，亦頗有似古人處，而其他篇或一篇中，忽又入以極凡近卑陋語，則其人心中，於古人必無真知真好，故不能了然於雅俗之辨。譬如王、謝子弟，雖遭造次顛沛，決不作市井乞兒相。又云：『讀古人詩，須觀其氣韻。氣者，氣味也；韻者，態度風致也。如對名花，其可愛處，必在形色之外。氣韻分雅俗，意象分大小高下，筆勢分强弱，而古人妙處，十得六七矣。』張廉卿答劉生書云：『夫文章之道，莫要於雅健。欲爲健而厲之已甚，則或近俗；求免於俗，而務爲自然，又或弱而不能振。古之爲文者，若左丘明、莊周、荀卿、司馬遷、韓愈之徒，沛然出之，言厲而氣雄，然無有一言一字之强附而致之者也。措焉而皆得其所安，文惟此爲最難。知其難也，而以意默參於二者之交，有機焉以寓其間，此固非朝暮所能企，而亦非口所能道。治之久，而一旦悠然自得於其心，是則其至焉耳。至之之道無他，廣獲而精導，熟諷而湛思。捨此則未有可以速化而襲取之者也。』

觀以上諸家之説，可恍然於雅俗之不能不急辨矣。雖然，欲求其雅而不致於俗，有本原焉，則績學其要也。故諸葛武侯戒子書云：『夫學須静也，才須學也。非學無以廣才，非静無以成學。』劉彦和文心雕龍事類篇亦云：『夫薑、桂因地，辛在本性；文章由學，能在天資。才自内發，學以外成。有學飽而才餒，有才富而學貧。學貧者迍邅於事義，才餒者劬勞於辭情。此内外之殊方也。是以屬意立文，心與筆謀，才爲盟主，學爲輔佐。主佐合德，文采必霸；才學褊狹，雖美少功。』雖然，績學固文章之要事，而尤有本原焉，則洗心之謂也。昔黄山谷書繒卷後云：『余嘗爲少年言：士大夫處世可以百爲，惟不可俗，俗便不可醫也。或問不俗之狀，老夫曰：難言也。視其平居無以異於俗人，臨大節而不可奪，此不俗人也；平日終日如含瓦石，臨事一籌不畫，此俗人也。雖使郭林宗、山巨源復生，不易吾言也。』又與聲叔六姪書云：『日月易失，官職自有命，但使腹中有數百卷書，略識古人義味，便不爲俗士矣。』觀此可見雅俗全在人品上分別，人品全在心源上分別。故山谷與人書又云：『要須心地收汗馬之功，讀書乃有味。』蘇子瞻嘗誦杜子美『王侯與螻蟻，同盡隨邱墟。願聞第一義，回向心地初』之句，以爲此老詩外尚有事在，是以自爲之詩亦云：『世事浮雲改，此心孤月明。』王厚齋困學紀聞因引以驗其晚年所造之深。其後陸放翁示子詩云：『汝果欲學詩，工夫在詩外。』與東坡如一鼻孔出氣。歸震川史記總評云：『我喜怒哀樂一樣不好，不敢讀史。必讀，得我與史爲一，乃敢下筆。』夫讀史且然，作文可知。故與沈敬甫書又云：『昨文殊未佳，想是爲外面慕羶蟻聚之徒動其心，卻使清明之氣擾亂而不能自發也。』建寧朱梅崖（仕琇）答李璠玉書云：『讀書在先高其志，潔其心，不以外之聞見動吾耳目，然後有以自置。自置者，世慮屏而心漸同乎古人也。同乎古人，則吾心古人之心也，以觀古人之言，猶吾言也；其於文也，將有不期高而自高者。』山陽潘彥輔（德輿）養一齋詩話云：『夫所謂雅者，非第詞之雅馴而已；其作詩之由，必脱棄勢利，而後謂之雅也。今種種門靡騁妍之詩，皆趨勢弋利之心所流露也。詞縱雅而心不雅矣，心不雅則詞不能掩矣。』先考慕庭府君（諱濬昌）叩甑瑣語云：『人若有一毫名利心未淨，則文字間必有一分俗。』其皆此旨歟！

然而修詞之功，亦不可少，故退之汲汲於去陳言。李習之答朱載言書申之云：『列天地，立君臣，親父子，別夫婦，明長幼，浹朋友，六經之旨矣；浩乎若江海，高乎若邱山，赫乎若日火，包乎若天地，掇章稱詠，津潤怪麗，六經之詞也。創意造言，皆不相師。故其讀春秋也，如未嘗有詩也；其讀詩也，如未嘗有易也；其讀易也，如未嘗有書也；其讀屈原、莊周也，如未嘗有六經也。故義深則意遠，意遠則理辨，理辨則氣直，氣直則辭盛，辭盛則文工。如山有恒、華、嵩、衡焉，其同者高也，其草木之榮不必均也；如瀆有淮、濟、河、江焉，其同者出源到海也，其曲直、淺深、色黄白不必均也；如百品之雜焉，其同者飽於腸也，其味鹹、酸、苦、辛不必均也。此因學而知者也。此創意之大歸也。天下之語文章，有六説焉。其尚異者，則曰：文章辭句奇險而已；其好理者，則曰：文章敘意苟通而已；其溺於時者，則曰：文章必當對；其病於時者，則曰：文章不當對；其愛難者，則曰：文章宜深不當易；其愛易者，則曰：文章宜通不當難。此皆情有所偏滯而不流，未識文章之所主也。義不深不至於理，言不信不在於教勸，而詞句怪麗者有之矣，劇秦美新、王褒僮約是也。其理往往有是者，而詞章不能工者有之矣，劉氏人物志、王氏中説、俗傳太公家教是也。古之人能極於工而已，不知其詞之對與否、易與難也。詩曰：「憂心悄悄，慍於羣小。」此非對也。又曰：「遘閔既多，受侮不少。」此非不對也。書曰：「朕堲讒説殄行，震驚朕師。」詩曰：「莞彼桑柔，其下侯荀。捋採其劉，瘼此下人。」此非易也。書曰：「允恭克讓，光被四表，格於上下。」詩曰：「十畝之間兮，桑者閑閑兮，行與子旋兮。」此非難也。學者不知其方，而稱説云云，如前所陳者，非吾之敢聞也。六經之後，百家之言興，老聃、列御寇、莊周、鶡冠、田穰苴、孫武、屈原、宋玉、孟軻、吴起、商鞅、墨翟、鬼谷子、荀況、韓非、李斯、賈誼、枚乘、司馬遷、相如、劉向、揚雄，皆足以自成一家之文，學者之所師歸也。故義雖深，理雖當，詞不工者不成文，宜不能傳也。文、理、義三者兼並，乃能獨立於一時，而不泯滅於後代，能必傳也。仲尼曰：「言之無文，行之不遠。」子貢曰：「文猶質也，質猶文也，虎豹之鞟，猶犬羊之鞟。」此之謂也。陸機曰：「怵他人之我先。」韓退之曰：「唯陳言之務去。」假令述笑哂之狀，曰「莞爾」，則論語言之矣；曰「啞啞」，則易言之矣；曰「粲然」，則穀梁子言之矣；曰「攸爾」，則班固言之矣；曰「輾然」，則左思言之矣。吾復言之，與前文何以異也？此造言之大歸。』黄太沖（宗羲）論文管見云：『所謂陳言者，每一題必有庸人思路共集之處，纏繞筆端，剥去一層，方有至理可言。如玉在璞中，鑿開頑璞，方始見玉。不可認璞爲玉也。』吾邑徐椒存先生（宗亮）亦告永樸云：『文之不潔，非但在字句也。陳義太盡，無含蓄之致；造句雖新，多習見之意，皆不潔也。無意於模仿，而不覺舉筆輒見者是矣。』

夫既洗其心，又能績學，而加以修詞，其就雅去俗何難？但欲爲佳文，又必待有好題目而後可。歸震川與王子敬書云：『平生足跡不及天下，又不得當世奇功偉烈書之，增嘆耳！』又與沈敬甫書云：『可惡俗吏、俗師、俗題，見之令人不樂。』又云：『子遇連來求兩文去，皆俗者。作俗文亦是命。』惜抱先生與陳碩士書云：『大抵好文字亦須待好題目然後發。積學用功，以俟一旦興會精神之至，雖古名家亦不過如此而已。』又云：『碩士意不滿所作文是也。然文亦要好題發之。今祇是壽序等題耳，固亦難得好文字矣。』二家所見略同。

綜而觀之，然後知昔人於文學家之易流於俗者，必兢兢焉辨之。明史文苑傳載：王弇洲(世貞)主盟文壇數十年，歸震川獨目爲妄庸鉅子。弇洲大憾，久乃心折，題其遺像曰：『風行水上，渙爲文章。風定波息，與水相忘。千載有公，繼韓、歐陽。余豈異趨，久而自傷。』方望溪於錢受之(謙益)文章，亦詆爲『穢惡』。惜抱先生與何硯農書云：『今日詩家，大爲榛塞，雖通人不能具正見。吾斷謂樊榭(厲鶚)、簡齋(袁枚)，皆詩家之惡派。此論出必大爲世怨怒，然理不可易。』吴摯甫先生與日本人論詩云：『白香山自是一大家，能自開境界，前無此體，不可厚非。但其詩不易學，學則得其病痛。蘇公獨能學而勝之，所以爲大才。蘇亦謂「元輕白俗」，其所勝白者，以其不輕不俗也。』又云：『近世張船山（問陶）之詩，入於輕俗。吾國論詩學者，皆以袁子才（枚）、蔣心餘（士銓）、趙甌北（翼）、張船山爲戒。』如此等語，非故爲苛論，正欲爲去俗計耳。若夫文學家之近於正者，則崇尚之。如惜翁與人書云：『夫唐、宋以後爲文者多矣，何以獨推歸熙甫？以熙甫能於北宋諸賢外，自開境路故也。』又云：『熙甫之才氣筆力，不能及唐、宋韓、歐諸賢，而以與之配者，得文家之真脈，不襲其貌，而神理上通周、秦。故才不必大，而可貴。』曾滌生答南屏書云：『與歐陽小岑書中，論及桐城文派，不右劉、姚；至比姚氏於吕居仁，譏評得無少過？劉氏誠非有過絶輩流之詣，姚氏則深造自得，詞旨淵雅，其文爲世所稱頌者，如莊子章義序、禮箋序、復張君書、復蔣松如書、與孔撝約論禘祭書、贈撝約假歸序、贈錢獻之序、朱竹君傳、儀鄭堂記、南園詩存序、綿莊文集序等篇，皆義精而詞俊，敻絶塵表。其不厭人意者，惜少雄直之氣，驅邁之勢。姚氏固有偏於陰柔之説，又嘗自謝爲才弱矣。其論文亦多詣極之語，國史稱其「有古人所未嘗言，鼐獨抉其微而發其藴」。惟亟稱海峯，不免阿於私好。要之方氏以後，惜抱固當爲百年正宗，未可與海峯同類而並薄之也。』如此等語，亦非爲恕辭，正欲爲就雅計耳。

不特此也。凡古今文章，若就一篇兩篇論，則可録者多；然以全體觀之，則有不能不從嚴者。是以惜抱先生與陳碩士書云：『聞松江姚春木（椿）選國朝文，此不過如唐粹、宋鑒之類，備一朝之人才典章，不可以爲論文之極致。如鐵夫謂「宋、元人文各有可學」，此祇是門面話。如云「體例有可採處」，則凡有遇皆可採，不獨宋、元也。如直求可當古文家數者，則南宋雖朱子不爲是，況元及明初諸賢乎？』方密之通雅云：『史、漢、韓、蘇、騷、雅、李、杜，此詩文之公談也。但曰「吾有意在」，則執樵販而問訊，呼市井而訴評，亦各有其意在，其如不中節奏、不堪入耳何？』先大父石甫府君復方彦聞書云：『唐、宋諸賢修辭之工，或不逮六朝以前；特其取義甚正，立體尤嚴，譬諸樂然，雖非清明廣大之奏，已絶煩數淫濫之音。』先正論文所以必主八家者，非謂文章極於八家，謂八家乃斯文之途軌也。

繁簡

古人之爲文章，無分於繁簡也，惟得其宜而已。觀劉彦和文心雕龍熔裁篇，其總論熔裁曰：『規範本體謂之熔，剪截浮辭謂之裁。裁則蕪穢不生，熔則綱領昭暢，譬繩墨之審分，斧斤之斫削矣。』其論熔曰：『凡思緒初發，辭采苦雜，心非權衡，勢必輕重。是以草創鴻筆，先標三準：履端於始，則設情以位體；舉正於中，則酌事以取類；歸餘於終，則撮辭以舉要。然後舒華布實，獻替節文。繩墨以外，美材既斫，故能首尾圓合，條貫統序。若術不素定，而委心逐辭，異端叢至，駢贅必多。』其論裁曰：『三準既定，次討字句。句有可削，足見其疏；字不得減，乃知其密。精論要語，極略之體；游心竄句，極煩之體。謂繁與略，隨分所好。引而伸之，則兩句敷爲一章；約而貫之，則一章删成兩句。思贍者善敷，才核者善删。善删者字去而意留，善敷者辭殊而意顯。字删而意闕，則短乏而非核；辭敷而言重，則蕪穢而非贍。昔謝艾、王濟，西河文士，張駿以爲艾繁而不可删，濟略而不可益，若二子者，可謂煉熔裁而曉繁略矣。』然則繁與簡豈有定鵠乎？

自世之不善於文者，或義失之贅，或辭失之蕪，於是尚簡之説興焉。此杜元凱左傳序所以云：『言高則旨遠，辭約則義微。』陸士衡文賦所以云『要辭達而理舉，故無取乎冗長』也。厥後，柳子厚報袁君陳秀才避師名書稱『穀梁子、太史公甚峻潔』。孫可之與高錫望書云：『在樵宜千百言，足下能數十字輒盡情狀，及意窮事際，反若有千百言在筆下。』歐陽永叔作尹師魯墓志銘，謂其『文章簡而有法』。先姜塢府君援鶉堂筆記云：『王介甫文可謂惜墨如金。』惜抱先生與陳碩士書云：『大抵簡峻之氣，昌黎爲最。更當於此著力。』又云：『作文須見古人簡質、惜墨如金處。』又云：『文已閲過，但加删削爾，然似意足而味長矣。陳無已以曾子固刪其文，得古文法，不知鼐差可比子固乎？花木之英，雜於蕪草穢葉中，則其光不耀。夫文亦猶是耳。』又云：『必欲簡峻，莫若更議荆公所爲，則筆間自有裁制矣。敘事之文，爲繁冗所累，則氣不能流行自在，不可不知。』吕月滄輯吴仲倫古文緒論云：『上等之資從韓入，中等資從柳、王二家入，庶幾文品可以峻，文筆可以古。』又云：『古來博洽而不爲積書所累者，莫如王介甫。渠作文不屑用前人一字，此所以高。』劉融齋藝概云：『南人文字，失之冗弱者，十常八九，非如荆公筆力之簡健，殆不足以矯且振之。』凡此皆尚簡之説也。

顧亦有過簡而文反不暢者。故歐陽公與徐無黨書云：『著撰苟多，他日更自精擇，少去其繁，則峻潔矣。然不必勉强。勉强簡節之，則不流暢。須待自然之至。』又云：『作文之體，先欲奔馳，久當收節，使簡重嚴正，或時自放以自舒。勿爲一體，則盡善矣。』顧亭林日知録云：『辭主乎達，不論其繁與簡也。繁簡之論興而文亡矣。史記之繁處，必勝於漢書之簡處。新唐書之簡也，不簡於事而簡於文，其所以病也。當日書成進表云：「其事則增於前，其文則省於舊。」新唐書所以不及古人者，正在此兩句。』曾文正公復陳右銘太守書云：『既明於戒律，持守勿失，然後下筆，造次皆有法度。乃可專精以理吾之氣，深求韓公所謂「相如、子雲同工」者，熟讀而强探，長吟而反復，使其氣若翔翥於虛無之表，其辭跌宕俊邁而不可方物。』蓋論其本則循戒律之說，詞愈簡而道愈進；論其末則抗吾氣以與古人之氣相翕，有欲求太簡而不得者。兼營乎本末，斟酌乎繁簡，此自昔志士之所爲畢生矻矻，而吾輩所當勉焉者也。』又日記云：『李申甫在此暢談，言渠文筆所以不甚暢者，爲在己之禁令太多，難於下筆耳。余勸其破除禁令，一以條暢爲主，凡辨事者先貴敷陳條暢。』凡此又不全以尚簡爲然也。

然則，如之何而可？日知録云：『詩云：「巧言如簧，顔之厚矣。」而孔子亦曰：「巧言令色，鮮矣仁。」又曰：「巧言亂德。」夫「巧言」不但言語，凡今人所作詩賦碑狀足以悦人之文，皆巧言之類也。不能不足以爲通人；夫惟能之而不爲，乃天下之至勇也。故夫子以「剛毅木訥」爲「近仁」。』又云：『天下不仁之途有二：一爲好犯上作亂之人，一爲巧言令色之人。二者常相因：有王莽之篡弑，則必有揚雄之美新；有曹操之禪代，則必有潘勗之九錫。是故亂之所由生也，犯上者爲之魁，巧言者爲之輔。故大禹謂之「巧言令色孔壬」，而與驩兜、有苗同爲一類。甚哉，其可畏也！』又云：『詩言「莠言」，「莠言」者，穢言也。若鄭享趙孟，而伯有賦鶉奔之詩；衛侯在郲，而臧孫譏糞土之言是也。君子在官言官，在府言府，在庫言庫，在朝言朝。狎侮之態，不及於小人；謔浪之辭，不加於妃妾。自世尚通方，人安媟慢，宋玉登墻之見，淳于滅燭之歡，遂乃告之君王，傳之文字，於忘其穢論，敘爲美談。以至執女手之言，發自臨喪之際；嚙妃唇之詠，宣於侍宴之餘。於是搖頭而舞八風，連袂而歌萬歲，去人倫，無君子，而國命隨之矣。吾輩若此等語不見於篇牘，則將有不期簡而自簡者。』顧氏又云：『古人之文，不獨一篇中無冗複也，一集之中亦無冗複。且如稱人之善，見於祭文則不復見於志，見於志則不復見於他文。後之人讀其全集，可互見也。又有互見於他人之文，遂不重出者。古人之重愛其言，而不必出於己，大抵如是。吾輩若知此義，則更將有不期簡而自簡者。』

大抵文章無論爲議論，爲敘事，必有歸宿之處。既有歸宿，則首尾一綫，豈容支離之義、冗贅之辭，措於其間？昔歐公爲范文正公作神道碑、尹師魯作墓志銘，兩家子孫頗有異言。歐公與杜訢論祁公墓志書云：先相公『志文不若且用韓公行狀添改爲之，緣修文字簡略，止記大節，期於久遠，恐難滿孝子之意。范公家神刻，爲其子擅自增損，不免更作文字發明，欲後世以家集爲信，尹氏子卒請韓太尉別爲墓表，以此見朋友、門生、故吏與孝子用心常異。修豈負知己者？尹、范二家亦可爲鑒。更思之，然能有意於傳久，則須紀大而略小。此可與通識之士語，足下必深曉此。』又第二書云：『志文今已撰了，所紀事皆録實，有稽據，皆大節與人之所難者。其他常人所能者，在他人更爲鉅美，不可不書；於公爲可略者，皆不暇書。』其論尹師魯墓志云：『修見韓退之與孟郊聯句，便似孟郊詩；

與樊宗師作志，便似樊文，慕其如此，故師魯之志，用意特深而語簡，蓋爲師魯文簡而意深。又思平生作文，惟師魯一見，展卷疾讀，五行俱下，便曉人深處。因謂死者有知，必受此文。所以慰吾亡友爾，豈恤小子輩哉！』王介甫答錢公輔學士書云：『比聞以銘文見屬，似其意非苟然，故輒爲之而不辭，不圖乃猶未副所欲。鄙文自有意義，不可改也。如「得甲科爲通判；通判之署，有池臺竹木之勝」，此何足以爲太夫人之榮，而必欲書之乎？一甲科通判，苟粗知爲辭賦，皆可以得之，何足道哉？至於諸孫亦不足列。孰有五子而無七孫者乎？七孫業之有可道，固不宜略，若皆兒童，賢、不肖未可知，列之於義何當也？』蘇子瞻爲張文定公作墓志銘，與其子厚之書云：『志文計十日半月可畢。然書大事，略小節，已有六千餘字；若纖悉盡書，萬字不了，古無此例也。』方望溪答喬介夫書云：『蒙諭爲賢尊侍講公作表志或家傳。以鄙意裁之，第可記開海口始末。而以侍講公奏對車邏河事及「四不可」之議附焉，傳志非所宜也。蓋諸體之文，各有義法。表志尺幅甚狹，而詳載本議，則擁腫而不中繩墨；若約略剪截，俾情事不詳，則後之人無所取鑒，而當日忘身家以排廷議之義，亦不得而見矣。』又與孫以寧書云：『承命爲孫徵君作家傳。古之晰於文律者，所載之事，必與其人之規模相稱。太史公傳陸賈，其分奴婢裝資瑣瑣者皆載焉；若蕭、曹世家，而條舉其治績，則文字雖增十倍，不可得而備。故嘗見義於留侯世家曰：留侯「所與上從容言天下事甚衆，非天下所以存亡，故不著」。此明示後世綴文之上以虛實詳略之權度也。徵君義俠，捨揚、左之事，皆鄉曲自好者所能勉；其門墻廣大，乃度時揣己，不敢如孔、孟之拒孺悲夷之非得已也；至論學，則爲書甚具。故並弗採著於傳上。僕此傳出，必有病其太略者，不知往者羣賢所述，惟務徵實，故事愈詳而義愈狹。今詳者略，實者虛，而徵君所藴蓄，轉似可得之意言之外。』又與程若韓書云：『來示欲於志有所增，此未達於文之義法也。夫文未有繁而能工者，如煎金錫，粗礦去，然後黑濁之氣竭而光潤生。史記、漢書長篇，乃事之體本大，非按節而分寸之不遺也。』以上諸家所論，雖專主敘事言之，然觀其所以營度之者，即議論之文，亦可隅反矣。

但文章既因事體之大小，而有詳略之分，則篇幅或長或短，自不能不分求之。援鶉堂筆記云：『凡作文須令丘壑萬狀，若小文自須高古，故昌黎云「雍容乎大篇，寂寥乎短章」也。』曾文正家訓答其子『敘事之文，難於行氣』之問，以爲不然：『如昌黎曹成王碑、韓許公碑，固屬千奇萬變；即盧夫人之銘、女挐之志，寥寥短篇，亦復雄奇崛强。試將此四篇熟看，則知二大二小，各極其妙。』文正又喜取古文章兩兩比較，故日記云：『韓文志傳中，有兩篇相配偶者，如曹成王、韓許公兩篇爲偶，柳子厚、鄭羣兩篇爲偶，張署、張徹兩篇爲偶。推此而全集中可爲偶者甚多。』如此甄索，最易得力，附録於此，以爲後學之法。

疵瑕

易云：『其稱名也，雜而不越。』（繫辭傳）詩云：『出言有章。』（都人士）夫欲『不越』而『有章』，則凡文章中之疵瑕，非盡滌而去之不可。雖古來名篇，亦或不免。然未可以古人蹈此，而遂不思矯而正之也。

昔左太沖三都賦序云：『相如賦上林，引「盧橘夏熟」；揚雄賦甘泉，陳「玉樹青葱」；班固賦西都，嘆以「出比目」；張衡賦西京，述以「游海若」。考之草木，則生非其壤；校之神物，則出非其所。於辭則易爲藻飾，於義則虛而無徵。』劉彦和文心雕龍事類篇云：陳思『報孔璋書言：「葛天之歌，千人唱，萬人和，聽者因此蔑韶、夏矣。」此引事實之謬也。案葛天氏之歌，唱和三人而已。相如上林云：「奏陶唐之舞，聽葛天之歌，千人唱，萬人和。」唱和千萬人，乃相如推之（原作『接人』，從黄氏叔琳校改），然而濫侈葛天，推「三」成「萬」者，信賦妄書，致斯謬也。陸機園葵詩云：「庇足同一智，生理合異端。」夫「葵能衛足」，事譏鮑莊；「葛藟庇根」，辭自樂豫。若譬「葛」爲「葵」，則引事爲謬；若謂「庇」勝「衛」，則改事失真。』又指瑕篇云：陳思『武帝誄云：「尊靈永蟄。」明帝頌云：「聖體浮輕。」「浮輕」有似於胡蝶，「永蟄」頗疑於昆蟲，施之尊極，豈其當乎？左思七諷，說孝而不從，反道若斯，餘不足觀矣。潘岳爲才，善於哀文，然悲內兄則云「感口澤」，傷弱子則云「心如疑」。禮文在尊極，而施之下流，辭雖足哀，義斯替矣。若夫君子擬人，必於其倫，而崔瑗之誄李公，比行於黃虞；向秀之賦嵇生，方罪於李斯。與其失也，雖寧僭無濫；然高厚之詩，不類甚矣。』顏氏家訓文章篇云：『北面事親，別舅摛渭陽之詠；堂上養老，送兄賦柏山之悲，皆大失也。』李習之答朱載言書云：『古之人相接有等，輕重有儀，列於經傳，皆可詳引。如師之於門人則名之；於朋友則字而不名；稱之於師，則雖朋友亦名之。子曰：「吾與回也。」又曰：「參乎，吾道一以貫之。」又曰：「若由也，不得其死然。」是師之名門人驗也。夫子於鄭兄事子產，於齊兄事晏平仲，傳曰：「子謂子產，有君子之道四焉。」又曰：「晏平仲善與人交。」子夏曰：「言游過矣。」子張曰：「子夏云何？」曾子曰：「堂堂乎張也。」是朋友字而不名驗也。子貢曰：「賜也何敢望回？」又曰：「師與商也孰賢？」子游曰：「有澹臺滅明者，行不由徑。」是稱於師朋友亦名驗也。孟子曰：天下之達尊三，曰：德、爵、年。惡得有其一以慢其二哉！足下之書，曰「韋君詞」、「楊君潛」。足下之德，與二君未知先後也；而足下齒幼而位卑，而皆名之。傳曰：「吾見其與先生並行，非求益也，欲速成。」竊懼足下不思乃陷於此。』柳子厚答杜温夫書，亦謂其不當稱己爲周、孔。黃山谷與王元直帖又謂『稱人「鈞候」、「鈞旨」、「台候」、「台旨」，必須名位相稱，不可妄施。』餘若劉子玄史通敘事篇，論以古詞代今語之非，又云：『史家職官、山川、地理、禮樂、衣服，宜直書一時制度，不當用前代名品。』嘉定錢竹汀（大昕）跋方望溪文載臨川李巨來（紱）譏望溪省桐城之名而但曰『桐』，以爲『縣以「桐」名者有五：桐鄉、桐廬、桐柏、桐梓，不獨桐城』。竹汀與友人書，又謂『其人自題「太僕少卿」，沿唐、宋之稱省「寺」字。若題銜以意更易如此，則學士大夫之著述，轉不若吏胥文移之可信』。由此推之，古人於歷代帝王年號，未有不書兩字者；今人或連用兩朝年號，遂減省書之，如曰『順康』，曰『雍乾』，曰『嘉道』，曰『咸同』之類，古人於高祖之父稱『五世祖』，以上依此推之；今人乃自始祖順數而下。古人以『伯叔』稱兄弟，詩所謂『伯兮叔兮』也（蘀兮）；今人乃施之於伯父、叔父。古人女子稱其兄弟之子曰『姪』，左傳所謂『姪其從姑』也（僖十五年）；今人雖男子亦稱兄弟之子爲姪，皆甚不合。至四庫全書總目論李文公集云：『集中皇祖實録一篇，立名頗爲僭越。夫「皇祖」、「皇考」文見禮經。至明英宗時，始著爲禁令。翱在其前，稱之猶有説也；若「實録」之名，則六代已來，已定爲帝制，隋志所載，班班可稽，唐、宋以來，臣庶無敢稱者。翱乃以題其祖之行狀，殊爲不經。』此説亦是，考古於『皇』字本有『君也』、『大也』、『美也』諸訓，故儀禮士虞禮、特牲饋食禮、少牢饋食禮祝辭皆稱『皇祖』、『皇祖妣』。禮記曲禮：『王父曰「皇祖考」，王母曰「皇祖妣」，父曰「皇考」，母曰「皇妣」。』離騷：『皇覽揆余於初度兮。』註：『皇，皇考也。』宋歐陽永叔瀧岡阡表亦云：『皇曾祖府君』，『皇祖府君』、『皇考崇公』、『皇妣』。然韓魏公（琦）已嘗易『皇』爲『顯』，蓋寧謹無僭。其禁令雖始於明，而士大夫之不敢同於帝制，固非一日矣。顧亭林日知録云：『古人非「三公」不稱「公」。此外稱之者，必其父、祖，司馬遷稱父「太史公」是也。不然則尊老之辭，如「馮公」、「南公」、「東平嬴公」、「元城建公」是也。又不然則失其名者，如「新城三老董公」、「太倉令淳于公」、「膠西蓋公」、「東園公」、「夏黄公」、「河南守吴公」之屬是也。』黄太沖金石要例云：『名位著者稱「公」；名位雖著，同輩以下稱「君」；耆舊則稱「府君」。昌黎集中有「董府君」、「獨孤府君」、「張府君」、「衛府君」、「盧府君」、「韓府君」。有文名者稱「先生」，如昌黎之稱「施先生」、「貞曜先生」，皇甫湜之稱「昌黎韓先生」。友人則稱字，如昌黎之於李元賓、樊紹述。』惲子居大雲山房文稿通例，於監司以上書『公』，以下書『君』，餘與金石要例略同。此皆文章援引故實，及名稱之間，所不可不致慎者也。

若夫立言所尚，尤在得體。如歐陽永叔與尹師魯書云：『嘗與安道言，每見前世有名人，當論事時，感激不避誅死，真若知義者。及到貶所，則戚戚怨嗟，有不堪之窮愁，形於文字，其心歡戚無異庸人，雖韓文公不免此累。』用此戒安道勿作戚戚之文。蘇子由論詩病云：『唐人工於爲詩，而陋於聞道。孟郊嘗有詩云：「食薺腸亦苦，强歌聲無歡。出門如有礙，誰謂天地寬？」郊，耿介之士，雖天地之大，無以安其身。起居飲食，有戚戚之憂，亦異乎顔子之在陋巷矣。』平湖陸清獻公（隴其）三魚堂日記評唐人詩『一日看除目，十年損道心』，以爲『何至如此，可見胸無主張』。惜抱先生五七言今體詩鈔評唐人『要路眼看知己在，不應窮巷久低眉』，以爲『干乞之辭，唐人多有之，而此等語尤猥陋』。又古文辭類纂評蘇明允送石昌言爲北使引，述『昌言官兩制，爲天子出使萬里之外，建大旆，從騎數百，送車千乘，自思爲兒時，見昌言先府君旁，安知其至此』。以爲『此明允胸襟陋處，昌黎必不然』。方植之昭昧詹言云：『詩中苦語，「不宜自己正述，恐失之卑儉寒乞；若説則索興説之，須是悲壯蒼涼沈痛，令人感動心脾」。愚謂此種當以東方曼倩（朔）答客難，揚子雲解嘲，韓文公進學解、送窮文爲法。其在詩則當如杜子美醉時歌所云「但覺高歌有鬼神，焉知餓死填溝壑」，退之八月十五夜贈張功曹所云「一年明月今宵多，人生由命非由他。有酒不飲奈明何」爲法，自然遣詞措意，不至衰颯。凡此皆述遭遇所不可不知者也。』鄭東甫嘗言：『鄭康成註經，於先輩之説異己者，必陳於前，而載己説於後，以待後人採擇，從不肯加一詆毁語。至同時人乃施攻擊焉，發墨守，箴膏肓，起廢疾，是也。』蓋敬禮先輩，自當如此。永樸妹夫范肯堂（當世）亦言：『文章所尤難者，在乎罵譏王侯將相，而敬慎不渝，與下輩稍解文學、縱情牢騷者，判若天壤。文章雖極詼嘲，而定有一種淵穆氣象，望而知爲儒人之盛業，與雜家小説不同。』此兩説又可爲議論先輩與時事之法。前説即禮記『儒行博學以知服』之義，後説即詩序『主文而譎諫，言之者無罪，聞之者足以戒』之義。至於稱述先世，措詞亦宜矜慎。昔孔、孟敘列古仁聖賢人備矣，而罕及先德；惟中庸贊孔子，獨淋灕盡致。此因孔子爲萬世所宗，無誇飾之嫌而然。他若太史公、班孟堅敘祖考語皆約。歐陽公瀧岡阡表述其父事於母訓之中。曾子固先大夫集後序又即其祖平生不得志處，見其大節。歸熙甫先妣事略亦真樸。昔人所以皆謂爲得體。梁茝林退庵隨筆云：『朱子作韋齋先生（松）行述，祇平平敘次。伊川爲大中（珦）作文，亦無一語褒揚。惟其如此，是以可信。』永樸姊夫馬通伯（其昶）嘗云：『莊周有言：「孝子不諛其親，忠臣不諂其君。」夫所謂諛諂者，豈必無其實而虛稱以誣之哉！侍言尊者之側，語貴質而不敢盡也；而或飾之，君子曰，是相疏外之道也。其於爲文，亦若是焉而已。據事直書，使覽者自得其情，而於言若有所不敢出者，敬之至也。』兩説並得之。

又黄山谷答洪駒父書云：『東坡文章妙天下，其短處在好罵。慎勿襲其軌也。』吕月滄輯吴仲倫古文緒論云：『史記未嘗不罵世，却無一字纖刻。柳文如宋清、蝜蝂等傳，未免小説氣。故姚惜抱於諸傳中，祇選郭橐駝一篇。所謂小説氣，不專在字句；有字句古雅，而用意纖刻，則亦近小説。看昌黎毛穎傳直是大文章。』洪景盧容齋三筆云：『東漢碑銘載人先代，多祇書官，唐、宋人又往往祇書其人曰「諱某」、「字某」，不存其名，殊乖孝子慈孫欲顯揚先祖之意。』五筆云：『歐陽公文自稱「予」，雖説君上處亦然。而韓公無論施於尊卑皆曰「愈」，謙以下人，此可爲法。』會稽章實齋（學誠）文史通義論古文十弊，其一云：『有投其母行述，請大興朱先生（筠）作志，敍其母節孝，謂乃祖衰年病廢，卧床溲便無時，家無次丁，乃母不避穢褻，躬親薰濯。其事美矣。又述乃祖於時不安，乃母對曰：「婦年五十，今事八十老翁，何嫌何疑！」嗚呼！母行可嘉，而子不肖甚矣。本無芥蒂，何有嫌疑？節母既明大義，必不爲是言也。何必斡旋，反如冰雪肌膚剜成瘡痏。』其二云：『江南舊家修宗譜，有羣從先世爲子聘某氏女，後以道遠家貧，力不能婚，恐失時，僞報子殤，俾女別聘。其女遂不食死，是於守貞、殉烈兩無所處，而女實不愧貞烈。據事直書，翁誠不能無歉然，然究不足爲大惡。乃匿其辭曰：「書報幼子之殤，女家誤以爲婿。」夫千萬里無故報幼子殤，又不道及男女婚期，明者皆知其無是理，則因求圓而反病矣。』其三云：『甞見有爲人撰志者，末敍喪費出於貴人，及內親竭勞其事，詢之皆子虛烏有。且其子長成，非必待人經理者也。詰其何以失實至此，則曰：「仿韓文志柳州墓。終篇有歸葬『費出觀察使裴君行立』。又舅弟盧遵『既往葬子厚，又將經紀其家』。文情深厚，欲似之耳。」削趾適屨，莫此爲甚。』其四云：『有名士爲人作傳，自云：「吾鄉學者鮮知根本，惡惟余及某甲爲功於經術耳。」所謂某甲，固有時名，亦未見必長經術，作者乃援附爲名，惡矣！又有江湖游士，以詩著名，實亦未副。然有名實出其下者，爲人作詩集序，述請者之言曰：「君與某甲齊名，某甲既已弁言，君烏得無題品？」夫齊名本無其説，則請者必無是言，而藉人炫己，顏頰豈復知忸怩哉！』其五云：『雍正間詔裁陋規，懲治貪墨，彼時居官，大法小廉，殆成風俗，時勢然也。今觀傳志碑狀之文，亦盛稱其時府州縣官，杜絶餽遺，清苦自守。不知逼於功令，萬人所同，不足爲盛節。此之謂不達時勢。』其六云：『朱先生嘗爲故編修蔣君撰志，中敘國家前後平定準、回要略，則以蔣君總修方略，獨力勤勞，書成身死，而不得敘功故也。後見某中書舍人死，有爲作家傳者，全襲蔣志原文。蓋其人嘗任分纂數月，於例得列銜名者耳，其實於書未寓目也。而文人喜於摭事，幾等軍吏攘功，何可訓也！』其七云：『近來學者每見殘碑斷石，餘文剩字，不關於正義者，往往藉以考古制度，補史缺遺，因之行文貪多務得，明知非要，不憚辭費。夫傳人者文如其人，述事者文如其事，足矣。其或有關考證，要必本質所具；即或閑情逸出，正爲阿堵傳神。不此之務，但知市菜求增，豈非畫蛇添足耶？』其八云：『貞烈婦女，明詩習禮，固有之矣；其有未嘗學問，或出鄉里委巷，甚至傭嫗鬻婢，特出天性之優，難期儒雅。每見此等傳記，述其言辭，原本論語、孝經，出入毛詩、内則、劉向之傳、曹昭之誡，不啻自其口出，可謂文矣！抑思善相夫者，何必盡識鹿車、鴻案？善教子者，豈皆熟記畫荻、丸熊？自文人胸有成竹，遂致閨修皆如版印。與其文而失實，何如質以傳真？由是推之，名將起於卒伍，義俠或奮閭閻，言辭不必經生，記述貴於宛肖。世有作者，於此多不致思，是以文爲戲也。』餘二條謂不可以時文眼孔作文論文，兹弗備録。

工夫

魏文帝典論云：『蓋文章，經國之大業，不朽之盛事，年壽有時而盡，榮樂止乎其身，二者必至之常期，未若文章之無窮。是以古之作者，寄身於翰墨，見意於篇籍，不假良史之辭，不託飛馳之勢，而聲名自傳於後。故西伯幽而演易，周旦顯而制禮，不以隱約而弗務，不以康樂而加思。夫然，則古人賤尺璧而重寸陰，懼乎時之過已。而人多不强力，貧賤則懾於飢寒，富貴則流於佚樂，遂營目前之務，而遺千載之功，日月逝於上，體貌衰於下，忽然與萬物遷化，斯志士之大痛也。』王仲任論衡射短篇云：『知古不知今，謂之陸沈；知今不知古，謂之盲瞽。』顔氏家訓勉學篇云：『士大夫子弟，數歲以上，莫不被教，多者或至禮、傳，少者不失詩、論。及至冠婚，體性稍定，因此天機，倍須訓誘。有志尚者，遂能磨礪以就素業；無履立者，自茲惰慢，便爲凡人。人生在世，會當有業。農民則計量耕稼，商賈則討論貨賄，工巧則致精器用，伎藝則深思法術，武夫則慣習弓馬，文字則講議經書。多見士大夫，耻涉商賈，羞務工伎，射既不能穿札，筆則纔記姓名，飽食醉酒，忽忽無事，以此銷日，以此終年，或因家世餘緒，得一階半級，便謂爲足，安能自苦！及有吉凶大事，議論得失，蒙然張口，如坐雲霧；公私宴集，談古賦詩，塞默低頭，欠伸而已。有識旁觀，代其入地。何惜數年勤學，長受一生愧辱哉！』韓退之符讀書城南詩云（退之子名昶，符其小字）：『文章豈不貴？經訓乃菑畬。潢潦無根源，朝滿夕已除。人不通古今，馬牛而襟裾。行身陷不義，況望多名譽！』凡此皆勉人用力文學之語也。

大抵人果有志於文學，而後有甘苦可言。如陸士衡文賦云：『方天機之駿利，夫何紛而不理。思風發於胸臆，言泉流於脣齒。紛葳蕤以馺遝，唯豪素之所擬。文徽徽以溢目，音泠泠而盈耳。及其六情底滯，志往神留。兀若枯木，豁若涸流，攬營魂以探賾，頓精爽於自求。理翳翳而愈伏，思乙乙其若抽。』韓退之答李翊書云：『愈之所爲，不自知其至猶未也。雖然，學之二十餘年矣。始者，非三代、兩漢之書不敢觀，非聖人之志不敢存，處若忘，行若遺，儼乎其若思，茫乎其若迷。當其取於心而注於手也，唯陳言之務去，戛戛乎其難哉！其觀於人，不知其非笑之爲非笑也。如是者亦有年，猶不改，然後識古書之正僞，與雖正而不至焉者，昭昭然黑白分矣。而務去之，乃徐有得也。當其取於心而注於手也，汩汩然來矣。其觀於人也，笑之則以爲喜，譽之則以爲憂，以其猶有人之説者存也。如是者亦有年，然後浩乎其沛然矣。吾又懼其雜也，迎而距之，平心而察之，其皆醇也，然後肆焉。雖然，不可以不養也。行之乎仁義之途，游之乎詩、書之源，無迷其途，無絶其源，終吾身而已矣。』又上兵部李侍郎書云：『性本好文學，因困厄悲愁，無所告語，遂得究窮於經、傳、史、記、百家之説。沈潛乎訓義，反復乎句讀，礱磨乎事業，而奮發乎文章。』又進學解云：『先生口不絶吟於六藝之文，手不停披於百家之編，紀事者必提其要，纂言者必鉤其玄，貪多務得，細大不捐，焚膏油以繼晷，恒兀兀以窮年。先生之業，可謂勤矣。』柳子厚答韋中立論師道書云：『故吾每爲文章，未嘗敢以輕心掉之，懼其剽而不留也；未嘗敢以怠心易之，懼其弛而不嚴也；未嘗敢以昏氣出之，懼其昧没而雜也；未嘗敢以矜氣作之，懼其偃蹇而驕也。抑之欲其奥，揚之欲其明，疏之欲其通，廉之欲其節，激而發之欲其清，固而存之欲其重。此吾所以羽翼夫道也。本之書以求其質，本之詩以求其恒，本之禮以求其宜，本之春秋以求其斷，本之易以求其動。此吾所以取道之原也。參之穀梁氏以厲其氣，參之荀、孟以暢其支，參之莊、老以肆其端，參之國語以博其趣，參之離騷以致其幽，參之太史以著其潔。此吾所以旁推交通而以爲文也。』蘇明允上歐陽内翰書云：『洵少年不學，生二十五歲，始知讀書，從士君子遊。年既已晚，而又不遂，刻意厲行，以古人自期，而視與己同列者，皆不勝己，則遂以爲可矣。其後困益甚，然後取古人之文而讀之，始覺其出言用意與己大異；時復内顧，自思其才，則又似夫不遂止於是而已者。由是盡燒其曩時所爲文數百篇，取論語、孟子、韓子及其他聖人賢人之文，而兀然端坐終日以讀之者七八年矣。方其始也，入其中而惶然，博觀於其外，而駭然以驚。及其久也，讀之益精，而其胸中豁然以明，若人之言，固當然者，然猶未敢自出其言也。時既久，胸中之言日益多，不能自制，試出而書之，已而再三讀之，渾渾乎覺其來之易矣。』子瞻自評文云：『吾文如萬斛泉源，不擇地皆可出。在平地滔滔汩汩，雖一日千里無難；及其與山石曲折，隨物賦形，而不可知也。所可知者，常行於所當行，常止於不可不止。如是而已矣。其他雖吾亦不能知也。』陸放翁壬子九月夜讀歌詩稿有感云：『我昔學詩未有得，殘餘未免從人乞。力孱氣餒心自知，妄取虚名有慚色。四十從戎駐南鄭，酣宴軍中夜連日。打球築場一千步，閲馬列厩三百匹。華燈縱博聲滿樓，寶釵夜舞光照席。琵琶絃急冰雹飛，羯鼓手勻風雨疾。詩家三昧忽見前，屈宋在眼原歷歷。天機雲錦爲我用，剪裁妙處非刀尺。世間才傑固不乏，秋毫未合天地隔。放翁老死何足論，廣陵散絶還堪惜。』蓋諸家自道其平生之所經歷者如此。

若夫因甘苦而知各體之難易，如方望溪答程夔州書云：『散體惟記難撰結。論、辨、書、疏，有所言之事，志、傳、表、狀，則行誼顯然；惟記無質干可立，徒具工築興作之程期，殿觀樓臺之位置，雷同鋪敘，使覽者厭倦，甚無謂也。故昌黎作記，多緣情事爲波瀾；永叔、介甫則別求義理以寓襟抱；柳子厚惟記山水，刻雕衆形，能移人之情；至監察四門助教、武功縣丞廳壁諸記，則皆世俗人語言意思。』曾文正公筆記云：『古今文字，惟辭賦敷陳之類，大政典禮之類，非博學通識，殆庶之才，不足以涉其藩籬。』而張廉卿先生又告永樸以論說之不易爲，其意以爲：『自諸子後，其足自立者惟過秦論、原道、原性、原毀、本論、志林十餘篇耳。其他皆無甚補於世，或且有損。故不可不慎。』吾弟叔節亦言：『每見海內才傑，年少氣壯，議論之文，多可觀者。至於敘述，則淩雜蔓衍，多無法則；或謹於法矣，又索漠少生氣。及已得途徑，乃覺紀事之文尚易，而議論轉難。蓋議論必發古人所未得，又其說非關係乎宇宙，能自成一家言，不爲工也。以才筆自雄，徒辭費耳。』此皆論古文中諸體者。但先姜塢府君援鶉堂筆記引安溪李文貞公（光地）嘗語人云：『某友看古文，不從議論文字入手，先讀碑版文字，亦是一病。故爲文亦長於碑版，若議論文字，便不出色。』此條亦不可不與張廉卿之說合觀。至於詩中諸體，洪景盧容齋三筆云：

『予編唐人絶句，得七言七千五百首，五言二千五百首，合爲萬首。而六言不滿四十，信乎其難工也。』曾文正公家訓云：『四言詩最難有聲響、有光芒，後世爲此體而光如皎日、響若春霆者，惟韓公耳。』惜抱先生五七言今體詩鈔云：『五言排律，古今止杜公，有千門萬户、開闔陰陽之意。自來學杜者，他體猶能近似，長律則愈邈矣。』方植之昭昧詹言云：『詩莫難於七古。七古以才氣爲主，縱横變化，雄奇渾灝，亦由天授，不可强能。杜公、太白，天地元氣，直與史記相埒，二千年來，止此二人。其次，則須解古文者，而後能爲之。觀韓、歐、蘇三家，章法剪裁，純以古文之法行之，所以獨步千古。南宋以後，古文之傳絶，七言古詩，遂無大宗。』又云：『世之文士，無人不作詩，無詩不七律。不知詩之諸體，七律最難，尚在七古之上。何也？七古以才氣爲主，而馳驟、疾徐、短長、高下，任我之意以爲起訖；七律束於八句之中，以短篇須縱横奇恣』，而又『章法井然，所以難也』。

然則學者用功宜如何？竊觀古人雖博覽羣籍，而其所得力者，莫不可屈指而數。除韓、柳已見前所引外，他如王厚齋困學紀聞云：『東坡得文法於檀弓，後山得文法於伯夷傳。』黄山谷與王觀復書云：『往年嘗請問東坡先生作文章之法，東坡云：「但熟讀禮記檀弓當得之。」既而取讀數百過，然後知後世作文章不及古人之病，如觀日月也。』又與蘇大通書云：『凡讀書法，要以經術爲主。經術深邃，則觀史易知人之賢、不肖，遇事得失易以明矣。又讀書先務精而不務博，有餘力乃能縱橫爾。』又與斌老書云：『左傳、前漢書讀得徹否？書不用求多，但要涓涓不廢。江出岷山，源若甕口；及其至於楚國，橫絕千里，非方舟不可濟。惟其有源而不息，受下流多故也。』又與敦禮秘校帖云：『班固漢書最好讀。然須依卷帙先後，字字讀過，久之，使一代事參錯在胸中，便爲不負班固耳。』又與朱聖弼書云：『能逐日輟一兩時，讀漢書一卷，積一歲之力，所得多矣。遇事繁暫闕，明日輒續，則意味自相接。』蘇子由作歐陽公神道碑云：『公於六經長於易、詩、春秋。』又亡兄子瞻墓志銘云：『公少與轍皆師先君，初好賈誼、陸贄書，論古今治亂，不爲空言。既而讀莊子，喟然嘆息曰：「吾昔有見於中，口未能言；今見莊子，得吾心矣。」』陸放翁老學庵筆記云：『王荆公有詩正義一部，朝夕不離手，字大半不可辨。』又云：『東坡在嶺海間，最喜誦陶詩、柳文，謂之「南遷二友」。』朱子平生於經史外，最服膺南豐曾氏，而語類又云：『讀韓文熟，便能做得韓公文字；讀蘇文熟，便能做得蘇公文字。』據此可見欲爲兹學，未有不專心致志讀幾部緊要書，而能有成者。

其下手方法，則困學紀聞載沈亞之送韓静略序云：『文之病煩久矣。聞之韓祭酒之言曰：「譬如善藝樹者，必壅以美壤，以時沃灌。」』祭酒即韓公也。歐陽公歸田録云：『余生平所作文章，多在三上：乃馬上、枕上、厠上也。蓋惟此尤可以屬思爾。』東坡集載孫莘老(覺)嘗乘間問歐陽公以文章，答云：『無他術，惟勤讀書而多爲之，自工。世人患作文字少，又懶讀書，每一篇出，即求過人，如此少有至者。疵病不必待人指摘，多作自能見之。』黄山谷與洪駒父書云：『諸文皆好，但少古人繩墨。凡作文須有宗有趣，終始關鍵，有開有闔，如四瀆雖納百川，或匯而爲廣澤，汪洋千里，要自發源注海耳。』又與王立之帖云：『欲追配古人，須觀古人用意曲折處，講學之，然後下筆。譬如巧女，文綉妙一世，若欲作錦，必得錦機，乃能成錦爾。』劉海峯論文偶記云：『凡行文多寡、短長、抑揚、高下，無一定之律，而有一定之妙，可以意會，而不可以言傳。學者求神氣而得之於音節，求音節而得之於字句，則思過半矣。其要祇在讀古人文字時，便以此身代古人説話，一吞一吐，皆由彼而不由我。爛熟後，我之神氣，即古人之神氣；古人之音節，都在我喉吻間；合我之喉吻者，便是與古人神氣、音節相似處。久之自然鏗鏘發金石。』又云：『記得多便可生悟。譬如弈棋，記得譜多，也須有過人之著。』又云：『文章到極妙處，便一字不可移易，所謂「無一定之律，而有一定之妙」。』惜抱先生與魯賓之書云：『夫學文者，利病、短長，下筆時必自知之。更取以與所讀古人文較量得失，使無不明了。充其得而救其失，可入古人之室矣，豈必同時人言其優劣哉！言之者未必當，不若精心自知之明也。』與陳碩士書云：『學文之法無他，多讀多爲，以待其一日之成就，非可以人力速之也。士苟非有天啓，必不能盡其神妙；　然苟人輟其力，則天亦何自而啓之哉！』又云：『大抵文字須熟乃妙。熟則利病自明，手之所至，隨意生態，常語滯義，不遺而自去矣。』又云：『亦祇是熟讀多作，固無他法。』又云：『文家有意佳處，可以著力；　無意佳處，不可著力。功深聽其自至可也。』又云：『凡學詩文之事，觀覽不可不泛博；　若其熟讀精思效法者，則欲其少，不欲其多。』梁茝林退庵隨筆云：『讀書貴熟，作文亦然。昔有問歐陽公作文法者，公曰：「吾於賢豈有吝惜？　祇是要熟耳。變化姿態，皆從熟出也。」』又引毛穉黄之言云：『或疑文有生而佳者，此必熟後之生也。熟後之生必佳；　若未熟之生，則生疏而已，焉得佳乎？』曾文正復鄧寅皆書云：『吾意學者於看、讀、寫、作四者，缺一不可。看者，涉獵，宜多宜速；　讀者，諷詠，宜熟宜專。看者，「日知其所亡」；　讀者，「月無忘其所能」。看者，如商賈趨利，聞風即往，但求其多；　讀者，如富人積錢，日夜摩挲，但求其久。看者，如攻城拓地；　讀者，如守土防隘。二者截然，不可闕，亦不可混。至寫字，不多則不熟，不熟則不速，無論何事，均不能敏以圖功。至作文，則所以瀹此心之靈機也。心常用則活，不用則窒。如泉在地，不鑿汲則不得甘醴；　如玉在璞，不切磋則不成令器。自古名人，雖韓、歐之文章，范、韓之事業，程、朱之道術，斷無久不作文之理。故張子云：「心有所開，即便札記，不思則還塞之矣。」』諸家所言，其開示後人，皆極親切。

大抵讀文看文，有用選本與專集兩法。選本四庫全書總目所謂總集類也，專集則別集類也。選本之佳者，既分撮其英華，又合論其同異，故於初學爲便。然不閱專集，終不能窺全豹，譬如嘗鼎一臠，安得自詡知味？且彼操選政者，亦自閱專集而來。若吾人但知選本，而不求諸專集，究恐難浹洽貫串。朱子語類云：『作詩先須看李、杜，如士人治本經，本既立，次第方可看蘇、黃以次諸家詩。』此教人看詩集法，文集可依此推之。自周、秦、兩漢文章外，當以唐、宋八大家爲先，而後及其餘。先姜塢府君嘗論明人流覽多，愛浸淫於後代文集，而不自振。吳摯甫先生亦告永樸多讀秦、漢人書，少作宋、元人語。此意學者不可不知。此外猶有三法：一曰分段落。蓋不先將段落分清，何由尋古人綫索，而得其精神？惜抱先生於文之深古者，每註明各段大意，曾文正讀書尤詳於分段，皆以此。番禺陳蘭甫(澧)亦言小雅『有倫有脊』之語，即作文之法。作文必先讀文。凡讀古人之文，每篇必求其主意而標志之，尋其倫次而分畫之，明乎古人之『有倫有脊』，而後我之作文能『有倫有脊』也。二曰觀古人評點。惜抱先生答徐季雅書云：『夫文章之事，有可言喻者，有不可言喻者。不可言喻者，要必自可言喻者而入之。韓昌黎、柳子厚、歐、蘇所言論之旨，彼固無欺人語；後之論文者，豈能更有以逾之哉！若夫其不可言喻者，則在乎久爲之自得而已。震川閱本史記，於學文最爲有益，圈點啓發人意，有愈於解說者矣。可惜一部臨之，熟讀必覺有大勝處。』昔永樸先考慕庭府君嘗言：吾鄉戴存莊孝廉（鈞衡）入都，曾文正詢古文法，存莊以惜抱軒尺牘告之，文正由是益肆力文章，故作聖哲畫像記云：『國藩之粗解文字，由姚先生啓之也。』歐陽生文集序亦及存莊，謂『精力過絶人，自以爲守其邑先正之法，嬗之後進，義無所讓』。觀此可見爲文必有導師。特古今評點極多，苟非善者，或反害初學而亂人意，亦宜知所擇耳。三曰觀古人註釋。夫註釋之爲益有三：一在知年月。張文端公聰訓齋語云：『予於白、陸詩，皆細註年月，知彼於何年引退，其衰健之跡皆可指。』古文亦然，必如此乃可知才力早晚强弱、深淺之不同。二在知典故。蓋古人無一字無本，況其中多有稽古事、述舊章之處，能考其根據，則曉然於運用及援引之法。三在知命意。古人立言，每因時而發，非詳辨之，不能知人論世。但不可穿鑿爲説。四庫全書總目論楚辭云：『詞賦之體與敘事不同，寄託之言與莊語不同，往往恍惚汗漫，翕張反復，迥出於蹊徑之外，而曲終乃歸於本意。疏以訓詁，核以事實，則刻舟而求劍矣。如離騷大旨全在篇末，以前皆文章之波瀾。不觀其通，而句句字字必求其人以實之，反詆古人之疏舛，是亦蘇軾所謂「作詩必此詩」也。』又論杜詩云：『自宋人倡「詩史」之説，而箋杜詩者，遂以劉昫、宋祁二書據爲稿本，一字一句，務使與紀傳相符。夫忠君愛國，君子之心；感事憂時，風人之旨。杜詩所以高出於諸家者，固在於是，然集中根本不過數十首耳。詠日而以爲比肅宗，詠螢而以爲比李輔國，則詩家無景物矣。謂「紈褲」下服比小人，謂「儒冠」上服比君子，則詩家無字句矣。』援鶉堂筆記云：『何義門於阮嗣宗詠懷詩，多援魏、晉易代之事釋之。夫阮旨淵放，歸趣難求，昔人之所怯言，而必一一舉其事以實之，豈悉合哉？』侯官嚴幾道（復）亦告永樸云：『此古詩耳。八十餘首，不必作於一時。謂身仕亂朝，語憂情鬱，則聞命矣；若謂皆緣一事而發，非譏曹爽，即刺典午，殆不其然。』然則此等必有左證乃可信，否則與其憑臆以斷，又不若闕如之爲愈矣。若作文之法，以勤於改削爲要。觀吕居仁紫微詩話云：『老杜云：「新詩改罷自長吟。」文字頻改，功夫自進。歐公作文時加竄定，有終篇不留一字者。山谷晚年多定前作。』朱子語類云：『嘗見歐公醉翁亭記原稿，發端凡三四行，後悉涂去，而易以「環滁皆山也」五字。』洪景盧容齋續筆云：『王荆公絕句「春風又緑江南岸」，原稿「緑」作「到」，圈去，註曰：「不好」，改「過」字，復圈去，改爲「入」，旋改「滿」。凡如是十許字，始定爲「緑」。黄魯直詩「高蟬正用一枝鳴」，「用」初用「抱」，又改曰「占」，曰「在」，曰「帶」，曰「要」，至「用」字始定。』可見古人無不如是。是以涇縣包慎伯（世臣）樂山堂文鈔序云：『自唐以來，世所盛稱者八家。是八家者，則既千載如生已；而並世儕輩，亦托以不朽。文字之力，吹枯噓生，有同造物。然吾聞歐陽子爲文，脱稿即糊墻壁間，出入涂乙，至不存原文一字。夫歐陽之初稿，其超越尋常，豈顧問哉！而必涂乙至不存一字乃自愜，則知韓、柳、王、蘇、曾之造詣，亦必爾也。』昌黎之頌李、杜曰：『流落人間者，泰山一毫芒。』則知古人皆作之多而存之寡也。李、杜集中有兩三稿並存者，則知古人雖再三改竄，而猶有未定也。亦有求助於師友者。曹子建與楊德祖書云：『僕嘗好人譏彈其文，有不善者，應時改定。昔丁敬禮（儀）嘗作小文，使僕潤飾之。僕自以才不過若人，辭不爲也。敬禮謂僕：「卿何所疑難？文之佳惡，吾自得之，後世誰相知定吾文者耶？」吾嘗嘆此達言以爲美談。』容齋續筆引任昉爲王儉主簿，儉出自作文，令昉點正，昉因定數字。儉嘆曰：『後世誰知子定吾文？』以爲正用子建此書。五筆又載：『范文正公嚴先生祠堂記歌詞「雲山蒼蒼，江水泱泱，先生之德，山高水長」。以示南豐李泰伯（覯），李讀之起而言曰：「公之文出，必將名世，妄意易一字以成盛美。」公叩之，答曰：「『雲山』、『江水』之語，於義甚大，於詞甚溥，而『德』字承之，乃似趢趗，擬換作『風』字如何？」公凝坐頷首，殆欲下拜。』顏氏家訓文章篇亦云：『學爲文章，先謀親友，得其評論者，然後出手。慎勿師心自任，取笑旁人也。』如此數條，求人改削，是或一道；但不可倩人代作，如此則永無長進之望矣。至於謄寫亦不可草率。聰訓齋語云：『使人代寫，最是大家子弟陋習。寫文要工致，不可錯落涂抹，所關於色澤不小。』斯言亦宜念之。

又顏氏家訓言：『學問有利鈍，文章有巧拙。鈍學累功，不妨精熟；拙文研思，終歸蚩鄙。但成學士，自足爲人；必乏天才，勿强操筆。吾見世人，至於無才思，自謂清華，流布丑拙，亦已衆矣，江南號爲「詅癡符」。』（文章）此自即不足與於大雅之林者言之。吾人倘自度才力可以研精此學，亦宜以專精爲貴。昔方望溪嘗作詩，海寧查他山（慎行）見之曰：『子詩不能工，徒奪爲文力。』望溪自是不爲詩。惜抱先生嘗作詞，嘉寧王鳳喈（鳴盛）語休寧戴東原（震）曰：『吾昔畏姬傳，今不畏之矣。』東原曰：『何耶？』曰：『彼好多能，見人一長，輒思並之。夫專力則精，雜學則粗，故不足畏也。』東原以告，惜抱自是不爲詞。此二事相類，因足爲後生龜鑒，附録於此。

結　論

永樸爲諸君撰文學研究法二十四篇，於文章奥窔，言之亦略具矣。雖然，猶有一説焉。大抵昔人論文，皆本其所閲歷者告人，欲人目前依之用力，則將來得力較爲直捷耳。若但襲其語以爲談助，遂居之不疑，謂『真訣吾已得之』，是道聽途説也。夫天下豈有道聽途説而可以收實效者？是故欲工兹學，非有真悟不可。昔惜抱先生與陳碩士書云：『文家之事，大似禪悟，觀人評論圈點，皆是借徑。一旦豁然有得，呵佛罵祖，無不可者。此中自有真實境地，必不疑於狂肆妄言，未證爲證也。』而與先大父石甫君書又云：『凡詩文事與禪家相似，須由悟入，非語言所能傳。然悟之後，則返觀昔人所論文章之事，極是明了也。欲悟亦無他法，熟讀精思而已。』又云：『此不可急求，深讀久爲，自有悟入。』是則真悟必出於真知，真知必出於真學也。曩嘗喜程伊川談虎之喻，以爲中惟一人聞之色變，蓋曾爲虎所傷，故深知之。而明道語王介甫云：『公之談道，正如說十三級塔上相輪，對望之曰「如此如此」，極是分明。某則不然，必直入尋之，辛苦登攀，邐迤而上，直至十二級時，雖猶未見，然却實在塔中，去之漸近，要之須可以至也。至相輪中坐時，依舊見公對塔說「如此如此」。』此雖說道，而文事亦猶是矣。是故始必有人指示途轍，然後知所以用力；終必自己依所指示者而實行之，然後有得力處。不然，非眼高手生，即轉爲深細之律所束縛而格格不吐。欲免此二病而獲益，要惟有從事於惜翁所謂『熟讀』、『精思』及『久爲之』者。何也？『熟讀』、『精思』，則能即古人之文，印之於心；『久爲』又能以所得於古人者，驗之於手。工夫果足，何患不與諸大家並駕齊驅！有志之士，尚其勉之！

桐城姚仲實教授傳

王遽常

往歲謁閩侯林琴南孝廉紓，亟稱今世治經傳莫若桐城姚先生。姚先生者，仲實教授也。既見其所爲論文法與文集，足以副其所言，又知先生之盛於文。後遇先生鄉人馬君厚文，言其制行純篤，非今之人也，始知先生之盛於德。人以經生稱，文學稱，其皆非知先生之全者歟？先生卒後之七年夏，初聞先生之喪，馬君示其孫墉所爲行述曰：『子心儀先生久，不可以無文，請傳之。』不獲辭。傳曰：

先生諱永樸，仲實其字，晚號蛻私老人。爲惜抱郎中世父姜塢先生五世孫。年十三，肄十三經卒業。十六，補學官弟子。甲午，舉順天鄉試，年三十三矣。不樂仕進，一意殫精學術。初與其弟叔節解元永概治詩古文辭於挂車山中。其後從同里方存之、吴摯父、蕭敬孚及遷安鄭東甫諸先生遊，專治經，於註疏及宋、元、明、清諸家經說無不洽熟淹貫，更旁及子、史、小學、音韻，博稽而約取，成一家之言。然闇然不自表見。泰興朱銘盤見其書，大驚曰：『吴越士夫有此，早取聲名一世，乃掩覆不肯襮如此，今日見古人矣！』歷主廣東起鳳書院、山東大學、安徽高等學堂、北京大學、法政專門學校講席。嘗一赴召，爲教部咨議，仍居國學如故。民國初，以碩學通儒徵，不起。清史館復有纂修之聘，許之，成書四十餘卷。九年，南歸，復歷主江蘇東南大學、秋浦周氏宏毅學舍、安徽大學講席，先後成才而去者數千人。二十四年，謝病歸里。當路議月致修餔，謝曰：『生平館穀，無一錢苟得者。今老矣，乃反以口腹累諸公耶？』卒不受。東寇起，避地桂林。以二十八年七月十六日卒，年七十有八。渴葬於城外施家園。曾祖騤。祖瑩，廣西按察使。考濬昌，湖北竹山縣知縣。配馬。二子：焕，學部主事；昂，審計院核算官，皆前卒。所著有尚書誼略、蜕私軒易説、詩説、論語解註合編、大學古本解、十三經舉要、羣經考略、史實舉要、鹽法考略、史學研究法、小學廣、我師録、諸子考略、羣儒考略、惜抱軒詩訓纂、歷代聖哲學粹、文學研究法、舊聞隨筆、蜕私軒集、續集，都數百餘卷。

先生爲學，於經則曰：自周、秦以來，治經者不一人，釋之者不一説。今從千載後，欲網羅衆説而折衷之，使上不失聖賢之意，而下有以饜來世學者之心，難已。世稱漢儒説經所長在訓詁名物，宋儒則在義理，是固然矣。然余謂是二家者，其初師第各言所得，逮乎末流，風氣偏盛，乃皆不勝其敝焉。漢世去古近，其傳經大儒，皆有家法；然其敝也，黨同伐異，如齊、魯、韓三家詩之於毛氏；今文尚書之於古文；公羊、穀梁春秋之於左氏，皆各守師承，不相通曉，斯固不免於隘也。宋儒承漢、唐諸儒之後，訓詁名物已詳，乃更求之義理，其精者實過於前世；又其治經，以虚心涵泳爲本，於前人之説無所偏徇，庶乎可謂善矣。然其敝也，師心自用，始但蔑視周、秦以來序傳，終乃疑及於經，删益移奪，斯又近於悍矣。夫治經之法，不越二家。守漢儒之訓詁名物，而無取專己守殘；宗宋儒之義理，而力戒武斷。操斯術也以往，其於聖人之意，雖不中，或不遠歟！

於文則曰：夫國之所藉以立，豈有過於文學者！匪惟我國，凡在列邦何弗然？蓋文字之於國，上可以溯諸古昔，而知建立所由來；中可以合大羣，而激發其愛國之念；下可以貽萬世，而宣其德化政治於無窮。關係之重如此。是以英吉利人因其國語言文字之力能及瀛寰，時以自詡；吾國人反舉而蔑棄之，何耶？夫武衛者，保國之形式也；文教者，保國之精神也。故不知方者，不可與言有勇。欲教育普及，必以文學爲先；欲教育之有精神，尤必以文學爲要：此理之必不可易者也。如曰精深高古之文，不能盡人皆知之，皆爲之，此則可分爲通俗與專門。通俗，足以作書疏應世可矣；專門，則韓退之答李翊書所謂『將蘄至於古之立言』者也。欲蘄至於古，要惟從事於惜抱翁所謂熟讀、精思及久爲而已。熟讀精思，則能即古人之文印之於心；久爲，又能以所得於古人者驗之於手。工夫果足，何患不與諸大家相驂靳乎？

喬損庵嘗評先生之學曰：先生說經，雖以宋儒爲宗，而於漢、唐博稽兼採，不立門户，無愧通儒。且治樸學者，往往不工文，而先生則兼工之，卓有惜抱家法。殆所謂華實兩勝者歟？

先生既高聞雅望，膺大學聘，學者自遠而至。先生危坐誦説，神采照人，聽者闐溢户牖。其後新學漸萌芽，從學少衰，而先生誦説益懇懇堅確，以爲不能得之於今日，猶將期諸於後之人。嗚呼！非所謂『守死善道』者耶？可以風矣！

書姚仲實先生文學研究法後

吴孟復

一九三五年二月，燾至桐城，偕馬君茂元同謁先師蜕私先生於里第。先生爲講羣經大義、文章義法、先輩軼聞，口説指畫，曲盡神情，雖不甚識字者聞之皆心領意會；先生亦樂而忘疲。一日，日且暮，講方輟，起視庭階，雪深盈尺矣。先生因留之飲。燾誦惜抱壽海峯詩：『如今中酒能多少？他日奇文恐散亡！』先生喟然曰：『子亦青年，以爲奇文耶？謬種耶？』燾謹對曰：『「爲文章者，有所法而後能，有所變而後大。」自其當變者而觀之，則未變者皆謬種也；自其足法者而言之，則可法者皆奇文也。先生文學研究法言之詳矣。』先生莞爾曰：『有是哉！「奮臂撥眥」，幾何不爲引車賣漿者語耶！昔在京中，林琴南與陳獨秀争，吾固不直琴南也。若吾子言，桐城固白話文學之先驅矣。』

其後年餘，抗戰軍興。燾復就先生於桐城。旋侍先生避地宿松，輾轉湘、漢。先生議論古今，淋漓慷慨，又豈老經師哉！方期壽比海峯，長承教誨，而先生竟病逝於廣西矣！

自先生卒，燾自度不賢，甘於識小，不復致力於古文。然而，四十餘年來，濫竽講序，每爲諸生講析文章，審其文情往復，猶本先生論文之教也。近年以來，中外語言學者漸究語義、語用，知有篇章之學，不知者往往詫爲新奇。實則陸、劉之所探索，歐、蘇之所經營，歸、方之所評述，即語義、語用與篇章語言之妙用也；先生是書之所平章、考鏡，即中國之『篇章語言學』與『文章學』也。

三中全會以來，運啓文明，百花競放，評述『桐城派』者日多。然壽以爲：由語言學之發展，抉『桐城派』之菁英，以先民之積累，合新知之體系，面向世界，面向未來，有所吸收，有所揚棄，推陳出新，爲吾國補此缺門，則先生此書爲用大矣，豈復斤斤於『奇文』、『謬種』乎？惜識此義者猶未多也！

宿松許君振軒，三十年前，在合師院，從予學習古詩文，英敏好學，冠其儕輩，予深器之。自後，許君亦以文章教授，聲溢江淮間。今復點校先生此書，於句讀之間，見神氣之跡，使讀者仿佛親承先生謦欬，用心至精，用力至勤。讀者倘由此而比較古人論文之精粗得失，取精用宏，從而心領神會於語義、語用之妙，豈徒姝姝於『桐城』一家之説哉？且先生亦未嘗以『桐城』自域也。觀其上稱陸、劉，下及藝概，博採通人，何曾有門户之見乎？至所採容有未備，所擇亦非皆精，原要皆原原本本，舉以示人，其實事求是之意，固當爲讀者所共見也。

今者，予亦且及先生當日課予之年矣。青春受業，白首無成，辜負師門，思之增愧。惟幸先生此書終賴許君校點而廣行於世，其中所論語言、文章之妙，當爲變化者所取資，甚且將爲建立中國式之語用學、文章學與篇章語言學之一助。因思先生『微尚平生騁易逝，嚶鳴千里鳥相求』之句，瞻四方，望未來，又不勝拳拳之私，是亦先生之微意也歟！所惜茂元久在病中，而予亦垂垂老矣。

先生以經學著名，向與井研廖君(平)並稱兩大經師。其尚書誼略、論語解註合編諸書，兼採漢、宋，博而能精。其惜抱軒詩集訓纂，殆可與惠氏漁洋詩註並傳；書中『曹適百』一註，先生晚年自正其誤，因而亟欲重刊。文學研究法外，尚有史學研究法；其舊聞隨筆亦有裨掌故。倘有如許君者次第點校而重刊之，其益豈淺鮮哉！

受業廬江吴常燾孟復謹記。

附　安徽古籍叢書已版書目

毛詩後箋（兩册）
左傳微
論語解注合編
孟子講義
爾雅翼
説文假借義證
老子注三種
老子注譯
定本莊子故
莊子詮詁
文選箋證（兩册）
杜詩説
唐詩評三種

張籍集注
包拯集編年校補
包拯集校注
郭祥正集
東萊詩詞集
張孝祥詩文集
張孝祥詞箋校
朱子全書（二十七册　上海古籍出版社　安徽教育出版社）
翠微南征録北征録合集
秋崖詩詞校注
程氏家塾讀書分年日程
明太祖集
朱楓林集

竇山公家議
歙紀
詠懷堂詩集
阮大鋮戲曲四種
蕭雲從詩文輯注
田間易學
田間詩學
莊屈合詁
藏山閣集
田間詩集
田間文集
所知録 附四種
方盦山詩集（兩册）

黃生全集（四册，安徽大學出版社）
不得已 附二種
鈍齋詩選
方孝標文集
朱書集
古事比（兩册）
施愚山集（四册）
七頌堂集
續學堂詩文鈔
方望溪遺集
青溪集
吳敬梓吳烺詩文合集
惜抱軒詩集訓纂
戴震全書（七册）
程瑤田全集（四册）

凌廷堪全集（四册）
壹齋集（兩册）
俞正燮全集（三册）
康輶紀行・東槎紀略
識小録・寸陰叢録
包世臣全集（三册）
王侍郎奏議
劉銘傳文集
吳汝綸全集（四册）
楊仁山全集
敬孚類稿
程文炳文集
程恩培集
東輶紀程
北山樓集

桐城耆舊傳
文學研究法（第二版）
舊聞隨筆
桐城文學淵源考・撰述考
疑庵詩
歙事閑譚（兩册）
三餘札記
青泥蓮花記
舌華録
明語林
道聽途説
蘭苕館外史
夜雨秋燈録・續録
皖人詩話八種
皖人戲曲選刊・鄭之珍卷

皖人戲曲選刊·龍燮卷

皖人戲曲選刊·方成培卷

安徽出土金文訂補

劉文典全集（四冊 安徽大學出版社 雲南大學出版社）

劉文典全集補編（列入附輯）

明實録安徽經濟史料類編（列入附輯）

姚瑩年譜（列入附輯）

弢翁藏書年譜（列入附輯）